땅고

땅고

하재봉 지음

살림

세상의 끝, 땅고의 시작
부에노스아이레스

모든 춤은 불온하다. 세계의 질서에 순응하는 사람들은 춤을 추지 않는다. 언어로 표현할 수 없는 거대한 벽이 다가오는 순간 본능적으로 우리들의 몸은 움직인다. 그것은 소통의 표현이다. 땅고Tango는 두 사람의 몸이 하나가 되어 움직이는 춤이고, 세계 속으로 함께 걸어가려는 의지의 표현이다. 그러나 체제의 권력은 춤에 우호적이지 않다. 나는 왜 춤을 추려고 했을까? 내 몸을 움직인 것은, 나의 정신이 아닌 생존을 위한 본능적 감각이었다고 생각한다. 눈을 떠 보니 분홍신을 신은 내 발은 쉬지 않고 춤을 추고 있었다. 안데르센은 분홍신의 춤을 멈추기 위해 발목을 잘랐다. 나도 모르게 이미 시작된 땅고를 나는 멈출 수가 없었다. 몸을 움직여서 창조적 작업을 하는 것은 신성한데, 춤추는 사람들을 불온한 시선으로 바라보는 것은 춤 속에 체제의 안정을 위협하는 요소가 잠복되어 있기 때문이다. 나는 그 많은 춤 중에서 왜 땅고에 매혹되었을까? 그리고 왜 지구 반대편에 있는 부에노스아이레스^{Buenos Aires}까지 달려갔을까?

2009년 유네스코 세계문화유산으로 등재된 땅고는 인류 역사상 가장 아름다운 춤으로 알려져 있다. 150여 년의 역사를 가진 땅고가 한국에 보급되기 시작한 것은 지난 2000년부터다. 한국 땅고는 짧은 역사에 비해 빠르게 발전했고, 지금은 서울이 부에노스아이레스 이외의 지역에서 가장 수준 높은 땅고의 중심지 중 하나로 평가받는다. 이렇게 성장할 수 있었던 가장 큰 이유는 땅고가 한국인들에게 불러일으키는 정서적 동일성 때문이다.

나는 1990년대에 비디오와 영화로 국내 보급된 「탱고레슨^{The Tango Lesson}」이나 「탱고전쟁^{Tango War}」, 그리고 여러 차례 내한 공연했던 땅고 뮤지컬 「포에버 탱고^{Forever Tango}」 등을 보면서 땅고를 추고 싶은 강렬한 충동을 느꼈다. 이후 내가 땅고를 추기 시작한 것은 2004년 말, 방콕국제영화제에 참가하면서부터다.

땅고를 추기 시작하면서 내 삶은 완전히 바뀌었다. 가장 큰 변화는 삶을 바라보는 기본적인 시선이 변했다는 것이다. 춤을 춘다는 것은 시를 쓰는 것과도 다르고 영화를 비평하는 것과도 다르다. 글이나 말이 아닌, 육체를 통한 몸짓 언어로 자신의 내면을 표현한다는 점에서 훨씬 더 적나라하며 진솔하다.

땅고는 일반적으로 생각하는 것처럼 아크로바틱한 육체의 외적인 움직임으로 이루어진 춤이 아니라 내면적 정서의 강렬한 외적 표출을 통해 표현된다. 땅고를 혼자 춘다는 것은 불가능하기 때문에 무엇보다 함께 춤추는 사람과의 커넥션이 중요하다. 나보다 먼저 상대를 우선시하고 배려하는 이타적 정신이 필요하며, 두 사람이 하나가 되어 움직이기 위해서는 음악을 통한 정서적 교감이 형성되어야 한다. 두 사람이 서로의 그림자처럼 한 몸이 되어야만 가능한 춤, 그래서 상대의 심장 뛰는 소리를 듣지 못한다면 그것은 땅고가 아니라고 할 정도이며, 심장을 뜻하는 꼬라손^{Corazon}이라는 단어는 땅고 안의 깊은 공감을 표현하는 상징어처럼 쓰이고 있다.

혼자서 추는 독무가 아닌, 삶의 동반자와 함께 추는 춤. 땅고 속에는 더불어, 함께 사는 사회적 정신이 담겨져 있다. 땅고는 혼자서는 출 수 없는 커플 댄스고, 다른 사람들과 함께 같은 공간에서 질서를 유지하며 추는 소셜 댄스다. 땅고를 추는 행위 속에는 개인과 집단 사이의 팽팽한 긴장감이 담겨 있다. 또 미리 약속된 동작을 기계적으로 반복하는 것이 아니라, 흐르는 음악과 함께 순간적으로 가장 아름다운 움직임을 즉흥적으로 만들어가는 창조적인 춤이다. 땅고를 출 때 우리는 한 사람의 아티스트로서, 하나의 세계를 새로운 상상력으로 창조할 준비가 되어 있어야 한다.

우리를 땅고에 매혹되게 만드는 힘의 원천은 무엇이고, 어떤 이유 때문에 우리는 땅고를 추고 싶은 강렬한 충동을 받는가? 땅고의 태생적 본질에서 비롯되는 핵심적인 이유가 한국인의 기본 정서와 심층에서 만나기 때문이다. 땅고는 이민자의 애환과 인간 존재의 본질적 외로움에서 출발했고, 그것이 오랜 세월을 거치며 한국인의 특성으로 굳혀진 한의 문화와 연결되어서 우리의 집단무의식을 강렬하게 건드린다.

땅고를 추기 시작하면서 나는 지금까지 부에노스아이레스를 다섯 차례 방문했다. 가는 데 이틀이 걸리고 왕복하려면 4일이 소요되는 긴 여행이기 때문에 한 번 가면 최소 한 달 이상을 체류한다. 코리아 탱고 협동조합Korea Tango Cooperative 이사장에 취임하면서, 서울에서 진행되는 세계땅고대회 아시아 지역 심사위원들과의 계약 체결을 위해 지난 2017년 1월과 2월에도 부에노스아이레스에 있었다. 또 나의 땅고 파트너이자 아내인 카이Lea Kai와 결혼한 직후인 2012년 두 달 동안의 신혼여행도, 2011년과 2010년 당시 강의하던 대학의 겨울 방학에도, 나는 부에노스아이레스로 달려갔다. 2009년 EBS 「세계테마기행」 촬영을 위해 처음 부에노스아이레스를 방문한 뒤, 땅고를 추기 위해 시간이 허락할 때마다 부에노스아이레스로 갔다. 그러니까 이 책은 땅고를 추기 시작한 이후 지금까지 14년 동안 쉬지 않고 이어진 내 땅고 인생의 중간 보고서이자 결과물이다.

걸을 수 있으면 누구나 땅고를 출 수 있다. 인류가 만들어 낸 가장 아름다운 춤, 땅고에 독자들이 동참하기를 간절하게 바란다.

하재봉

* 스페인어를 사용하는 '탱고^{Tango}'의 발생지 아르헨티나, 우루과이 등에서는 탱고를 "땅고"라고 발음한다. 이 책에서는 고유명사 이외에는 국내에서 통용되는 탱고 대신 원래의 발음 그대로 땅고라고 적는다.

* 이 책은 나의 첫 땅고 에세이 『오직 땅고만을 추었다』보다 훨씬 먼저 기획되었지만, 조금 늦게 원고를 넘기게 되었다. 오랫동안 기다려주신 살림출판사의 심만수 대표님께 깊은 감사를 드린다.

제3부
부에노스아이레스의 '좋은 공기'

제4부
땅고 댄서, DJ

모든 문화가 그렇듯이 땅고 역시 그것이 배태된 땅의 역사와 밀접한 관련이 있다. 땅고의 발전사 또한 롤러코스터를 탄 것처럼 변화무쌍했던 아르헨티나의 근현대사와 긴밀한 상관관계를 갖는다.

제1부

땅고의 심장,
부에노스아이레스

아르헨티나의 역사와 땅고

땅고는 산업혁명의 거대한 소용돌이 속에서 생성된 새로운 문화적 씨앗이다. 중세 르네상스 시대 이후 축적된 인문학적 지식과 과학적 테크놀로지가 만나 폭발하면서 인류의 새로운 삶을 만들어간 19세기의 산업혁명은, 유럽의 지형도를 바꿔놓았을 뿐만이 아니라 세계 전역에 거대한 파장을 불러일으켰다. 팽창된 유럽 대륙의 욕망은 제3세계를 향해 뻗어나갔고, 그 결과 인구의 대이동을 가져왔다. 자기 땅에서 살기 힘들거나 더 나은 미래를 꿈꾸며 새로운 삶을 찾고 싶은 수많은 사람이 신대륙으로 몰려들었다. 그중에서 가장 많은 사람들이 도착한 곳은 뉴욕 등 북아메리카의 도시였지만, 그에 못지않은 상당수가 남미 대륙에서 가장 번영한 아르헨티나의 수도 부에노스아이레스를 찾아왔다.

부에노스아이레스. 남미의 파리라고 불릴 정도로 아름다운 이 도시의 외곽에 있는 라 보까La Boca 항구에는 수많은 무역선과 이민자들을 실어 나르던 증기선이 닻을 내렸다. 언어도, 문화도 다른 수백만 명의 사람이 한꺼번에 모여들면서 다양한 언어, 다양한 문화가 서로 충돌하게 되었다. 19세기 말 라 보까항구는 거대한 문화적 용광로였다. 모든 문화가 그렇듯이 땅고 역시 그것이 배태된 땅의 역사와 밀접한 관련이 있다. 땅고의 발전사 또한 롤러코스터를 탄 것처럼 변화무쌍했던 아르헨티나의 근현대사와 긴밀한 상관관계를 갖는다.

아르헨티나는 1816년 스페인 식민지에서 독립한 후 풍부한 곡물생산과 목축산업 등으로 19세기 말에서 20세기 초반에 세계 5대 부국으로 성장했다. 그러나 제2차 세계대전의 전시 내각을 거쳐 1946년 집권에 성공한 페론 대통령이 노동자를 보호하는 국가사회주의정책을 펴면서 기득권 세력의 반발에 부딪치고, 정치적 혼란이 시작된다. 지방 토호 등 귀족 세력의 지지를 받는 군사 정부가 1955년 쿠데타를 일으킨 후 집권하면서 정치적·사회적 혼란은 극심해졌다. 국외로 망명했던 페론은 자신의 지지자를 결집시켜 집권에 성공하고, 1973년 망명지에서 돌아와 다시 대통령이 되었다. 그러나 바로 이듬해 그가 사망하고 부인이자 부통령이었던 이사벨 페론(마리아 에스텔라 마르티네스 카르타스 데 페론María Estela Martínez Cartas de Perón)이 대통령을 승계받았지만 또다시 쿠데타가 일어나 군사 정권이 들어섰다.

그때부터 영국과의 포클랜드전투에서 패한 뒤 민정 이양한 1983년까지 군사 정부가 정권을 장악한 아르헨티나에서는 극도의 공포 정치가 계속되었다. 사람들은 정치적 혼란과 군사 정권의 폭압적 지배를 받으면서 정치적, 경제적으로 암울할 시기를 보냈다. 민정이양 후에도 경제적 혼란은 계속되었고 2000년을 전후해서는 우리와 비슷한 시기에 국제통화기금(이하 IMF)의 지원을 받았다. 2년 만에 IMF의 지원금을 모두 갚고 다시 성장 동력을 발휘한 한국과는 다르게 아르헨티나 경제는 곤두박질쳐서 대규모 민중봉기가 일어났다. 결국 2001년 12월 20일 대통령이 하야했으며, 새 대통령은 12월 24일 크리스마스이브에 '국가채무불이행 선언Moratorium'을 했다. 1,320억 달러에 달하는 외채상환을 유예하는 국가부도 사태를 맞은 후 일주일이 지난 12월 31일, 또다시 새로운 대통령이 선출되면서 2주 동안 대통령이 세 명이나 바뀌는 대혼란에 빠졌다.

일반적으로 아르헨티나를 상징하는 것은 땅고, 축구, 가톨릭이다. 전 세계 축구 팬은 물론이고 축구를 좋아하지 않는 사람들도 디에고 마라도나, 리오넬 메시의 이름은 알고 있으며, 종교가 달라도 바티칸의 프란시스꼬 교황이 최초의 남미권 교황, 특히 아르헨티나 출신이라는 사실 정도는 알고 있다. 하지만 땅고를 대표하는 음악가나 댄서들에 대해서는 잘 모른다. 반도네오니스트이자 작곡가인 아스또르 피아졸라Astor Piazzolla의 이름만 조금 알려져 있을 뿐이다. 아르헨티나는 남미에서도 가장 문화가 융성하게 발전한 나라다. 땅고는 아르헨티나의 문화적 상징이며, 피아졸라는 저잣거리의 대중음악이었던 땅고를 클래식의 높은 수준으로 끌어올렸다. 이후 땅고는 아르헨티나 정권의 향배에 따라 정책적으로 진흥되기도 했고 탄압의 대상이 되기도 했다.

아르헨티나를 대표하는 또 다른 인물로 『돈키호테』의 저자인 세르반테스 이후 스페인어권에서 최고의 작가로 평가되는 포스트모더니즘 문학의 시조 호르헤 루이스 보르헤스Jorge Luis Borges, 그리고 피델 카스트로Fidel Castro와 함께 쿠바 혁명을 성공으로 이끈 혁명가 체 게바라Che Guevara를 꼽을 수 있다. "우리 모두 리얼리스트가 되자"고 외쳤던 혁명의 아이콘 체 게바라는, 쿠바의 장관직을 사임하고 라틴 아메리카의 혁명을 위해 볼리비아 게릴라 부대로 잠입했다가 1967년 볼리비아 산속에서 정부군에 의해 사살되었다. 영화 팬이라면, 의대생이었던 체 게바라의 이십 대 시절 자전적 이야기를 영화화한 「모터사이클 다이어리」The Motorcycle Diaries를 기억할 것이다.

아르헨티나가 서구 세계에 처음 발견된 것은 1516년 2월이다. 황금의 땅 인도를 찾아 스페인을 떠난 탐험가 후안 디아스 데 솔리스Juan Díaz de Solís는, 콜럼버스가 발견한 항로를 따라 3척의 선박을 끌고 파나마 해협에서 남쪽으로 내려가다가 라 쁠라따La Plata강 하구로 들어섰다. 스페인에서 대서양을 건너 남미 대륙으로 온 그는, 그 땅이 동인도 대륙의 남단이라고 믿으며 아래쪽을 돌아가면 유럽의 동쪽과 연결되는 새로운 항로를 발견할 것이라고 여겼다. 사실 길이가 4,700킬로미터에 이르는 기다란 라 쁠라따강 입구는 폭이 220킬로미터에 이를 정도로 넓어서 그곳이 강이라는 생각이 들지 않는다. 지금은 강

양쪽에 우루과이의 뿐따 델 에스떼와 아르헨티나의 뿐따 라사라는 도시가 형성되어 있다.

솔리스에 이어 라 쁠라따강을 찾아온 두 번째 스페인 사람은 뻬드로 데 멘도사[Pedro de Mendoza]다. 1536년 멘도사는 라 쁠라따강 하구에 부에노스아이레스를 최초로 건설했다. 그러나 1541년 과라니족의 공격을 받아 도시는 파괴되고 폐허가 되었는데, 멘도사의 뒤를 이어 이곳을 다시 찾아온 후안 데 가라이[Juan de Garay]와 스페인 사람들에 의해, 1580년 6월 11일 도시가 재건된다. 식민지로서 라 쁠라따강 일대는 별로 매력적인 지역이 아니었다. 정복자들이 가장 원한 것은 은과 금이었다. 라 쁠라따강의 이름도 은이라는 뜻을 갖고 있다. 스페인 왕은 금과 은이 많은 페루에 총독을 임명하고 라 쁠라따 지역까지 관할하게 했다. 소나 양이 한가롭게 풀을 먹고 있는 드넓은 초원에는 별로 관심이 없었기 때문이다.

스페인 왕은 포르투갈이 지배하고 있던 브라질 지역을 제외한 남미 대륙을 효율적으로 통치하기 위해 4부로 분할했다. 누에바 에스파냐(멕시코 등 중앙아메리카 지역), 페루(페루, 칠레, 볼리비아 지역), 누에바 그라나다(베네수엘라, 콜롬비아, 에콰도르 지역), 라 쁠라따(파라과이, 우루과이, 볼리비아의 은광 지대인 포토시 지역)가 4개의 부왕령이다. 라 쁠라따 중에서는 은을 비롯한 주요 광물이 생산되던 북부 안데스산맥 지역의 투쿠만, 살타, 후후이 등이 부에노스아이레스보다 훨씬 더 중요하게 여겨졌다. 그러다 남미 대륙에서 광범위하게 생산되는 목축과 광물자원을 스페인으로 실어 나르기 위한 무역도시로서 라 쁠라따강 시작했다. 농산물 운송과 광물자원 개발에 절대적으로 필요한 철도 네트워크가 만들어지면서 황량한 땅이 비옥한 토지로 변모했고, 아르헨티나의 경제도 고속 성장하기 시작했다. 철도 개설에 많은 인부가 필요해지자 아르헨티나 정부는 유럽 대륙의 주요 신문에 이민자를 모집하는 광고를 게재했다. 정부는 아르헨티나에 도착한 이민 노동자를 위해서 첫 주의 숙박 및 식사를 제공했으며, 소액의 보조금까지 지급할 정도로 해외 이주민을 불러들이기 위한 정책을 적극적으로 펼쳤다.

독립운동이 일어나던 1810년 당시 아르헨티나의 인구는 40만 명에 불과했지만, 이민법이 통과된 후 1914년에 이르면 아르헨티나의 총인구는 788만 5,000명으로 증가한다. 그중 43퍼센트가 외국인이었으니 전체 인구의 거의 반 정도가 이민자였다. 폭발적인 인구 유입은 군사 쿠데타가 일어나던 1955년까지 이어져 부에노스아이레스 시민의 70퍼센트가 이민자 출신으로 구성되었다. 1930년에는 아르헨티나 인구가 1,000만 명을 넘어서게 되었으니 불과 100여 년 동안 1,000만 명 가까운 인구가 유럽 대륙에서 넘어온 것이다.

아르헨티나가 적극적인 이민정책을 펼치던 시기에 이탈리아의 경제는 극도로 악화되어서, 인구밀도는 높고 경제 사정이 안 좋은 이탈리아에서 가장 많은 이민자가 아르헨티나로 건너왔다. 그래서 현재 아르헨티나의 인구 구성은 2,500만 명의 이탈리아계가 가장 많은 비중을 차지하고 있다. 이어 스페인계가 1,600만 명, 프랑스계가 600만 명, 레바논과 시리아 등 아랍계가 450만 명, 독일계가 400만 명에 이른다. 이들은 모두 백인들이어서 아르헨티나 전체 인구에서 백인의 비중이 94퍼센트에 이른다.

19세기 말에는 매주 이탈리아 북부의 제노바항구를 떠난 여객선이 부에노스아이레스의 라 보까항구에 도착했다. 아메리칸 드림을 꿈꾸며 신대륙을 찾아 떠난 이탈리아인은 북아메리카의 뉴욕에 도착하기도 했지만, 이탈리아어는 스페인어와 거의 비슷하기 때문에 수많은 이탈리아 이민자가 말이 통하는 남미의 부에노스아이레스를 선택했다. 더구나 20세기에 들어설 무렵 아르헨티나는 빰빠스^{Pampas}라고 불리던 드넓은 초원에서 생산된 엄청난 곡물과, 사람 숫자보다 더 많은 소와 양을 보유한 목축산업의 발달로 세계 5대 부국 반열로 성장하고 있었다.

땅고, 남녀의 다리 사이에 벌어진 전쟁으로 표현되었던 이 섹시한 춤의 탄생 배경에는, 바다 건너 낯선 나라에서 미래가 불투명하고 불안한 삶을 이어가며 절대고독과 향수병에 시달리던 수많은 이민자의 애환이 자리 잡고 있다. 또한 거대 농지를 소유하고 있던 당시 주류 지배층에 대한 하층민의 거친 저항도 담겨 있다.

넓은 평원을 이동하며 살아가던 유목민의 전통은 가우초^{Gaucho}로 이어졌는데, 잦은 공간 이동은 필연적으로 하체의 중요성을 강조하게 만들었다. 땅고는 아르헨티나의 지정학적 특성에 따라 유목민이 갖고 있던 하체의 춤과 이민자들의 애환이 뒤섞이면서, 다양한 국적의 수많은 이민자가 부딪치고 충돌하는 과정에서 발생했다. 주요 공간은 당대의 거대한 문화적 용광로였던 부에노스아이레스의 라 보

남녀의 다리 사이에 벌어진 전쟁, 땅고.
이 섹시한 춤의 탄생 배경에는, 낯선 나라에서 절대고독과
향수병에 시달리던 수많은 이민자의 애환이 자리 잡고 있다.

까항구였으며, 땅고의 주체세력은 주류 문화에서 소외된 하층민이었다.

부에노스아이레스의 빈민가를 접수한 어둠의 세력들 속에는 꼼빠드레Compadre라는 건달 집단이 있었다. 평원에서 소를 치며 살아가던 가우초가 도시빈민화되면서 변형·흡수된 것이 꼼빠드레 집단이다. 수십 명에 이르는 남성들이 무리지어 다니면서 남성적 멋을 과시했다. 그들은 롱부츠에 은장도, 잔뜩 기름을 발라 머리를 단정하게 빗어서 넘기거나 카우보이모자를 쓰고 멋을 부렸다. 또 서로 장난치거나 재미있게 시간을 보내면서 유희의 동작을 취했는데, 초기 땅고가 남성 집단 내에서 발아한 것은 이런 이유가 있었다.

춤으로 세계를 바꿀 수는 없지만, 그들은 모순으로 가득한 세계의 불협화음을 춤으로 표현해냈다. 돈을 벌기 위해 고국을 떠나온 이민자 대부분은 남성이었다. 따라서 이민자가 전체 인구의 43퍼센트를 차지할 무렵 아르헨티나의 남녀 성비는 극도의 불균형 현상을 보였다. 남성이 압도적으로 많았고 그 속에서 동성애문화가 싹트기 시작했다. 19세기 말인 1860년대에서 1900년대까지 여러 문헌에서 남성끼리 즐기던 초기 땅고의 형태를 쉽게 목격할 수 있다.

남성끼리의 땅고가 시작된 또 하나의 이유는 경제적 위기 때문이다. 남성 위주의 가부장제 사회에서 한 집안을 책임진 남자가 실업 상태로 경제적 역할을 하지 못하자, 여자들은 비록 저임금이지만 공장 지대에 대규모로 취업하기 시작했다. 그 결과 남자들은 상대적으로 위축되었고 여성화되는 경우도 있었다. 이렇게 시작된 동성의 땅고는 몰락하는 가부장제 사회의 비극을 상징적으로 보여준다. 지난 2010년에 남미 최초로 아르헨티나에서 동성결혼이 합법화된 데는 이런 역사적 배경이 자리 잡고 있다.

초기 땅고에서 중요한 위치를 차지한 또 다른 부류는 흑인 노예였다. 아르헨티나의 발달 과정에는 세 부류의 인종이 등장한다. 원주민 인디오, 지배 세력인 스페인계 백인, 그들이 아프리카에서 끌고 온 흑인 노예다.

스페인 식민지 시절에는 지배 세력이 식민지를 효과적으로 지배하기 위해 엄격한 인종정책, 즉 카스트 제도를 시행했다. 스페인에서 태어난 백인 페닌슐라Peninsular가 최고의 핵심 요직을 물려받았으며, 바로 아래 계급이 식민지에서 태어난 백인인 끄리오요Criollo로, 이들은 법적으로는 모두 스페인 사람이었다. 지배 세력으로서 자리 잡은 이들은 토지를 소유하고 군대나 정부의 요직을 모두 차지했다.

그러나 정착 과정에서 인디오나 흑인과의 사이에서 태어난 혼혈인이 늘어나기 시작하자, 오리지널 스페인 혈통의 8분의 1 넘게 다른 피가 섞인 사람들은 공직 임명에서 불이익을 받았다. 끄리오요는 부모 모두 스페인 사람이면서 자신은 식민지에서 태어났거나, 부모 모두 끄리오요이고 자신도 식민지에서 태어난 사람을 뜻했다. 스페인 본토에서 태어난 페닌슐라에게 상대적으로 차별을 받던 끄리오요는 아르헨티나 독립 과정에서 적극적으로 활약하며 독립 전쟁을 승리로 이끄는 데 크게 기여했다.

아르헨티나에서는 눈에 보이지 않는 인종차별이 지금까지도 은밀하게 계속되고 있다. 백인과 인디오 사이에 태어난 사람들이 메스띠소[Mestizo], 백인과 흑인 혼혈을 뮬라또[Mulatto], 인디오와 흑인 혼혈을 잠보[Zambo]라고 부른다. 심지어 인디오의 피가 섞인 메스띠소도 세분화해서 구분했는데, 인디오 피가 4분의 1이 섞이면 까스띠소[Castizo], 4분의 3이 섞이면 촐로[Cholo]라고 부를 정도로 혈통에 따라 인종을 세분화해서 다스렸다.

백인 우월주의는 아직도 부에노스아이레스 사회에 보이지 않게 남아 있다. 밀롱가에서 땅고를 출 때도 뽀르떼뇨[Porteno](항구 사람들이라는 뜻으로 부에노스아이레스 토박이를 지칭한다)들은 동양계 유색인에게 먼저 친근하게 다가가지 않는다. 그러나 이제는 한국·일본·중국 등의 경제적 위상이 높아지고 땅고 실력이 급상승하면서 동양계 땅게로스[Tangueros](땅고를 추는 사람들)를 바라보는 뽀르떼뇨의 시선도 예전보다 훨씬 부드러워졌다.

땅고 발전 초기의 뮤지션 중에는 흑인이 많이 등장한다. 하지만 그들은 1930년대 중반 땅고의 황금시대에 이르면 존재를 거의 찾아볼 수 없을 정도로 소수가 된다. 부에노스아이레스 인구의 3분의 1을 차지하던 그 많던 흑인은 모두 어디로 갔을까? 숫자가 줄어든 가장 큰 이유는 아르헨티나 인구 구성 비율의 변화에서 찾아볼 수 있다. 스페인 정복자들이 처음 부에노스아이레스를 건설할 때만 해도 스페인계, 인디오, 흑인 노예가 각각 삼등분하고 있던 인종 비율은, 유럽에서 이탈리아계와 독일계 등이 대거 유입되면서 크게 변했는데, 특히 흑인 비율이 최소화되었다.

1810년 5월혁명과 함께 독립 전쟁이 시작되자 새로운 아르헨티나 정부는 흑인 노예에게 자유를 주는 대신에 일정 기간 군복무를 의무화했다. 그 결과 많은 흑인이 참전했고 그들 중 상당수가 전쟁터에서 사망했다. 19세기 후반 아르헨티나의 선진화를 이루는 데 크게 기여했고, 교육의 중요성을 강조하며 많은 업적을 남긴 '국민들의 선생님' 사르미엔또 대통령 역시 백인 우월주의에 빠져 의도적으로 인종 말살정책을 폈다. 특히 1864년부터 1870년까지 일어난 파라과이와의 전쟁 때 흑인을 앞세워서 많은 흑인이 희생당했다. 또 황달과 콜레라가 창궐했을 때 도시를 봉쇄했는데, 백인은 봉쇄선 밖으로 빠져나가게 했지만 흑인들은 철저히 통제했기 때문에 '씨가 마를 정도'로 극소수만 남게 되었다.

부에노스아이레스를 방문하는 많은 땅게로스가 반드시 한 번 이상 들리는 최고의 땅고화 전문 숍인 네오땅고^{Neo Tango}가 사르미엔또거리에 있고, 그 앞에는 사르미엔또호텔이 있을 정도로 아직도 아르헨티나 사람들에게 존경받는 대통령이 사르미엔또지만, 그는 극심한 인종 차별주의자였다. 부에노스아이레스를 남미의 파리라고 부르는 이유 중 하나가 아름다운 건축물과 풍부한 문화, '백인들의 도시'라는 이미지 때문인데, 그 수식어 속에 들어있는 아르헨티나의 심각한 인종 탄압 역사를 생각하면 아름답게 받아들일 수만은 없다.

부에노스아이레스대학 유전자 연구센터에서 표본 500명을 선정해서 혈액을 검사한 결과, 흑인 유전자가 4.3퍼센트 정도 발견되었고, 국립통계센서스연구소^{INDEC}에서 부에노스아이레스 시민들 1,500명을 선정해서 '조상 중에 흑인이 있었는가'라는 설문조사를 했을 때 약 5퍼센트 정도가 있었다고 대답했다. 지금도 아르헨티나는 다른 남미 지역과는 달리 백인이 차지하는 비중이 85퍼센트가 넘고, 메스띠소는 11퍼센트 정도이며 순수 흑인이나 인디오는 거의 찾아보기 힘들 정도로 적다. 오늘날 부에노스아이레스 학생들은 시험 기간이 되면 길거리를 다니며 흑인들을 찾는다. 쉽게 찾기 힘들 정도로 귀한 흑인을 보면 재수가 좋다는 속설이 있기 때문이다.

지금까지 살펴본 것처럼 아르헨티나의 근현대사와 밀접하게 연관된 땅고의 발전사는 다음 7단계로 나누어 구분할 수 있다. 땅고를 연구하는 학자마다 조금씩 의견이 다르지만, 지난 150년 동안의 땅고 발전사는 크게 7단계로 나눠진다는 것이 내 생각이다.

땅고의 발아기(1860~1880)

땅고의 시작은 부에노스아이레스로 단기간에 유입된 엄청난 이민자과 밀접한 관련이 있다. 산업혁명을 통해 유럽사회가 급발진하고 소용돌이치면서 엄청나게 팽창되자 새로운 삶의 기회를 찾으려는 사람들이 신대륙으로 몰려들었다. 부에노스아이레스의 라 보까항구 주변에는 화물을 싣고 유럽을 왕래하는 증기선들이 정박한 선착장과 사람의 숫자보다 많았던 소를 도살하는 도살장, 소의 가죽을 가공하는 피혁공장, 그리고 조선소 등이 있었다. 젊은 남성이자 가난한 이민자 대부분이 이곳에서 일했으며, 고단한 업무가 끝난 저녁에는 향수에 시달려 선창가 유곽을 찾았다. 남녀의 성비가 가장 심할 때는 200대 1에 이를 정도로 여자가 귀했던 라 보까 항구의 유곽에서부터 땅고가 시작되었다.

1869년 아르헨티나 정부는 매춘을 합법화했다. 유곽에서 자기 순번을 기다리던 남자들끼리 무료한 시간을 이겨내기 위해 손을 잡고 춤을 추기 시작했고, 한 명의 여성이 나타나면 모두 그녀에게 자신의 매력을 어필하기 위해 어떤 특별한 유혹의 몸짓을 해야 할 절박한 필요가 생겼다. 남자들은 어디에서도 찾아볼 수 없는 재미있는 몸동작을 만들어 여성의 관심을 끌고 싶어 했다. 그래서 남자들은 한 번 자신과 손을 맞잡은 여성이 한눈 팔지 못하게 하기 위해 색다른 재미와 즐거움을 안겨주려 했다.

라 보까항구로 이민자가 물밀 듯이 들어오면서 거대 도시로 팽창하자 1880년 부에노스아이레스는 아르헨티나의 수도로 확정되었다. 다양한 문화를 가진 그들이 한군데 모이면서 문화의 혼융 현상이 발생했다. 처음에는 스페인 정복자에게 끌려온 아프리카 흑인 노예의 한이 문화의 중심에 웅크리고 있었다. 부에노스아이레스 문화의 최하층을 형성하고 있던 흑인 노예 출신들은 아프리카 주술적 리듬의 깐돔베Candombe로 자신의 설움을 풀어냈다. 스페인 안달루시아 지방을 유랑하던 집시들의 한과 낭만이 서린 안달루시안 단쓰, 안달루시안 땅고는 쿠바의 수도인 아바나로 건너가 아메리카 인디오 문화와 만나 아바네라Habanera가 되었고, 아바나와의 무역 거래가 빈번하게 이루어지던 부에노스아이레스의 무역선을 타고 라 보까항구로 흘러 들어왔다. 깐돔베와 아바네라가 아르헨티나 거대한 초원에서 소와 양을 키우던 목동인 가우초의 노래와 춤과 뒤섞이면서 1860년대의 라 보까항구에서는 빠른 템포의 4분의 2박자 음악이 등장했다. 즉 산업혁명에 의해 아메리카 대륙으로 팽창된 유럽의 리듬이 아메리카의 토착 음악, 그리고 아프리카에서 가지고 온 흑인 노예의 리듬과 뒤섞이면서 초기 땅고인 4분의 2박자의 밀롱가^{Milonga} 음악이 탄생한 것이다.

단순하면서도 정신을 마취시키는 주술적 리듬인 4분의 2박자 밀롱가가 등장하면서 사람들은 그 박자에 맞춰 몸을 움직이기 시작했다. 원시 형태의 땅고 춤은 오늘날처럼 세련되고 우아한 동작이 아니라 흥에 넘치는 빠른 몸짓이었다. 두 사람의 남녀가 함께 춤을 추는 커플 댄스 중에서도 땅고에서 남녀의 신체가 가장 밀접하게 접촉되는 이유는 라 보까항구 주변 성비의 불균형에서 찾을 수 있다. 남자들은 자신과 아브라쏘^{Abrazo} 한 여성이 다른 남자에게 시선을 돌리지 않도록 온갖 필살기를 개발했고, 여성의 신체에 자신의 몸을 가깝게 밀착시키며 끊임없이 새로운 동작으로 그녀를 즐겁게 만들어줘야만 했다. 규격화되지 않는 땅고 춤만의 즉흥적 창의성과 독창성은 여기에서 비롯된다.

땅고의 유년기(1881~1916)

1860년 라 보까항구 주변에 흘러넘치던 밀롱가 음악에 발장단을 맞추는 원시 형태의 땅고 춤은 많은 사람을 흥겹게 했다. 고향에 대한 향수, 앞날에 대한 불안, 낯선 땅에 혼자 있다는 외로움 등 고독과 소외의 정서가 리듬을 통해 표출되면서 1880년경에는 훨씬 더 복잡하게 진화한 4분의 4박자 땅고 음악이 만들어졌다.

현재까지 악보가 남아 있는 초기 땅고 곡들은 1899년 작곡된 마누엘 깜뽀아모르Manuel Campoamor의 「사르헨또 까브랄Sargento Cabral」, 1900년 발표된 프란시스꼬 아르그레아베스Francisco A. Hargreaves의 「바르또로Bartolo」, 앙헬 비욜도Ángel Villoldo의 「엘 초끌로El Choclo」 등이다. 아르그레아베스는 죽기 직전 잡지 「매거진 께Magazine Que」에 「바르또로」의 악보를 발표했지만, 과연 이 곡이 그의 창작곡인지 아니면 누군가가 훨씬 전에 만들어서 다른 나라에서 이미 연주되던 곡을 아르그레아베스가 악보로 발표한 것인지는 확실하지 않다. 또 1897년 피아니스트 로젠도 멘도사발Rozendo Mendozabal이 4분의 4박자의 땅고 「엘 엔뜨레리아노El Entrerriano」를 연주했다.

최초의 여성 땅고 작곡가는 스페인 출신의 귀족이며 매우 부유했던 엘로이사 데 실바Eloisa de Silva인데, 그녀는 1872년에 꼴론극장을 건설하기 위한 기금 모금 음악회에서 플라멩코 곡과 함께 땅고 곡을 몇 곡 작곡해서 선보였다.

1900년을 전후해서는 클라리넷 연주자 무라또 신포로소Muratto Sinforoso, 흑인 바이올린 연주자 까시미로 알꼬르따Casimiro Alcorta 같은 땅고 뮤지션이 대거 등장했다. 그리고 플루트·바이올린·기타가 함께한 3중주 또는 4중주의 땅고 악단이 만들어져 연주하기 시작했다.

1905년에는 땅고 악단에 처음으로 피아노가 합류했고, 대부분 이탈리아 이민자인 뮤지션들은 땅고에 이탈리아 깐쏘네나 오페라 아리아를 섞어 연주했다.

독일인 하인리히 반트가 아코디언을 개량해서 만든 반도네온으로 땅고를 처음 연주한 사람은 흑인인 세바스띠안 라모스^{Sebastian Ramos}였으며, 반도네온 연주가 들어간 최초의 땅고 음악 녹음은 1912년 반도네오니스트 후안 마글리오^{Juan Maglio}에 의해 이루어졌다. 반도네온은 땅고 악단의 음색을 결정짓는 중요한 역할을 했다. 땅고를 연주한 최초의 여성 반도네오니스트는 빠끼따 베르나르도^{Paquita Bernardo}였다. 작곡가이자 피아니스트인 로베르또 피르뽀^{Roberto Firpo}는 1913년 「아마네오세르^{Amaneocer}」라는 곡을 녹음하면서 자신의 악단에 반도네온을 합류시켰다.

1916년 프란시스꼬 까나로^{Francisco Canaro}가 베이스를 도입하면서 피아노, 바이올린, 반도네온, 베이스 4개의 악기로 이루어진 오늘날 땅고 악단의 표준인 오르께스따 띠뻬까^{Orquesta Tippica}가 등장했다.

1906년 아르헨티나 해군 함선인 사르미엔또호가 유럽을 돌면서 바로셀로나와 마르세이유항구 등에 기착했고, 선원들이 가져간 초기 땅고의 대표곡인 비올도의 「엘 초끌로」 「라 모로차^{La Morocha}」 악보가 유럽 대륙의 바와 술집으로 흘러 들어갔다. 마르세이유항구에 도착한 사르미엔또 선원들은 프랑스 처녀들과 땅고를 췄으며, 1909년에는 파리 몽마르뜨언덕의 극장 무대에서 땅고가 공연되었다는 기록도 있다.

결정적으로 땅고가 파리 시내에 퍼진 것은 1912년부터다. 이듬해인 1913년 땅고는 파리를 중심으로 한 유럽문화의 새로운 트렌드로 급부상하면서 대중문화 돌풍의 주역이 되었다. 1913년 파리에서 발행된 일간지를 보면 거의 매일 땅고에 관한 기사가 실렸다. 그뿐만 아니라 1913년과 1914년에는 땅고를 가르치는 책이 런던에서만 4권이 출판되었다. 저자의 이름은 모두 영국인으로 되어 있지만 사실 그중 한 사람은 젊은 아르헨티나인이었다. 런던에서 엔지니어링에 관련된 공부를 하고 있던 그는 부모의 눈을 피해 가명을 사용해서, 땅고를 가르치는 책을 출판했다. 다른 3권은 땅고 유행에 편승하는 책들이었다.

아르헨티나는 이미 세계 7대 부국 안에 들어갔고 국민소득은 스페인이나 이탈리아보다 4배나 높았다. 물론 상당수의 부가 소수 상위계급에 치우쳤으므로 아르헨티나 상류층은 자신의 자녀를 유럽, 특히 파리나 런던에 유학 보냈다. 유럽으로 간 부에노스아이레스 출신의 한 청년은 1914년 런던 샤프츠베리애비뉴^{Shaftesbury Avenue}에 있는 퀸스극장 무대에 올라 부모 몰래 배운 땅고를 췄다. 사회자가 후안 바라사^{Juan Barrasa}라고 소개했지만, 그것이 본명인지는 알 수 없다.

1913년과 1914년은 땅고의 해였다. 유럽의 모든 사람이 땅고를 배우고 싶어 했다. 파리나 런던의 대형 백화점에서는 고객들의 관심을 끌기 위해 땅고 관련 이벤트를 기획할 정도였다. 특히 땅고는 여자의 패션에도 커다란 영향을 미쳤다. 파리에서는 땅고를 추기 위해 빅토리아 시대부터 내려온 코르셋을 벗어던졌다. 후프가 달린 스커트의 답답함에서 벗어나 춤추기 편리한 튤립 스커트를 찾았다. 파트너와의 아브라쏘를 위해 깃털이 달린 모자 대신 깃털 없는 모자를 쓰기 시작했다. 땅고화, 땅고 스타킹, 땅고 드레스 등 이 시기 땅고는 하나의 문화산업으로 발전했다.

1916년 뉴욕 신문에 광고된 땅고 관련 장소는 700여 곳이나 되었다. 파리에서 뉴욕으로 땅고가 건너오면서 지금의 볼룸 댄스가 되었다. 콘티넨탈 탱고Continental Tango라고 불리는 댄스 스포츠의 모던 탱고는, 유럽에 상륙한 아르헨티나 땅고가 가진 어둡고 무거운 고독, 혹은 유혹적인 선정성의 날카로운 모서리를 깎아 둥글게 만들어서 사교춤에 맞게 변형한 것이다.

아르헨티나 땅고가 유럽을 통해 세계적으로 보급되면서 가장 많은 사람이 땅고를 즐기게 된 곳은 핀란드다. 이제는 피니시 탱고Finnish Tango라고 불리며 독립적으로 인정받는 핀란드 탱고는 1913년 파리에서 땅고가 혁명적 인기를 끌던 시기에 처음으로 핀란드에 소개되었다. 그 후 1930년대에 핀란드만의 독특한 탱고 형태로 발전하기 시작하면서 1940년대 대중음악 차트의 절반을 탱고 음악이 차지할 정도로 탱고는 핀란드의 국민 음악, 국민 춤이 되었다. 핀란드 탱고와 아르헨티나 땅고의 가장 큰 차이점은 코러스가 진행되는 동안 리듬이 변한다는 것이다. 그리고 정통 아르헨티나 땅고 오르께스따에서 가장 중요한 역할을 하는 반도네온 대신, 음색이 밝고 경쾌한 아코디언으로 연주된다는 특징이 있다.

핀란드 탱고의 하이라이트는 1985년 이후 매년 여름 핀란드의 중부 도시 세이나요끼^{Seinäjoki}에서 개최되는 땅고페스티벌이다. 연간 10만 명이 참가하는 이 거대한 땅고페스티벌, 탱고마끼나뜨^{Tangomarkkinat}는 핀란드에서 개최되는 가장 큰 문화축제로서 모든 매스컴의 주목을 받으며, 탱고 킹 앤 퀸^{Tango King & Queen} 대관식도 거행한다. 지금까지 500만 명이 넘는 사람들이 참여할 정도로 국제적 관심을 받고 있다.

하층민의 문화라고 땅고를 멸시했던 부에노스아이레스의 귀족들은 추운 겨울을 피해 남반구와 계절이 반대인 파리에서 휴가를 보내다가, 유럽 대륙에 퍼진 땅고를 목격하고 부에노스아이레스로 돌아와 땅고를 받아들이기 시작한다. 이후 1910년대를 거치면서 땅고는 라 보까항구의 선창가 유곽을 벗어나 부에노스아이레스 시내 한복판까지 진출하게 되었다.

땅고의 청년기(1917~1934)

1917년은 땅고사에 있어서 아주 중요한 해로 기록된다. 왜냐하면 이 해를 기점으로 땅고가 부에노스아이레스에서 아르헨티나 전역으로 확장되어 국민 춤, 국민 음악이 되었기 때문이다. 이렇게 땅고가 자리 잡을 수 있도록 결정적인 역할을 한 사람이 까를로스 가르델^{Carlos Gardel}이다. 그래서 그를 '땅고의 아버지'나 '땅고의 황제'라고 부른다. 가르델은 우루과이인 아버지와 프랑스인 어머니 사이에서 태어났는데, 파리에서 태어나 우루과이의 몬테비데오에서 유년시절을 보낸 후, 청년기에 부에노스아이레스로 건너왔다. 아름다운 미성을 가진 그가 1917년 「미 노체 뜨리스떼」Mi Noche Triste (내 슬픈 밤)라는 곡을 부르면서, 춤만 췄던 땅고 곡에 최초로 가사가 붙어 노래로 불리게 되었다. 이 노래가 아르헨티나는 물론 남미 대륙 전체에서 크게 히트하면서 땅고의 인기가 치솟았고, 그때부터 땅고 곡 대부분에 가사를 붙여서 가수들이 노래하기 시작했다. 땅고 음악, 이른바 땅고 깐시온Tango Cancion 시대가 개막된 것이다. 이때부터 땅고는 아르헨티나의 국민적 정서를 대변하는 음악이자 춤으로 자리 잡는다.

가르델의 엄청난 성공 이후 등장한 땅고 깐시온 시대에는 세련된 이탈리아 형식의 오페라 아리아와 깐소네가 기존의 땅고 음악 속으로 흡수되기 시작한다. 1880년경에 형성된 4분의 4박자의 땅고 음악은 오늘날 우리가 듣는 것과 비슷한 형태로 발전했다. 그러므로 땅고의 DNA에는 아프리카 대륙의 한과 유럽 대륙의 세련된 장식음, 그리고 아메리카 대륙의 노동요 등 세 대륙의 문화가 뒤섞여 있다고 볼 수 있다. 「미 노체 뜨리스떼」는 원래 작곡자 미상의 「리따Lita」라는 곡으로 부에노스아이레스 밀롱가에서 흔히 연주되던 곡이었다. 그러다 1915년에 빠스꾸알 꼰뚜르시Pascual Contur. 가 가사를 붙인 이후에 「미 노체 뜨리스떼」라는 제목으로 불렸다. 1916년 3월 22일 우루과이의 몬테비데오 아르티가스극장 2층의 카바레 물랭루즈에서 꼰뚜르시가 이 노래를 불렀다는 신문 기사가 남아 있다. 꼰뚜르시는 부에노스아이레스극장 무대에서 포크 송을 부르며 활동하던 남성 듀엣 중, 미남이자 달콤한 목소리를 가진 가르델을 영입해서 1917년에 이 노래를 취입하게 했다.

땅고의 대중화를 이끈 또 하나의 곡은 「라 꿈빠르시따^{La Cumparsita}」다. 오늘날에도 대중에게 친숙한 땅고 곡으로 인식되는 이 곡은 마또스 로드리게즈^{Matos Rodriguez}가 작곡했으며, 1917년 우루과이의 몬떼비데오에서 알론소 미노또 오르께스따^{Alonzo-Minotto Orquesta}가 녹음했다. 스쿨밴드의 행진곡에서 영감을 받아 15세에 불과했던 젊은 학생이 작곡한 이 곡은 1916년 피르뽀 오르께스따를 우루과이로 초빙해서 녹음하기도 했으나 대중적으로 알려진 것은 1917년 녹음된 미노또 오르께스따의 곡이다.

그 후 수많은 땅고 오르께스따가 만들어지고 수천 곡의 땅고가 연주되었다. 라 보까항구의 술집이든 부에노스아이레스의 클럽이든 밤새도록 땅고 음악이 흘러 나왔으며 많은 사람이 땅고를 췄다. 이 시기에는 표준 편성이라는 뜻의 오르께스따 띠삐까, 혹은 6인조 악단이라는 의미의 섹스떼또 땅고 오르께스따가 무수히 결성되었다. 땅고 음악의 상징으로 부상한 독특한 음색의 반도네온 2대와 바이올린 2대, 피아노 1대와 더블베이스 1대 등 총 6인조로 편성된 섹스떼또 오르께스따는 무성영화가 상영되던 극장에서 반주를 맡거나, 밀롱가나 클럽에서 연주하며 수익을 창출했다. 땅고가 세계적으로 유행하기 시작하면서부터는 유럽으로 초청공연을 가기도 했다. 1925년 프란시스꼬 까나로 악단은 가우초 복장을 하고 파리 무대에 섰다. 유럽 대륙에서 땅고는 이국적인 분위기를 만드는 에스닉한 리듬이었고,

춤이었다.

그러나 1927년 최초의 유성영화 「재즈싱어The Jazz Singer」가 개봉되면서 전 세계 극장가에 자리 잡고 영상에 맞춰 라이브 연주를 하던 오르께스따들이 설 자리를 잃기 시작했다. 밀롱가를 활성화시키는 오르께스따들이 위기에 빠지자, 땅고는 춤보다는 노래로서 대중들에게 더 각광받았다. 사람들에게 다시 춤추고 싶은 욕망을 불러일으키는 데 결정적으로 기여한 사람은 후안 다리엔쏘Juan D'Arienzo다.

땅고의 황금시대(1935~1955)

땅고의 황금시대 서막은 다리엔쏘에서부터 시작한다. 1935년 젊은 작곡가이자 피아니스트인 로돌포 비아지Rodolfo Biagi를 영입한 다리엔쏘 오르께스따는 빠른 템포와 강렬한 비트로 구성된 힘 있는 땅고 음악들을 연주했다. 사람들로 하여금 자리에서 벌떡 일어나 춤추고 싶은 욕망을 일으키게 하는 다리엔쏘의 땅고 음악이 나오면서, 밀롱가는 춤추기 위한 사람들로 북적거렸다. 또 오스발도 뿌글리에쎄Osvaldo Pugliese, 미겔 깔로, 아니발 뜨로일로Anibal Troilo, 알프레도 데 앙헬리스 등 젊은 지휘자들이 전면에 부상한 새로운 오르께스따들이 수없이 등장해서 땅고 붐을 확산시키는 데 크게 기여했다.

그리고 대중들의 인기를 얻는 새로운 가수들이 등장했다. 땅고는 대중들에게는 가수의 노래를 따라 부를 수 있는 즐거움을 안겨주었다. 바이올린, 피아노, 베이스, 반도네온에 이어 가수의 목소리는 다섯 번째 악기로 활용되었다. 가수들의 인기가 점점 높아지면서 가수는 오르께스따의 리더와 비슷한 위치로 성장했고, 이른바 오르께스따 가수라고 불리며 활발하게 활동했다.

특히 1946년 민족주의자 페론 대통령이 집권하면서 노동자와 농민들을 위한 정책이 펼쳐졌고 아르헨티나 전통문화가 장려되었다. 그중에서도 땅고는 최고였다. 배우 출신이었던 페론 대통령의 부인 에비타는 가끔 땅고 바를 찾을 정도로 땅고를 사랑했다. 페론 대통령은 라디오 방송에 나오는 음악에도 마치 우리나라의 스크린 쿼터 제도처럼 록 음악 같은 외국 음악을 제한하는 규정을 두어 정책적으로 땅고를 장려했다. 다리엔쏘 악단의 빠른 템포 음악이 밀롱가로 사람들을 불러 모으던 1935년경부터 쿠데타로 군사 정부가 들어서기 직전인 1955년까지를 땅고의 황금시대Golden Age 라고 부른다.

땅고의 황금시대, 부에노스아이레스 다운타운에는, 그러니까 꼬리엔떼스Corrientes 대로를 따라 까샤오Callo에서 엘 바호El Bajo에 이르는 거리 일대에는 약 60여 개의 댄스홀이 밀집되어 있었고 주말마다 수천 명의 댄서들이 춤을 추었다.

제1차 세계대전과 제2차 세계대전을 피해 유럽에서 많은 사람이 아르헨티나로 왔고, 부에노스아이레스는 전쟁 물자를 필요로 했던 유럽에 곡물 등을 수출하면서 더욱 부강해졌으며, 시내의 클럽들은 땅고로 흥청거렸다. 그러면서 각 동네마다 독특한 형태의 땅고가 발전했다. 자존심 강한 땅게로스는 옆 동네의 라이벌 땅게로스와 차별

화할 수 있는 자신들만의 독특한 땅고 자세나 걷기, 새로운 피구라 Figura를 만들었다. 땅고 춤의 양식이 풍부하고 창의적이면서도 복잡한 갈래를 가진 것은 이런 이유 때문이다.

2003년부터 시작된 세계땅고대회에서 챔피언을 연이어 배출하며 전 세계적으로 큰 반향을 불러일으킨 비사 우르끼사Villa Urquiza 스타일은, 우리 식으로 표현하자면 '강남 스타일'이다. 부유한 동네였던 부에노스아이레스 북부 지역 우르끼사 마을의 땅고 바는 가난한 남쪽에 비해 크고 밀롱가도 넓었다. 따라서 땅고 걸음의 보폭도 크고 흐름이 길게 이어지는 스타일이 만들어졌다. 땅고의 피구라도 유희적이고 선정적인 것보다는 우아하고 아름다운 동작들이 창안되었다. 반면에 상대적으로 빈곤한 남부의 땅고 바는 좁았고, 많은 사람들로 혼잡했다. 보폭은 짧게 바뀌었으며 수많은 사람과 부딪치지 않기 위해서는 갑자기 진행 방향을 바꿀 수 있는 테크닉이 있어야만 했다. 그래서 밀롱게로Milonguero 스타일의 작은 보폭과 오쵸 꼬르따도Ocho Cortados를 이용한 깜비오 데 디레시온Cambio de Direcion이 발달했다. 이렇게 각 동네의 특성에 맞는 고유의 스타일이 만들어지고 점차 체계가 잡히면서 후대로 전수되었다.

땅고의 암흑기(1956~1982)

1956년 쿠데타가 일어나 땅고 부흥에 크게 기여했던 페론 대통령이 실각하고 해외로 망명을 떠났으며, 아르헨티나에는 군사 정권이 들어섰다. 집권자들이 보기에는 땅고를 춘다는 것은 곧 '나는 페론주의자라고 선언하는 것'이나 마찬가지였다. 상류층으로 구성된 새로운 집권 세력 중에서 땅고를 추는 사람은 없었다. 그들은 땅고를 이해하지 못했다. 그렇다고 이미 아르헨티나 대중 속으로 깊숙이 뿌리박힌 땅고를 전면 금지할 수는 없었기에 다른 방식으로 땅고를 억압하며 록 음악을 장려했다. 땅고를 추면 정치적 불이익을 받을 수 있다는 두려움에 사람들은 땅고 바로 발걸음을 옮기기 어려웠다. 1950년대 후반부터 땅고문화는 급속도로 위축되어 갔다. 군사 정부가 집권했던 이 시기는 땅고의 암흑기이며 역사적으로 땅고가 가장 박해받았던 시기다.

쿠데타로 집권한 세력은 집권과 동시에 땅고를 탄압하기 시작했다. 많은 땅고 댄서나 음악가들을 투옥했고 블랙리스트에 올려 감시했다. 그들이 땅고를 억압하기 위해서 짜낸 묘안 중에는 심야시간 통행금지 실시와 미성년자의 땅고 클럽 출입금지 제도가 있었다. 대부분의 땅고 바는 밤 10시나 11시에 문을 열어 새벽 3시나 4시까지 계속된다. 또한 페론 대통령 시절에는 청소년들이 이성을 만나기 위해서 땅고 바를 찾았다. 그러나 군사 정권하에서 미성년자의 땅고 바 출입이 금지되자 그들은 로큰롤이 연주되는 클럽으로 향했다. 땅고 바에는 엄격하게 적용했던 미성년자 출입금지를, 로큰롤이 연주되는 클럽에는 허용한 것이다. 이 영리한 정책은 땅고의 맥이 젊은 세대로 이어지는 것을 막는 데 효과적으로 작용했다. 통행금지가 실시되면서 밀롱가에 사람이 줄어들자 많은 밀롱가가 문을 닫았다. 이 시기에는 아무도 땅고를 배우려고 하지 않았다. 과거 땅고의 황금시대에 춤을 췄던 사람들 역시 이 시기에는 땅고를 출 수 없었다.

땅고가 아닌 재즈댄스, 발레 등 다른 춤을 추던 무용수 중 일부는 극장 쇼 무대에서 땅고를 공연했다. 땅고에 흥미를 느끼는 외국 관광객을 위한 공연이었다. 그들은 땅고처럼 보이는 안무동작을 개발했다. 즉흥의 춤인 땅고에 처음으로 동작을 미리 짜서 연습하는 안무 개념이 도입된 것이다. 이 새로운 형태의 공연은 밀롱가에서 춤추는 땅고와는 전혀 다른 차원에서 무대 공연을 위한 땅고로 발전하기 시작했다. 이렇게 시작된 스테이지 땅고는 땅고 판타지아 등의 유사한 장르로 확산되다가 오늘날 땅고 에세나리오^{Tango Escenario}라는 장르로 자리 잡았다.

쿠데타로 망명길에 올랐던 페론 대통령은 외국에서 원격조정으로 자신의 지지자를 규합해서 1973년 재집권에 성공한다. 많은 땅고인은 이제 땅고의 새로운 시대가 열릴 것이라 기대했다. 해외에 체류하던 피아졸라는 1974년 자유의 춤, 해방의 춤의 리듬으로 가득한 「리베르 땅고^{Liber Tango}」를 발표했다. 하지만 금의환향한 페론 대통령은 불과 1년만인 1974년에 사망하고, 세 번째 부인인 이사벨이 대통령직에 올랐으나 또다시 쿠데타로 실각하기에 이른다.

아르헨티나 역사에서 1976년부터 1983년 사이의 7년간은 최대 암흑기다. 군사 정권은 계엄령을 발동해서 세 명 이상의 집회를 금지시켰고, 당국의 허가를 받아야만 집회가 가능했다. 우리나라의 박정희 정권 말기 유신 시대 독재 정치 이상으로 암울한 군사 정부 독재 공포 정치가 펼쳐졌는데, 그 시절 공식 확인된 실종자만 1만 3,000명에 이르며, 비공식적으로는 3만 명에서 10만 명에 달하는 사망자와 실종자가 발생했다. 집회를 금지시킨 계엄령 때문에 사람들은 땅고를 출 수가 없었다. 땅고는 개인적으로 커플끼리 추거나, 정부 당국의 감시망을 피할 수 있는 밀폐된 공간에서 비합법적으로 명맥을 유지해나갔다.

1977년부터 매년 12월 11일이 국가 땅고의 날National Tango Day로 지정되어 정부 차원에서 행사하기 시작했는데, 이것은 작곡가 벤 몰라르Ben Molar가 1966년부터 부에노스아이레스시 문화부장관에게 여러 번 거절당하면서도 오랫동안 관료들을 끈질기게 설득해서 받아낸 결과였다. 몰라르의 친구이자 땅고의 황금시대 때 대표적인 작곡가 훌리오 데 까로Julio de Caro와 땅고의 황제 가르델은 출생 연도는 달라도 생일은 12월 11일로 같았다. 몰라르는 이 우연의 일치를 강조하며 땅고를 기념하는 땅고 데이를 만들자고 주장했고, 결국 아르헨티나 국경일로 지정된 것이다.

계속되는 공포 정치로 국민들의 불만이 고조되자 아르헨티나 군사 정부는 1982년 영국이 점령하고 있던 포클랜드섬을 침공한다. 국민들의 환심을 사기 위해 영국이 지배하고 있던 옛 아르헨티나 영토를 회복하러 나선 이 전쟁은, 철의 여인이라고 불리던 영국 대처 수상의 강력한 응징으로 아르헨티나군의 패배로 끝난다. 오히려 높아진 국민의 원성과 항의 데모로 궁지에 몰린 군사 정권은 드디어 민정 이양을 선언하고, 이듬해인 1983년 아르헨티나에는 민간 정부가 들어선다. 군사 정권하에서 페론주의자로 낙인찍힐까봐 숨죽이고 있었던 많은 땅게로스는 비로소 땅고 바로 몰려나가 마음껏 땅고를 즐기게 되었다.

땅고 르네상스(1983~2002)

전 세계인을 감동시킨 「땅고 아르헨띠노Tango Argentino」라는 뮤지컬이 1983년에 제작된 것은 우연이 아니다. 후안 까를로스 꼬뻬스Juan Carlos Copes는 연인이었던 마리아 니에베스Maria Nieves와 함께 땅고에 기반을 두고 발레, 재즈댄스 등을 결합시킨 멋진 땅고 뮤지컬을 만들었다. 이 뮤지컬은 아르헨티나는 물론이고, 브로드웨이까지 진출해서 커다란 반향을 불러일으켰다. 그 후 10여 년 동안 유럽, 아시아 등의 순회공연으로 다시 한 번 땅고의 매력을 전 세계적으로 각인시켰다.

「땅고 아르헨띠노」의 국제적 반향은 부에노스아이레스의 땅게로스를 크게 흥분시켰다. 군사 정권 시절 봉인되었던 땅고의 욕구가 용암처럼 분출되었고 땅고 바는 사람들로 넘쳐나기 시작했다. 수십 년 동안 단절되었던 땅고문화는 다시 꽃피기 시작했다. 새로운 땅고 댄서가 출현했고, 밀롱가가 문을 열었으며 그들은 황금시대의 땅고 유산을 복원하려고 노력했다.

이 시기 대표적인 땅고 스타일은 땅고 밀롱게로다. 갑자기 땅고에 대한 족쇄가 풀렸으므로 넓은 땅고 바가 있을 리 없었는데, 그 좁은

후안 까를로스 꼬뻬스는 연인이었던 마리아 니에베스와 함께,
1983년 땅고에 기반을 두고 발레, 재즈댄스 등을 결합시킨
멋진 뮤지컬 「땅고 아르헨띠노」를 만들었다.
이 뮤지컬은 아르헨티나는 물론이고,
브로드웨이까지 진출해서 커다란 반향을 불러일으켰다.

땅고 바에 수많은 땅게로스가 찾아왔다. 밀롱가는 언제나 붐볐고, 사람들은 서로 부딪치지 않기 위해 스텝을 작게, 그리고 잦은 방향 전환으로 부딪침을 피해 새로운 공간을 만들어가며 춤을 췄다.

땅고가 부흥의 시기를 맞은 것과는 달리 아르헨티나의 정치·경제 사정은 점점 악화되었다. 오랜 군사 정권이 망가뜨린 경제는 민간 정부에서도 회생의 기미가 보이지 않았고, 1998년 세계적인 금융위기와 함께 더욱 가파르게 추락했다. 한국이 IMF의 지원을 받던 그 시기에 아르헨티나 역시 IMF의 지원을 받았지만 국가채무불이행 선언, 즉 국가부도라는 최악의 사태를 맞이했고, 2002년에는 2주 동안 대통령이 세 번이나 바뀌는 정치적 위기까지 찾아오면서 끝없는 절망의 늪 속으로 추락했다. 살인적인 인플레이션을 경험하면서 많은 땅고 댄서가 유럽으로 이주하거나 해외 땅고 투어를 통해 출구를 찾기 시작했다.

제2차 땅고의 황금시대(2003~)

2003년 아르헨티나 정부는 실의에 빠진 국민들의 자존심을 회복시키고자 아르헨티나인의 국민적 자존심인 땅고를 꺼내든다. 문화부장관의 아이디어로 문디알 데 땅고Mundial de Tango, 세계땅고대회를 개최하기 시작한 것이다. 전 세계 각 지역에서 예선을 거친 땅고 댄서들이 매년 8월 부에노스아이레스에 모여 실력을 겨루는 세계땅고대회는, 초기에는 땅고 월드컵이라 홍보되면서 세계인의 관심을 끌었다. 땅고를 통해 국민의 정치적 무관심을 조장하고, 정치에 대한 불신을 억제하고자 만든 아르헨티나 집권 세력의 꼼수라는 일부의 비판이 있었지만, 결과적으로 세계땅고대회는 제2차 땅고의 황금시대를 가져오는 결정적 계기가 되었다. 2006년 부에노스아이레스시 정부는 시내의 밀롱가를 지원하기 위한 특별법을 통과시켰다.

지난 2011년 땅고 산업으로 아르헨티나가 벌어들인 돈은 공식적으로 5억 달러에 이른다. 그러나 현지에서 내가 체감한 온도는 그 10배 이상이었다. 부가세 등 세제가 엄격하게 적용되지 않아서 영수증 발행으로 이뤄지는 공식적 집계보다는 비공식적 거래가 훨씬 많다. 땅고화를 판매하는 숍이나 극장, 밀롱가 등 어디에서나 현금을 내면 물건 값의 5~10퍼센트 정도를 깎아준다. 탈세할 수 있기 때문이다.

아르헨티나는 국가 정책적으로 땅고를 중요한 관광문화자원으로 육성했다. 라틴 비즈니스 크로니클Latin Business Chronicle에 따르면 2012년 기준, 중남미 국가 중에서 관광객 유치 1위는 2,340만 명이 찾은 멕시코였다. 대부분은 미국 관광객인데, 지리적으로 미국과 가깝다는 것이 가장 큰 이유이다. 2위 자리는 매년 브라질과 아르헨티나가 치열하게 경쟁한다. 2012년에는 브라질 570만 명, 아르헨티나가 560만 명으로 브라질이 2위였다. 2012년 중남미를 찾은 관광객은 전년보다 600만여 명이 증가한 약 8,000만 명에 이른다. 수입도 전년 대비 7퍼센트가 증가한 69억 달러다. 이것은 중남미 경제규모의 1.2퍼센트에 달하며, 증가율도 세계 최고다. 2016년의 경우 리우올림픽의 영향으로 역시 브라질이 중남미 관광객 2위 자리를 차지했지만, 땅고를 앞세운 아르헨티나에도 관광객들이 발길이 끊임없이 이어지고 있다.

부에노스아이레스에는 관광객을 유혹하는 땅고 상품이 넘쳐난다. 대극장에서 저녁을 먹으며 즐기는 땅고 쇼가 대표적이다. 오르께스따 연주와 노래, 춤이 어우러진 대형 뮤지컬은 매우 화려하다. 땅고 디너쇼는 100달러 정도로 비싼 편이다. 배낭여행객들은 부에노스아이레스에서 가장 오래된 카페 또르또니 등에서 공연되는 소규모 땅고 쇼를 찾는 것이 좋다. 비용도 150페소(약 4만 원)로 저렴하고 무대와 가까운 거리에서 댄서들의 춤을 감상할 수 있다. 하지만 가장 옛모습에 가까운 땅고는 라 보까항구의 허름한 카페나 산 뗄모San Telmo 광장 혹은 플로디다거리에서 기타와 반도네온 연주에 맞춰 춤추는 무명 댄서들의 공연이다. 걸음을 멈추고 공연을 보다가 모자를 돌리면 약간의 돈을 넣으면 된다.

아르헨티나는 세계적인 문화코드가 된 땅고를 적극적으로 육성하고 있다. 매년 8월 개최되는 세계땅고대회 외에도 부에노스아이레스의 라 보까와 인접한 산 뗄모에서는 시 정부가 주최하는 땅고 무료강좌가 열린다. 또 시 정부에서 직접 운영하는 1년 과정의 땅고 대학도 있다. 은퇴한 원로 댄서들, 마에스트로가 직접 수업을 맡아 미래의 땅고 인재를 육성하는 땅고 대학에는 땅고의 역사, 음악 등 30여개의 강좌가 개설되어 있고, 이론 수업과 병행하며 땅고 실기를 가르

가장 옛 모습에 가까운 땅고는, 라 보까항구의 허름한 카페나 산 뗄모광장 혹은 플로디다거리에서 춤추는 무명 댄서들의 공연이다.

치고 있다. 땅고 대학에서는 전문 강사나 댄서를 양성해서 해외로도 보낸다. 미국이나 캐나다 등 북미 지역이나 프랑스·이탈리아·독일 등 유럽 및 한국·일본·중국 등 아시아 지역에서 땅고를 배우려는 수요가 늘면서 프로 댄서의 양성이 필요해진 것이다.

현재 세계땅고대회의 아시아 지역 예선은 한국·일본·중국 3개국에서 개최되는데, 이 대회의 심사위원도 반드시 아르헨티나 댄서여야만 가능하며, 주최 측인 문디알 데 땅고 사무국의 허가를 받아야 한다. 땅고가 관광 수익 증대에 이어 고용 창출 역할까지 하고 있다.

땅고의 역사:
춤과 음악 그리고 시

땅고는 영화나 사진처럼 산업혁명에 의해 생성된 문화적 결과물이다. 산업혁명은 유럽 대륙에서 점진적으로 추진되던 사회적 경제적 변화를 가속화시켰다. 테크놀로지의 발달에 의해 새로운 문화의 싹이 생성되기도 했지만, 산업혁명이 제공한 또 하나의 문화적 의미는 분리되어 있던 각 문화권 내부에 거대한 풀무질을 해서 서로 분화되었던 문화들이 소용돌이를 일으키며 만날 수 있는 원동력을 제공했다는 데 있다. 그 힘에 의해 단단한 관습의 장벽과 편견의 울타리가 거세되고 서로 다른 이질적 문화들이 혼합되는 길이 열렸다. 자본의 축적을 위해서는 신대륙과의 무역이 중요한 문제로 대두되었는데, 만나기 힘들었던 세 대륙의 문화가 당대 사회적 상황에 의해 부에노스아이레스의 라 보가항구로 집결하게 된 토대 위에서, 땅고는 형성되었다.

땅고는 크게 음악과 춤, 그리고 시로 구성된다. 많은 땅고 댄서가 학문적 기반 없이 육체적 움직임에만 집중하고, 반대로 땅고 학자들은 지나치게 음악의 발전사에만 매달려서 땅고 춤을 등한시하는 경향이 있다.

땅고 음악은 이질적인 세 대륙의 문화가 충돌하고 뒤섞이면서 창조된 것이다. 스페인 지배의 중남미로 끌려온 아프리카 흑인 노예들이 가지고 있던 단순하지만 강렬하고 남성적인 리듬인 아프리카 대륙의 깐돔베와 유럽, 특히 스페인 안달루시아 지방에서 안달루시아 단쓰라고 불리던 춤과 음악이 사탕수수 농장으로 흥성했던 쿠바의 수도 아바나로 건너가 아메리카 토속 리듬과 뒤섞이면서 만들어진 아메리카의 아바네라, 여기에 유럽의 낭만적이고 로맨틱하며 서정적인 이탈리아 칸쏘네와 오페라 아리아가 섞이면서 땅고 음악이 창조되었다.

그러니까 땅고 음악의 DNA 속에는 아프리카, 아메리카, 유럽의 상이한 문화적 요소들이 뒤섞여 있다. 어떤 요소들은 서로 충돌하고 밀어내지만, 어떤 요소들은 강렬한 흡인력으로 서로를 끌어들이면서 새로운 인자를 만들어 가기도 한다. 강렬하고 빠르면서도 단조로우며 주술적인 아프리카 토속리듬, 유럽의 성숙된 고급문화의 정서와 세련되게 발달한 장식음, 그리고 대자연 속에서 소떼를 기르던 가우초들, 대부분이 피지배자이며 하층민인 아메리카 인디오 출신인 가우초들의 외로움과 이민자들의 애환이 서린 고독한 정서까지, 서로 다른 세 대륙의 리듬과 정서가 녹아 있다. 라 보까항구는 일종의 거대한 문화적 용광로였다.

음악과 춤만 뒤섞인 것이 아니다. 부에노스아이레스의 지배 세력이자 주류가 사용하는 스페인어를 비롯해서 가장 많은 이민자가 쓰고 있던 이탈리아어, 그리고 영어와 프랑스어, 독일어, 인디오의 언어까지 복잡하게 뒤섞이면서 언어의 바벨탑이 만들어졌다. 그래서 땅고 가사는 스페인어로 써 있어도 이질적인 언어가 뒤섞이면서 파생된 독특한 단어들이 섞여 있다. 이것을 '룬파르도Lunfardo'라고 한다.

땅고 음악은 4분의 2박자인 밀롱가와 3박자의 발스, 그리고 4박자의 땅고로 구성되어 있는데, 2박자의 밀롱가가 1860년경 제일 먼저 출현했다. 밀롱가 속에는 아프리카의 주술적 리듬 깐돔베와 비제의 카르멘 서곡에 있는 「아바네라」와 같은 서정적 리듬이 뒤섞여 있다. 비교적 단순한 밀롱가 음악은 1880년경부터 4분의 4박자의 땅고 음악으로 조금 더 진화되었다.

땅고는 영화나 사진처럼 산업혁명에 의해 생성된 문화적 결과물이다.
산업혁명은 분리되어 있던 각 문화권 내부에 거대한 풀무질을 해서
서로 분화되었던 문화들이 소용돌이를 일으키며 만날 수 있는 원동력을 제공했다.

땅고 음악의 발전과
4대 오르께스따

     세 대륙의 문화가 복합적으로 혼합된 땅고는, 스페인 지배자들에게 강제로 끌려온 아프리카 흑인 노예들의 주술적 리듬 깐돔베, 유랑하는 집시들의 춤과 노래 안달루시안 단쓰, 또는 안달루시안 땅고가 무역선을 타고 쿠바로 건너가 만들어진 아바네라, 여기에 이탈리아 깐쏘네와 오페라의 서정적 아리아가 결합되고, 아르헨티나 넓은 대초원인 빰빠스의 목동 가우초들의 음악이 뒤섞인 것이다.

     분명한 것은 19세기 중반, 1850년대에 부에노스아이레스에서 대중적으로 가장 인기 있었던 음악은 플라멩코와 느낌이 비슷했던 안달루시안 단쓰, 혹은 땅고 안달루스^{Tango Andaluz}라고 부르던 것이었다. 크리스틴 데니스톤^{Christine denniston}은 아르헨티나에서 작곡되고 출판된 첫 번째 땅고 곡이 1857년 발표된 「또마 마떼, 체$^{Toma\ mate,\ che}$」라고 주장한다. 그러나 대중적으로 알려진 최초의 땅고는 「바르또로」다. 바르또로는 룬파르도(속어)로 바보, 혹은 사치스럽거나 무책임한 사람을 뜻하며, 아르그레아베스가 악보를 발표했다. 그는 21세기가 되기 직전인 1900년 12월 30일 세상을 떠났는데, 젊은 남자가 암컷 고양이와 사랑에 빠지는 내용의 오페라 「라 가따 비앙카$^{La\ Gatta\ Bianca}$」를 아르헨티나에서 초연한 사람으로도 기억된다. 「바르또로」는 그가 작곡한 오리지널이 아니라 아메리카의 다른 나라에서 대중적으로 연주되던 곡을 악보로 만들었을 뿐이라는 설도 있지만, 분명하지는 않다. 분명한 것은 그가 활발하게 활동했던 작곡가이며 현재까지 악보가 남아서 피아노로 연주되는 「아바네라 라 루비아」도 작곡했고 「바르또로」의 악보 역시 그가 완성했다는 사실이다.

가장 방대한 양의 정보를 갖고 있는 사이트 또도땅고닷컴$^{todotango.com}$에는 초기 땅고 곡 중 하나인 「사르헨또 까브랄」이 1899년 깜뽀아모르가 작곡한 것으로 기록되어 있는데, 사실 「바르또로」가 먼저인지 「사르헨또 까브랄」이 먼저인지는 확실하지 않다. 이런 곡들은 모두 악보가 남아 있기 때문에 연주곡으로 들을 수 있는데, 땅고 곡이지만 4분의 2박자의 밀롱가 리듬이 많이 남아 있는 걸 확인할 수 있다.

4대 땅고 오르께스따

까나로나 데 까로, 오스발도 프레세도^{Osvaldo}

^{Fresedo} 등 땅고 음악 발전에 혁혁한 공을 세운 오르께스따 지휘자들이 있지만, 일반적으로 땅고의 4대 오르께스따로 다리엔쏘, 까를로스 디 사르리^{Carlos Di Sarli}, 뜨로일로, 뿌글리에쎄 오르께스따를 든다. 그 이유는 이 오르께스따들이 밀롱가에서 땅게로스가 춤을 추는 데 각각 커다란 영향을 미쳤기 때문이다.

후안 다리엔쏘(1900~1976)

바이올리니스트였던 다리엔쏘는 그가 낸 음반 타이틀처럼 비트의 제왕^{El Rey del Compas}이라는 별명을 갖고 있다. 친구인 작곡자이자 피아니스트 다고스티노와 함께 활동하기도 했다. 그의 전성기는 자신의 악단 피아니스트로 로돌포 비아지를 영입한 1935년부터 시작되었다. 다리엔쏘는 비아지와 함께 일하면서 4분의 4박자의 땅고를 8분의 4박자처럼 빠르고 스타카토가 분명하며 강렬한 새로운 남성적 리듬을 만들었다. 가르델의 「미 노체 뜨리스떼」가 나온 1917년 이후 가수들이 점령한 땅고 음악을 노래에서 다시 춤으로 되돌려놓은 사람이 다리엔쏘다. 다리엔쏘의 빠르고 강렬한 땅고 리듬은 젊은 층의 폭발적인 호응을 받았다. 일반적으로 땅고의 황금시대 개막은 새로운 비트로 무장한 다리엔쏘 오르께스따가 활동을 시작한 1935년부터라고 인정된다.

다리엔쏘는 땅고가 가수들의 노예가 되었다고 비판했다. 그는 가수들의 목소리도 땅고 오르께스따의 악기처럼 조화롭게 배치되어야 한다고 생각했다. 가수들의 목소리만 돋보이는 땅고 음악을 강하게 비판하면서 보컬보다 더 돋보이는 빠르고 강렬한 리듬을 만들어냈다. 그러면서 가수들이 4분의 2박자의 순수함으로 돌아가면 음악에 대한 열정이 다시 생길 것이라고 주장했다. 이제 땅고는 작사가의 실연으로 비탄에 빠진 무거운 자화상에서 벗어나 생기를 획득한 것이다. 그러나 일부 음악 애호가들은 다리엔쏘의 단순화되면서 빠른 리듬을 음악적으로 가치가 없다고 경멸했다.

다리엔쏘는 엑또르 마우레Hector Maure, 알베르또 에차게Alberto Echague, 아르만도 라보르데Armando Laborde, 호르헤 발데쓰Jorge Valdez 같은 뛰어난 가수들과 함께 작업하며 땅고의 황금시대를 이끌었다.

까를로스 디 사를리(1903~1960)

디 사를리는 처음에 극장에서 무성영화의 라이브 음악을 연주하다가 라디오 방송국에 출연하는 가수들을 위해 연주하는 삼인조 악단에 피아니스트로 들어갔다. 그는 십대 때인 1919년 고향인 바히아 블랑카의 찻집에서 연주하며 데뷔했고, 부에노스아이레스로 와서 피지카토의 제왕이라고 불리던 바이올리니스트 후안 뻬드로 가스띠쇼의 악단에 합류했다. 그러나 디 사를리의 음악세계에 가장 큰 영향을 미친 사람은 프레세도다. 디 사를리는 1926년 프레세도 오르께스따와 일하기도 했다. 그리고 섹스떼또를 조직해 활동했는데, 1938년 다시 조직된 디 사를리 오르께스따는 1939년 12월 로베르또 루피노Roberto Rufino의 목소리로 「꼬라손」 「엘 레띠라오El Retiaro」 두 곡의 땅고를 녹음했다. 1958년 11월 해체될 때까지 디 사를리 악단은 382곡을 녹음했고, 가장 많이 참여한 보컬은 루피노로서 그가 부른 곡은 45곡에 달한다. 알베르또 뽀데스따Alberto Podesta 는 28곡을 녹음했다. 호르헤 듀란은 41곡, 오스까 세르파는 32곡을 녹음했다.

디 사르리 오르께스따는 초기에 프레세도의 영향력 아래 있었으나 점차 그 누구와도 닮지 않은 디 사를리만의 독창적 색깔을 만들기 시작했다. 땅고의 신사El Senor del Tango 라는 닉네임이 알려주듯이, 섬세하고 독창적이며 우아하고 아름다운 디 사를리의 음악은, 오르께스따각 악기의 균형감 있는 연주와 부드러우면서도 춤을 강조하는 베이스 라인이 특징이다. 멜로디 대부분은 반도네온이 리드미컬하게 리드하면서 춤추기 좋은 소리를 만든다. 가끔 바이올린이 솔로 파트로 연주되기도 한다. 디 사를리 자신이 참여한 피아노는 우아하고 섬세한 음색으로 베이스 라인을 풍부하게 만들어서 댄서들이 춤추기 좋게 만들었다.

디 사를리의 대표곡 중 하나인 「바이아 블랑카Bahia Blanca」는 그의 고향의 이름을 붙인 것이다. 열세 살 때 총기를 팔던 아버지의 가게 점원이 실수로 총을 발사해서 디 사를리의 관자놀이를 다치게 했고, 어린 디 사를리는 머리에 백금판을 집어넣는 대수술을 했다. 그는 그 상처를 가리기 위해 평생 선글라스를 벗지 않고 살았다. 우리는 지금 남아 있는 디 사를리의 어떤 사진에서도 선글라스를 끼고 있지 않은 모습은 발견할 수 없다.

아니발 뜨로일로(1914~1975)

열 살 때부터 반도네온을 배운 뜨로일로는 열한 살 때 아바스또시
장 근처의 무대에서 처음 연주했다. 그의 오께스뜨라는 1937년 7월
1일 나이트클럽 마라부Marabu에서 데뷔 연주를 가졌다. 이 클럽은 아
직도 밀롱가로 운영되고 있다. 2017년 1월과 2월 부에노스아이레스
에 있을 때 나는 매주 목요일마다 열리는 마라부 밀롱가에 참여했는
데, 오르께스따의 라이브 연주와 유명 댄서들의 공연이 개최되었다.

반도네오니스트로서 뜨로일로는 개성이 강한, 아주 뛰어난 연주자
라고 말할 수는 없다. 그가 가진 가장 중요한 덕목은 균형 감각인데,
이것은 뜨로일로로 하여금 연주자로서는 물론 작곡자나 지휘자로서
도 훌륭한 역할을 하게 만들었다. 그는 땅고의 황금시대에 쏟아진 수
많은 자산을 자신의 내부 깊은 곳에서 녹여서 품질 좋은 음악으로 만
들어냈다. 땅고 음악을 오랫동안 듣고, 오랫동안 춤추는 이들은 그의
음악적 깊이를 이해하고 점점 빠져들게 된다.

개성 강한 스타일이라고 말할 수 없는 뜨로일로 악단의 연주는, 그
러나 오래 들을수록 가슴에 파고드는 길고, 깊은 생명력을 가졌다.
뜨로일로 악단에서 피아니스트의 위치는 전체 리더의 역할을 하고
있다. 뜨로일로의 반도네온 연주도 처음 들을 때는 화려하지 않지만,
영혼을 울리며 오랫동안 밀롱가의 바다 위에서 수많은 댄서에게 영
감을 주고 즐거움을 준다. 뜨로일로와 함께 작업한 가수들은 프란시
스꼬 피오렌띠노Francisco Fiorentino, 알베르또 마리노Alberto Marino, 플로레알
루이쓰Floreal Ruiz, 에드문도 리베로Edmundo Rivero, 호르헤 까살Jorge Casal, 라

울 베론^{Raúl Berón}, 루피노, 띠또 레에스^{Tito Reyes}, 로베르또 고에네체^{Roberto Goyeneche} 등이다. 작곡가로서도 뜨로일로는 많은 업적을 남겼는데, 지금까지도 밀롱가에서 많은 사랑을 받고 있는「또다 미 비다^{Toda mi vida}」「바리오 데 땅고^{Barrio de tango}」「가루아^{Garúa}」「마리아^{María}」「수르^{Sur}」「로만쎄 데 바리오^{Romance de barrio}」「체 반도네온^{Che bandoneón}」「라 울띠마 꾸르다^{La última curda}」 같은 곡을 남겼다. 참고로 뜨로일로의 닉네임은 피추꼬^{Pichuco} 다.

오스발도 뿌글리에쎄(1905~1995)

뿌글리에쎄의 음악은 너무나 개성이 강하고 독특해서 전주만 들어도 금방 알 수 있다. 그는 강한 비트에 맞춰 걷는 땅고 살론 스텝을 기반으로 해서 드라마틱한 콘서트 스타일의 음악을 접목시켜 자신만의 독특한 양식을 창조했다.

뿌글리에쎄의 아버지는 신발공장 노동자였는데 주말이면 근처에 있는 땅고 바의 4중주단에서 플루트를 연주하던 아마추어 음악가였다. 뿌글리에쎄는 아버지에게서 음악 수업을 받았고 바이올린을 배우다가 곧 피아노로 바꿨으며, 음악원에서 체계적인 공부를 했다. 그는 성장한 후 바이올리니스트 엘비노 바르다로^{Elvino Vardaro}와 그룹을 만들어 오랫동안 전국 투어를 했지만 재정적으로 대실패했다. 그 그룹에는 뿌글리에쎄의 대표곡「레꾸에르도^{Recuerdo}」의 작사가인 시인 에두아르도 모레노를 비롯해서, 여성 가수 말레나 데 똘레도가 매니저로 참여했다.

뿌글리에쎄는 19세 때인 1924년에 「레꾸에르도」를 작곡했고, 1934년 무렵에는 반도네오니스트인 뜨로일로나 뻬드로 라우렌즈, 바이올리니스트인 알프레도 고비 등과도 쿼텟을 결성해서 연주했다. 이들은 모두 훗날 땅고 음악사에 한 획을 그은 대가들이다. 1946년에 녹음된 그의 또 다른 대표곡 「라슘바La Yumba」는 땅고 초창기에 활동했던 흑인 피아니스트들에게 바치는 존경심이 담긴 곡이다. 젊은 흑인 피아니스트에게 영감을 받아 곡을 쓴 뿌글리에쎄는 땅고의 중요한 뿌리 중 하나인 깐돔베의 리듬을 차용하고 변형해서 이 곡을 완성했다.

뿌글리에쎄와 함께 작업한 보컬 중에는 알베르또 모란Alberto Moran 과 로베르또 샤넬Roberto Chanel이 있다. 이 둘은 대표적으로 정 반대의 스타일인데, 콧소리가 포함된 꼼빠드리또 스타일의 샤넬은 31곡을 남겼고, 드라마틱하고 관능미 넘치는 희귀한 보이스의 모란은 1945년 1월부터 1954년 3월까지 10년 가까이 뿌글리에쎄와 일하면서 54곡을 남겼다. 땅고의 황금시대 후반부에 가장 유명한 가수 중 한 명이었던 호르헤 비달Jorge Vidal은 1949년 8월부터 1950년 11월까지 1년 동안 뿌글리에쎄와 여덟 곡을 녹음했다.

뿌글리에쎄의 이력 중에서 특이한 부분은 그가 1936년 공산당에 가입한 후, 사회주의적 공동체 속에서 음악적 협업을 꾀했다는 것이다. 1939년 카페 나시오날에서 연주를 했는데, 이 시기에 그는 음악 협동조합의 리더이자 편곡자, 피아니스트로 일했다. 뿌글리에쎄의 추종자 그룹은 크게 두 부류인데, 하나는 그의 개성적이며 독특한 음악에 매료된 순수한 팬들이고, 다른 하나는 공산당의 열혈 당원이었다. 아직도 정확하게 진상이 밝혀지지 않은 1949년 사건은 뿌글리에쎄가 보트에서 익사 직전까지 죽음의 위협에 처했다가 겨우 구출된 사건이다. 그는 페론 정권 당시인 1955년 6개월 동안 감옥에 투옥되기도 했다. 군사 정권이 들어선 후 뿌글리에쎄 음악은 정치적 이유로 오랫동안 방송 금지되었지만, 대중은 그의 음악을 잊지 않았다. 뿌글리에쎄가 투옥되면 그의 밴드는 그가 연주하던 자리인 피아노 위에 붉은 카네이션을 얹어, 정치적 이유에 따른 그의 부재를 대중에게 알렸다.

땅고 음악의 구성과
싱코페이션

구성

　　　　　　　　땅고 음악만이 갖고 있는 가장 큰 특징은 싱
코페이션^{Syncopation}, 즉 당김음에 있다. 극단적으로 말해서 싱코페이션
이 없으면 땅고 음악이 아니다. 일반적인 땅고 음악은 5개 혹은 6개
의 섹션^{Section}으로 구성된다. 각각의 섹션은 4개의 프레이즈^{Phrase}로 이
루어져 있다. 각 프레이즈는 또 4개의 소절 혹은 8개의 싱글타임 비
트로 나눠진다. 각 소절에는 4개의 비트가 있는데, 2개의 강한 비트
와 2개의 약한 비트로 되어 있다. 그러니까 보통 한 곡의 땅고는 5개
섹션으로 구성될 때 20개의 프레이즈, 80개의 소절, 160개의 비트로
구성된다. 만약 빠우사^{Pausa}를 주지 않고, 도블레 띠엠뽀$^{Double\ Tiempo}$로
걷지 않고, 원 비트 원 스텝으로 걷는다면, 우리는 160번의 강한 비트

에 맞춰 160걸음을 딛어야 한다.

5개의 섹션은 일반적으로 ABABA 혹은 ABABC 구조를 갖는다. 마지막 섹션이 첫 섹션인 A(Verse)에서 많이 벗어나 있는 경우도 가끔 있어서 이럴 경우는 새로운 섹션 C로 봐야 한다. 땅고에서 첫 번째 섹션은 대부분 보컬 없이 기악의 연주만으로 이루어지는 인스뜨루멘딸Instrumental 로 되어 있다. 일반적으로 한 곡의 땅고 안에서 각 프레이즈들은 음악적으로 비슷하다. ABABA의 경우 A가 세 번 등장하는데, 처음 A는 연주만으로, 그리고 두 번째 A는 가수들의 목소리와 함께 연주되는 경우가 대부분이다. 세 번째 A는 연주만으로 이루어기도 하고, 가수들과 함께하는 경우도 있다.

B(Chorus) 섹션의 경우, 두 번 혹은 세 번 등장하는데 음악적으로나 정서적으로는 거의 동일하다. 멜로디가 똑같이 반복되는 경우도 많다. 첫 번째 B는 대부분 보컬 없이 등장한다. 그러나 두 번째 B는 보컬과 함께하는 경우가 대부분이다. 꼭 그런 것은 아니지만 일반적으로 B는 A에 비해서 비트가 훨씬 업되었고, 더 리드미컬하다.

그리고 마지막 섹션이 모두 끝난 후 하나의 프레이즈가 색다르게 연주되는 경우도 있다. 이럴 경우에는 꼬리라는 의미의 꼬다Coda 라고 부른다.

피규어 혹은 모티브

4분의 4박자의 땅고 음악에서 2마디로 이루어진 작은 소절에는 일반적으로 4개의 비트가 있는데, 그것은 2개의 강 비트(혹은 Up beat)

와 2개의 약 비트(혹은 Down beat)로 구성된다. 춤출 때 우리의 발걸음은 강 비트에 맞춰져 있다. 그러나 만약 모든 노래에 언제나, 누구하고나 춤출 때마다 똑같이 걷는다면 매우 지루해질 것이다. 강한 비트가 몇 개가 지속되어도 서정적인 멜로디가 흐르거나 멈추고 정지해서 호흡을 가다듬고 가는 게 좋겠다고 생각되면, 빠우사라고 부르는 긴 멈춤의 시간을 가질 수도 있다. 또 강 비트 대신 약 비트 여러 개로 그 자리를 채울 수도 있다.

악보를 기계적 단위로 나눈 최소 단위를 마디라고 한다면, 음악적 최소 단위는 피규어Figure 혹은 모티브Motive다. 피규어와 모티브는 동일하지는 않다. 서로 약간의 의미 차이가 있지만, 음악에 따라 이것들은 2마디일 수도 있고, 4마디로 구성될 수도 있다.

프레이즈

프레이즈란 그 자체로 완전한 음악적 의미를 갖고 있는 하나의 단위를 말한다. 따라서 하나의 프레이즈 길이는 일정하지 않다. 그러나 일반적으로 땅고 음악에서는 8마디가 하나의 프레이즈다. 2개의 프레이즈가 하나의 피리어드를 형성하며 2개의 피리어드, 즉 4개의 프레이즈가 하나의 섹션을 형성한다.

춤을 출 때 음악의 각 프레이즈를 찾으며 춤출 수 있는 능력은 매우 중요하다. 그것은 춤을 아름답고 명료하게 만들어준다. 댄서들의 실력을 급상승하게 만드는 것은 어디에서 한 프레이즈가 끝나고 어디에서 새로운 프레이즈가 시작되는가를 듣는 것이다. 가령 딴뚜리의 「께 눈까 메 팔떼Que Nunca Me Falte」의 경우 각 프레이즈에서 일곱 번째 강한 비트 이후 여덟 번째는 베이스의 비트 없이 침묵하는 기법을 쓰고 있다. 침묵 속에서 스텝을 내딛는 것은 음악과 부조화를 이룬다. 음악이 침묵할 때 우리의 발도 멈춰야 한다. 대부분 침묵 후의 첫 번째 비트는 아주 강한 박자로 출발한다.

땅고를 출 때는 강한 비트에 맞춰 걷기 때문에 한 곡을 추는 동안 우리가 걸을 수 있는 강한 비트의 수는 일반적으로 160개다. 작곡가마다 강한 비트가 있어야 할 곳에서 피아노나 반도네온으로 장식음을 만드는 경우도 있는데, 댄서들도 몇 개의 강한 비트 중 하나의 비트에서 길게 빠우사를 주며 호흡을 가다듬을 수도 있으며, 반대로 하나의 강한 비트에 도블레 띠엠뽀의 빠른 속도로 두 걸음 이상을 갈 수도 있기 때문에 전체적인 걸음의 수가 달라질 수 있다. 대체적으로 한 곡의 땅고를 추는 동안 댄서들은 160걸음을 기본으로 하지만 무수한 경우의 수를 갖게 된다.

그러나 일반적으로 춤을 출 때 첫 번째 프레이즈부터 시작하지는 않는다. 첫 프레이즈는 그 음악의 느낌을 몸으로 파악하는 시간이다. 그리고 아브라쏘한 후 대체적으로 두 번째 혹은 세 번째 프레이즈의 첫 번째 또는 두 번째 강 비트에서 첫 걸음을 내딛는다.

프레이즈를 이해하면 그 음악의 뮤지컬리티를 이해할 수 있다. 이것은 댄서가 음악 전체를 파악하고 음악과 함께 아름답게 춤출 수 있게 하는 가장 중요한 요소로 작용한다. 특히 하나의 섹션이 끝나고 다음 섹션으로 이동할 때 피구라가 이어진다면, 명료하고 아름다운 춤이 되지 못한다. 프레이즈의 마지막 비트, 특히 각 섹션의 마지막 프레이즈와 마지막 비트에 댄서들은 유념해야 한다. 거기에서는 지금까지의 동작을 마무리하고 새로운 걸음을 내딛거나, 새로운 동작을 시작하기 위한 준비를 해야 한다.

내 경험으로는 프레이즈를 이해하고 춤출 때와 그전의 춤은 전혀 다르다. 기계적으로 여덟 번째 강한 비트가 끝나고 새로운 프레이즈가 시작된다고만 느낄 것이 아니라, 각 프레이즈가 표현하는 느낌과 정서까지 표현하다 보면 그 음악이 가진 전체적인 구조를 이해할 수 있고, 훨씬 더 아름다운 춤을 출 수 있게 될 것이다. 아름다운 춤은 박자를 정확하게 딛으면서 그 음악의 리듬과 멜로디에서 생성되는 정서, 알맞은 피구라를 효과적으로 표현하는 것이다.

글과 땅고 음악을 비교해서 설명하자면, 음악에서 하나의 비트는 단어에 해당된다. 단어들이 모여서 하나의 문장을 만드는 것이 음악에서는 프레이즈라 할 수 있다. 문장과 문장이 연결되면서 하나의 의미를 갖는 단락이 이루어진다. 음악에서는 섹션이다. 단락이 모여서 하나의 글이 이루어지는 것처럼 섹션이 모여서 한 곡의 음악을 만들어낸다.

섹션

하나의 섹션이 끝나는 마지막 절에서 작곡가나 지휘자들은 대부분 구두점처럼 지금 이 섹션이 끝나고 있다는 강한 표시를 한다. 그리고 이어서 새로운 섹션이 시작될 거라는 암시를 준다. 댄서들은 하나의 섹션이 끝날 때 그때까지 하던 동작들을 마무리해야 한다. 히로를 하고 있거나 방향 전환을 하고 있다가도 하나의 섹션이 끝나가고 그 섹션의 마지막 프레이즈가 흘러나오면 새로운 세계로 떠나기 위한 준비를 해야 한다. 댄서들도 각 섹션의 끝은 분명하게 끝맺음을 해야 한다.

꼬리Outro, 혹은 꼬다

음악이 끝나는 마지막 섹션의 마지막 절을 꼬다라고 말한다. 대부분 A나 B와 비슷한 느낌과 멜로디로 평범하게 끝날 수도 있지만, 악기의 솔로 파트 연주로 마무리되거나 때로는 전혀 다른 악기가 사용되어 개성적으로 독특한 인상을 남기며 끝날 수도 있다.

비트와 리듬, 멜로디, 가사

비트Beat와 리듬Rhythm, 멜로디Melody와 가사Lyrics. 다른 음악도 마찬가지겠지만 땅고 음악은 이 네 가지 요소를 어떻게 잘 조화시키는가가 중요하다. 댄서들 역시 춤을 출 때 이 네 가지 요소와 절묘하게 어울리는 걸음과 동작을 해야 한다. 네 가지 요소가 균형을 이룬 연주가 가장 이상적이라 볼 수 있는데, 대표적인 예가 오르께스타 리까르도 딴뚜리의 연주에 가수 엔리께 깜포스가 노래한 음악이나 오르께스타 앙헬 다고스티노의 연주에 가수 앙헬 바르가스Angel Vargas가 노래한 음악들이다.

비트

비트는 음악의 가장 기본적인 요소이며, 맥박 소리처럼 규칙적인 것이다. 땅고 음악에서는 주로 베이스나 왼손 피아노로 연주된다. 이것은 우리의 심장박동이나 호흡처럼 음악에서 가장 자연스러운 것으로, 우리의 걸음은 음악의 비트 안에서 자연스럽게 걸어야 한다. 박자 감각이 없다고 스스로 생각하는 사람도 자연스럽게 비트를 찾아낼 수 있다. 우리의 몸속에 비트가 내재되어 있기 때문이다. 비트와 리듬이 순수하고 클린하게 반복되는 음악은 없다. 음악 대부분은 변주되어 연주된다.

비트의 제왕으로 다리엔쏘를 꼽는데 그의 비트는 스타카토다. 강렬하고 단단하며 날카롭게 모가 나 있다. 다리엔소의 스타카토는 비아지에 이르러 더욱 극단적으로 발전했다. 반면 깔로와 같이 부드럽고 유연한 비트도 있다. 이것을 레가토라고 한다. 또 뜨로일로와 같이 더욱 철학적인 오르께스따에서는 스타카토와 레가토를 넘나들며 균형을 잡고 있다. 역시 뜨로일로의 음악은 어느 한쪽에 치우치지 않는 중용의 미덕을 취하고 있다.

비트의 스타일은 걷기 스타일에 커다란 영향을 끼친다. 오르께스따나 음악의 종류에 따라 피겨를 사용하거나 걷기를 달리하는 것이 아니다. 각기 다른 비트의 성격에 맞게 우리는 다른 걷기와 춤의 영감을 받아야 한다. 플로어에서 무게중심을 바꾸며 걷는 방식조차도, 비트에 따라 다른 선택을 할 수 있다.

리듬

비트의 패턴이 변화하면서 독창적인 리듬이 만들어진다. 멜로디가 음악의 물결이라면, 리듬은 음악의 맥박과 같은 것이라고 할 수 있다. 리듬은 기본적인 비트로서 하나의 음악이 흐르는 동안 그것은 우리 몸의 맥박처럼 규칙적으로 꾸준하게 유지된다. '리듬을 탄다'라는 말이 있듯이 우리는 리듬을 들으며 그 리듬에 맞춰 자연스럽게 몸을 움직인다.

땅고 음악에서 가장 핵심적인 리듬은 싱코페이션으로서, 비트가 뜻하지 않은 위치로 바뀌는 것을 말한다. 약에서 강으로 혹은 강에서 약으로 비트가 바뀌는 싱코페이션의 강한 스타카토에서, 댄서는 갑자기 단절되는 스텝(꼬르따도)을 할 수도 있다. 뜨로일로의 음악처럼 철학적이거나 독특한 연주에서 우리는 더욱 복잡하고 불규칙적인 싱코페이션 리듬을 찾을 수 있다. 음악의 구조를 제공하는 가장 근본적 요소인 리듬은 박자나 빠르기, 즉 띠엠뽀tiempo 등으로 표현되기도 한다. 댄서들에게 속도는 아주 중요하다. 일반적으로 음악의 속도는 댄서들의 춤 스타일과 밀접한 상관관계를 갖는다.

멜로디

만약 오르께스따에 2대의 반도네온이 편성되어 있다면, 각각의 반도네온은 서로 다른 멜로디를 동시에 겹쳐서 연주할 수도 있다. 우리가 어떤 음악의 한 소절만 듣는다면 멜로디를 찾기 힘들다. 그러나 한 프레이즈를 들으면 멜로디를 발견할 수 있다. 멜로디는 하나의 프레이즈에서 시작해서 노래가 끝날 때까지 지속될 수 있다.

멜로디는 연주에 대한 것이 아니라, 어떻게 연주하느냐, 그리고 악센트를 어디에 두느냐에 따라 달라진다. 보통 리듬은 아래쪽에 깔려있고 멜로디는 그 위에 떠 있다. 리듬은 대부분 베이스로 연주되고 멜로디는 주로 바이올린과 반도네온으로 연주된다. 악단에 따라 차이가 있지만 피아노는 전체를 끌고 가는 조율사 역할을 한다.

우리는 땅고를 출 때 비트에 맞춰 규칙적으로 걷는 것을 기본으로해야 한다. 땅고에서 악센트 대부분은 첫 비트에 배치되어 있다. 멜로디를 따라 움직일 수도 있지만 멜로디에는 음악의 끝까지 이어지는 어떤 흐름이 있다. 그 흐름에도 악센트가 있다. 춤출 때는 어디에 악센트가 있는가를 찾는 게 아주 중요하다.

땅고에서 멜로디는 자주 반복된다. ABABA의 5개의 섹션 구조에서 첫 번째 A나 B에 주의를 기울인다면, 음악의 끝까지 이어지는 악센트를 찾을 수 있다. 춤추는 사람으로서 중요한 것은, 그 순간 음악을 지배하는 것이 멜로디인가 리듬인가를 파악하는 일이며, 지배적인 요소에 맞춰 몸을 움직이는 것이다.

가사

초기의 땅고 가사들은 1인칭 화자가 등장해서 자기과시적인 내용을 표현하거나 희극적인 내용을 담는 경우가 많았다. 저속하며 성적인 농담이 주를 이루거나 상대를 비하하고 자신을 우월하게 묘사하는 가사가 대부분이었다.

그러나 유럽에서 땅고가 새로운 문화의 중심이 된 후 부에노스아이레스의 중·상류층이 땅고문화를 받아들이면서부터 땅고 가사가 변하기 시작했다. 땅고의 주류 세력이 하층에서 상층으로 이동하면서부터 그들은 자신들의 높은 지적 수준을 반영할 수 있는 가사를 원했고, 우루과이나 아르헨티나의 시인들이 땅고 시를 쓰고 발표하기 시작했다. 보르헤스가 상징적 인물이다. 빠르고 힘 있는 남성적 리듬의 밀롱가를 좋아했던 보르헤스는, 1965년에 밀롱가 리듬을 위한 시집 『여섯 개의 현을 위하여Para las seis cuerdas』를 발표했다.

가수

땅고 가수는 크게 네 부류로 구분된다. 깐또르 나시오날Cantor Nacional과 에스뜨리비지스따Estribillista, 그리고 오르께스따 가수Cantor de la Orchesta와 스타 솔리스트Star Solist다.

깐또르 나시오날은 우리가 알고 있는 유명한 땅고 가수들, 가르델이나 이그나시오 꼬르시니 같은 땅고 깐시온 시대의 스타 가수를 말한다. 그들은 땅고뿐만이 아니라 거의 모든 스타일의 노래를 할 수 있었다. 이른바 전천후 가수다. 오르께스따의 연주는 가수의 노래를 돋보이게 하는 데 기여했다.

그에 비해서 에스뜨리비지스따, 즉 '불쌍한 가수들'이라고 불렸던 사람들은 원래 있는 가사를 모두 노래하지 않고 그중 일부, 전체의 3분의 1도 안 되는 아주 짧은 가사를 노래하거나 단 하나의 절을 노래했다. 가수의 목소리는 다른 악기처럼 오르께스따의 한 파트가 되고, 강한 비트로 인해 가수의 목소리는 전혀 돋보이지 않는다. 이것은 댄서들을 위해 녹음된 것이다. 까나로는 오르께스따에서 에스뜨리비지스따를 고용한 사람은 자신이 처음이라고 주장했다.

오르께스따 가수는 1930년대 중반 이후 등장한다. 오르께스따에서 가수들이 차지하는 비중이 커지면서 프레세도와 로베르또 레이^{Fresedo y Roberto Ray}, 디 사를리와 알베르또 뽀데스따^{Di Sarli y Alberto Podesta}, 디 사를리와 로베르또 루피노^{Di Sarli y Roberto Rufino}, 뜨로일로와 프란시스꼬 피오렌띠노^{Troilo y Francisco Fiorentino}, 프란시스꼬 까나로와 로베르또 마이다^{Francisco Canaro y Roberto Maida}, 다리엔쏘와 엑또르 마우레^{Darienzo y Hector Maure}, 다리엔쏘와 알베르또 에차게^{Darienzo y Alberto Echague}, 딴뚜리와 엔리께 깜뽀스^{Tanturi y Enrique Campos}, 딴뚜리와 알베르또 까스띠쇼^{Tanturi y Alberto Castillo}, 다고스티노와 앙헬 바르가스^{D'Agostino y Angel Vargas} 처럼 음반 겉면에 오르께스따의 지휘자와 가수가 동등한 비중으로 나타나기 시작했다.

그들은 거의 눈에 띄지 않았던 에스뜨리비지스따의 초라하고 불쌍한 위치에서 벗어나 당당하게 몇몇 소절을 노래 불렀다. 그러나 그들은 여전히 전체 오르께스따의 일부로 오르께스따의 완성도에 기여하는 것처럼 보였다. 가수와 오르께스따는 서로 보완하고 협업하면서 한 몸처럼 동기화되었다. 가수의 목소리는 오케스뜨라의 악기처럼 합류되면서도 가수의 존재는 뚜렷하게 부각되는 윈윈의 형태를 보여주었다.

가수들의 인기와 중요도가 높아지면서, 오직 연주만 되는 인스뜨루멘딸은 1941년 이후에는 거의 찾아볼 수 없게 되었다. 땅고 음악은 댄서보다는 일반 대중을 위해 사운드가 부드러워지고 멜로디가 강조되었다. 그리고 가수의 비중이 높아졌다. 스타 솔리스트는 이 시기에 등장한다. 땅고의 황금시대를 다리엔쏘가 비아지와 함께 강렬한 비트의 음악을 만들던 1935년부터 군사 정권이 들어서기 직전의 1955년까지의 20년간으로 구분하지만, 그 20년 중에서 가수들의 전성시대는 후반 10년이었다. 땅고 오르께스따에서 가수들의 인기가 높아지고 그들이 차지하는 비중이 급상승하면서 1940년대 초중반부터 몇몇 오르께스따 가수들이 독립해서 자신의 악단을 만들기 시작한다. 바르가스, 알베르또 까스띠쑈, 피오렌띠노 등이 그들이다. 땅고 음악은 점점 춤추는 것보다 듣는 사람을 위해 생산되기 시작했다. 이때부터 대중에게 인기가 높은 스타 가수들은 오르께스따 후광 없이 자신만 강조되는 땅고 노래를 부르기 시작한다. 리베로, 로베르또 고세네체Roberto Goyeneche, 모란, 미겔 몬떼로 Miguel Montero, 비달, 아르헨띠노 레데스마Argentino Ledesma 등이 그들이다.

따라서 현재 밀롱가에서 주로 나오는 음악들은 1935년에서 1945년 사이, 땅고의 황금시대 전반 10년에 만들어진 곡이 대부분이다. 그 이후에는 너무 가수의 노래가 강조되어서 춤추기에 좋지 않다. 땅고 음악사를 보면 다수의 땅고 곡이 댄서가 아니라 땅고 노래를 따라 부르고 듣기 원하는 일반 대중을 위해 만들어진 사실을 알 수 있다. 그러나 땅고의 황금시대 전반기에 악단들이 녹음한 곡들은 대부분, 춤추는 땅게로스의 예민한 발끝에 바치는 음악이다.

많은 땅고 곡은 댄서가 아니라, 땅고 노래를 따라 부르는 일반 대중을 위해 만들어졌다.
그러나 땅고의 황금시대 전반기 곡들은 대부분,
춤추는 땅게로스의 예민한 발끝에 바치는 음악이다.

땅고 춤의 발전

커플 댄스인 땅고 춤의 특징은 남녀가 서로 얼굴을 마주하고 있는 자세다. 이 자세가 처음부터 땅고에서 시작된 것은 아니다. 역사적으로 남녀가 서로 얼굴을 마주하는 첫 번째 커플 댄스는 1830년경 유럽 대륙에서 열풍을 불러 일으켰던 비엔나 왈츠Viennese Waltz다. 그 다음이 1840년경 유행한 폴카Polka 댄스다. 그러므로 땅고는 역사상 세 번째로 남녀가 서로 얼굴을 마주 보고 추는 커플 댄스라고 볼 수 있다. 그러나 땅고에는 비엔나 왈츠나 폴카 댄스에서도 볼 수 없는 밀착된 홀딩, 아브라쏘라고 부르는 독특한 자세가 있다. 남녀의 상체가 완전히 맞닿아 있으며 하체는 약간 틈이 있는 A자형을 이루고 있는데, 땅고가 준 첫 번째 충격은 선정적인 것처럼 보이는 이 자세에서 비롯된다.

또 하나 땅고 춤을 다른 춤과 구별하는 가장 큰 특징은 즉흥성이다. 땅고는 어느 춤도 시도하지 않던 즉흥적 개념을 도입해 20세기 미래의 문을 활짝 열어젖혔으며, 이후 현대 춤에 커다란 영향을 미쳤다. 땅고 음악 발전에서 부에노스아이레스에 거주하고 있던 아프리카 공동체 구성원의 문화가 초기에 영향을 미친 것은 분명하지만, 땅고 춤의 발전에서는 아프리카 공동체문화보다는 유럽의 세련된 귀족문화와 더 관련이 있다. 분명한 것은 아프리카문화에는 남녀가 서로 홀딩을 하거나 얼굴을 마주하고 추는 커플 댄스가 없다는 사실이다.

땅고 춤은 유럽 댄스의 영향을 밑바탕으로 해서 발전되었다. 땅고 춤은, 유럽에서 이민 온 뒤 부에노스아이레스의 주류 사회에서 소외된 하층의 백인 집단에서부터 시작되었다고 설명하는 게 정확하다.

땅고가 라 보까항구의 유곽에서 시작했다는 지금까지의 통설을 반박하는 여러 의견이 있다. 이민자 대부분은 백인 남성이었고 엄청난 성비의 불균형으로 아르헨티나 정부는 매춘을 합법화할 수밖에 없었으며, 남성들이 여성들과 만날 수 있는 방법은 유곽에 가거나 춤을 추는 것이었다. 그러나 사창가 여성들은 춤출 시간이 없었다. 숫자가 턱없이 부족했으므로 그녀들은 밤새 일하기 바빴다. 남성들은 유곽에서 길게 줄을 서서 기다려야만 했다.

오히려 초기 땅고는 남성과 남성이 손을 잡고 유희하는 과정에서, 그리고 이민자의 공동체 숙소에서 시작되었다는 주장이 더 설득력 있게 다가온다. 고단한 하루 일과를 끝낸 뒤 가난한 이민자의 공동체 숙소 마당에서 기타치거나 플루트를 불면서 음악과 춤이 시작

되었고, 드물게 존재했던 일반 여성이 끼면서 남녀 커플 댄스가 시작되었다. 한번 여성을 안은 남성들은 그 여성이 자기 품에서 떨어지지 않게 하기 위해 뛰어난 춤 실력을 발휘해서라도 그녀를 만족시켜줘야만 했다. 아마도 땅고 춤의 즉흥성은 거기에서 시작되었을 것이다. 녹음된 음악이 아닌, 라이브로 그때그때 연주되는 음악에 맞춰 춤추면서 자기 품안의 여성을 만족시키려는 남성들의 필사적인 노력이 즉흥적 창조성을 극대화하면서 땅고 춤을 발전시킨 원동력이 되었다.

초기 땅고 춤은 깐젠게Canyengue 혹은 오리에로Orillero 스타일이라고 명명되는, 유희적이면서 즐거움과 재미가 넘치는 스타일이었다. 깐젠게는 사회의 최하위 빈곤층이 추던 춤을 일컫는다. 4분의 2박자의 아바네라 리듬에 맞춰 추는 이 춤은 8분의 4박자에 맞춰 사각형 모양으로 추던 땅고가 유행하던 1920년대까지 남아 있었다. 또 도시 외곽을 뜻하는 오리야스Orillas에 살던 사람들이 추는 땅고를 오리에로 스타일이라고 불렀는데, 깐젠게 혹은 오리에로 스타일은 비교적 중류층이 밀집된 부에노스아이레스 북부 지역의 우아함과 아름다움을 추구하던 땅고 스타일과 구별되었다.

1913년을 전후해서 파리를 중심으로 유럽 사회에 폭풍처럼 몰아쳤던 땅고는, 특히 꼬르떼스Cortes와 께브라다Quebrada라고 불리던 동작들이 핵심적 요소였다. 이것도 깐젠게나 오리에로 스타일에 기반을 두고 발전된 것들이었다. 깐젠게는 땅고사에 등장한 최초의 땅고 춤 스타일이었고 초기 땅고의 위대한 음악가들을 뜻하는 과르디아 비에

하^{Guardia Vieja}의 음악에 맞춰 유희적인 형태에서 점차 땅고의 진지함을 돋보이는 방식으로 발전해갔다.

1917년 가르델 이후 땅고 가수들이 부른 노래가 인기를 끌고 라디오가 등장하면서 땅고 노래를 쏟아내자, 사람들은 땅고를 노래하고 땅고 연주를 듣는 것을 더 좋아했다. 땅고 춤은 음악이나 노래에 비해 상대적으로 인기가 없었다. 깔로는 땅고 음악에 높은 음악성을 부여해서 저잣거리 음악에서 새로운 클래식으로 이동시키는 데 공헌했지만, 춤으로서의 땅고를 다시 부흥시킨 사람은 다리엔쏘였다.

강렬한 비트와 빠른 리듬으로 무장한 다리엔쏘 오르께스따의 출현은 젊은이들로 하여금 춤추고 싶은 욕망을 일으켰고, 다시 땅고 바에 사람들을 몰려들게 만들었다. 다리엔쏘는 어떻게 하면 사람들이 춤추고 싶어 하는지를 누구보다도 잘 알고 있는 지휘자였다. 원래 바이올리니스트 출신이었던 그는 자신의 오르께스따를 만든 후에 누구도 따라올 수 없는 열정과 강렬한 비트로 힘 있는 땅고 음악을 만들어냈다. 다리엔쏘의 비트가 젊은 세대들을 매료시킨 것은 1935년부터다.

1939년 비아지는 다리엔쏘 악단에서 독립해서 자신의 악단을 만들었다. 그는 다리엔쏘보다 더 강렬한 스타카토, 더 강렬한 비트의 음악을 만들었다. 춤을 추는 우리 시대의 댄서들 상당수는 비아지를 별로 좋아하지 않는다. 미겔 앙헬 쏘또처럼 자신은 비아지가 나오면 테이블에 앉아 있다고 공개적으로 말하는 사람도 있다. 그 이유는 비아지가 다리엔쏘에서 더 극단으로 간 것은 좋으나 다리엔쏘를 넘어서는 자신만의 독창적 색깔을 창조하지 못했기 때문이다. 비아지의 개성은 오히려 다리엔쏘 악단 속에 있을 때 더 빛났다. 그의 비극은 다리엔쏘 악단에서 독립한 뒤 자신만의 아이덴티티를 확립하지 못했다는 데 있다. 뛰어난 인재를 찾아내 그 재능을 자신의 악단에 이용한 다리엔쏘의 용인술이 뛰어났다고 평가할 수 있다.

땅고의 황금시대인 1950년대 가장 유행했던 스텝과 피구라는 도블레 띠엠뽀의 오쵸 꼬르따도였다. 많은 사람이 몰린 밀롱가에서는 순간적으로 진행방향을 바꿀 수 있는 능숙한 방향 전환Cambio de Direcion 이 요구되었다. 더블 타임 스텝으로 방향 전환 하면서 여기에 연결될 수 있는 오쵸 꼬르따도는 1950년대의 대표적인 땅고 스텝으로 유행을 주도했다. 주로 뜨로일로의 초기 오르께스따가 연주한 음악에 맞춰 추는 이 스텝은 군사 정권이 종식된 후 다시 찾아온 땅고 르네상스 시기에도 유행했다.

땅고 춤 스타일은 크게 부에노스아이레스 북쪽 스타일과 남쪽 스타일로 구분할 수 있다. 북쪽 스타일은 느리고 우아하다. 남쪽에 비해 상대적으로 부유한 지역인 부에노스아이레스 북쪽 지역의 마을에 있는 땅고 바는 상대적으로 크고 넓었다. 따라서 춤 역시 길고 직선적인 형태의 스텝으로 뻗어가다가 방향을 바꾸는 스타일이었다. 순간적인 리듬에 따라 스텝을 밟는 것이 아니라 음악과 혼연일체가 되어 프레이즈에 맞춰 스텝하는 것이 핵심이다. 8개의 기본 스텝 중 두 번째 스텝에서 리더가 체중을 바꾸고 체중 이동을 빈번하게 시도한다. 남자는 2개의 비트마다 남녀 어느 한쪽만 체중을 바꿀 수 있도록

땅고 춤 스타일은 크게 부에노스아이레스 북쪽 스타일과 남쪽 스타일로 구분할 수 있다.
부유한 지역인 북쪽의 땅고 바는 크고 넓어
춤 역시 스텝이 길고 직선적인 형태의 스타일이었다.

리드한다. 남자는 한 스텝을 딛지만 여자는 두 스텝을 딛게 하는 리드가 자주 이용되었고, 부에노스아이레스 센뜨로 지역과 남쪽 스타일에서 유행하는 도블레 띠엠뽀나 오쵸 꼬르따도를 잘 쓰지 않는다. 디 사를리 오르께스따의 음악이 자주 연주되었다.

부에노스아이레스의 남쪽 스타일은, 길고 유장한 직선적인 스텝의 북쪽과는 달리 짧은 보폭과 빠른 속도의 스텝으로 수많은 방향 전환을 하면서 곡선이나 커브 형태로 몸을 움직인다. 경제적으로 곤궁했던 남쪽의 바는 장소가 협소했으며 밀롱가 안의 많은 사람들과 부딪히지 않도록 일시적으로 스텝을 정지하는 수많은 빠우사, 혹은 반대로 극단적인 빠른 움직임으로 만들어지는 볼레오Boleo나 간초Gancho를 자주 사용했다. 주로 여성들인 팔로워는 리더인 남성들에게 체중을 의지하는 자세를 갖는 경우가 많았다. 한국에 여러 차례 내한 공연했던 뮤지컬 「포에버 탱고」의 주인공이자 전설적인 땅고 댄서인 가비또가 사용한 스타일이다. 남쪽 밀롱가에서는 뿌글리에쎄 오르께스따의 음악이 자주 연주되었다.

재미있는 우연으로, 현재 서울 시내의 땅고 스타일도 거칠게 분류하면 한강 북쪽에 있는 홍대 앞의 땅고 바인 오나다 스타일과 한강 남쪽에 있는 신사동, 청담동 일대의 엘 땅고, 로얄 탱고 클럽 스타일로 나눌 수 있다. 서울은 부에노스아이레스와는 반대로 북쪽의 땅고 바가 좁고 강남의 땅고 바가 넓다. 스타일 역시 부에노스아이레스의 남쪽 스타일은 강북에서, 북쪽 스타일은 강남에서 추는 춤 스타일과 많이 닮았다.

젊은 남자들이 땅고를 추기 위해서는 먼저 여성의 스텝을 배워야만 했다. 그래야만 그는 자신이 관심 있는 여성에게 땅고를 가르쳐 줄 수 있었기 때문이다. 그래서 주로 나이 든 땅게로에게서 여성 파트, 즉 리더인 남자들이 생산하는 에너지의 흐름을 따라가는 팔로워 파트를 먼저 배운 후, 리더가 하는 스텝과 역할을 배웠다. 마찬가지로 여성 역시 땅고 경력이 쌓일수록 남자가 하는 리더의 에너지와 스텝을 배웠는데, 이것은 땅고의 암흑기에 외부 밀롱가에서 춤출 수 없게 된 땅게로스가 주로 가정 안에서 가족 구성원들과 서로 배우고 가르치는 과정을 통해 전수되는 중요한 역할을 했다.

현재 활동하고 있는 댄서 중 다수가 가정에서 아버지, 삼촌, 형 혹은 어머니에게서 땅고를 배웠다고 술회를 하는데, 이것은 곧 오래된 여성 땅게라도 남성 땅게로 역할을 할 수 있었다는 것을 뜻한다.

1983년 이후, 그러니까 군사 정권이 끝난 후 땅고 르네상스가 시작되었을 때 거리의 모든 땅고 바는 땅고를 추기 위해 몰려든 사람들로 넘쳐 났다. 군사 정권의 종식은 문화적 르네상스를 가져왔고 수많은 사람이 해방감을 느끼며 땅고를 추었다. 땅고를 처음 배우려는 사람도 많았지만 20년 가까이 땅고는 지하세계에 숨어 있었기 때문에 젊은 댄서들은 땅고의 황금시대에 활동했던 댄서들과 단절되어 있었다. 수잔나 밀러Susanna Miler가 에스틸로 밀롱게로Estilo Milonguero라고 명명한 이 스타일의 땅고는, 무대 위에서 땅고를 공연하는 댄서들의 춤과는 다른, 소셜 댄스로서의 땅고를 규정하기 위해 사용한다. 원래 밀롱게로라는 단어는 거의 매일 밀롱가에서 땅고를 추는 사람들을 뜻한다.

그러나 밀롱게로만이 유일한 소셜 땅고 스타일이라고 생각하는 것도 오해다. 소셜 땅고는 넓은 의미에서 땅고 데 살론^{Tango de Salon}이라고 부른다. 군사 정권이 종식된 후 찾아온 땅고 르네상스 시기는 땅고 밀롱게로 스타일의 전성기였다.

1950년대 초, 뿌글리에쎄 음악과 함께 독창적인 스텝으로 춤추던 것과 비교하면 지나치게 조용하고 지루하며 단조롭다는 생각이 들 정도인 밀롱게로 스타일은, 2000년 전후로 등장한 땅고 누에보의 도전을 받는다.

땅고 학자 벤세끄리 사바는 지금까지 등장했던 땅고 춤 스타일을 다음 아홉 가지 스타일로 구분하고 있다.

깐젠게 canyengue : 까나로에 따르면, 1916년경 콘트라베이스를 연주했던 흑인 뮤지션 레오폴도 톰슨^{Leopoldo Thompson}이 추면서부터 깐젠게 스타일이 만들어졌다. 처음에는 4분의 2박자의 리듬이었지만 나중에는 까나로, 피르뽀, 프란시스꼬 로무또, 후안 데 디오스 필베르또^{Juan de Dios Filberto} 등에 의해 8분의 4박자로 연주되었다. 초기 땅고 춤 스타일의 가장 큰 특징인 께브라다와 꼬르떼스가 깐젠게 스타일에서 나왔다.

판타지아 Fantasia : 1940년대 무대에서 공연되던 땅고 쇼에서 판타지아 스타일이 만들어졌다. 잘 구성된 안무에 기초해서 공연되는 이 스타일은 간초, 볼레오, 사까다, 살또, 센따다 등의 피구라를 결합해서 복잡하고 역동적인 움직임을 만들었다. 부에노스아이레스 밀롱가에서는 소수의 사람들만 이 스타일의 춤을 추지만, 미국이나 유럽에서 공연되는 땅고 쇼에서는 판타지아 스타일이 주로 이용된다. 땅고 에세나리오^{Tango Escenario}, 땅고 모데르노^{Tango Moderno}, 땅고 에스띨리싸도^{Tango Estilizado} 라고 부르기도 한다. 꼬뻬스, 쏘또, 밀레나 플렙스, 글로리아와 에두아르도 등이 대표적인 댄서들이다.

폭스포르트 For Export : 스테이지 땅고는 1970년대 땅고에 흥미를 갖고 부에노스아이레스를 방문하는 관광객들을 위해 만들어졌다. 이 스타일에서는 아브라쏘를 유지하는 게 꼭 필요한 것은 아니다. 춤추는 댄서들의 내적 정서보다는 밖으로 나타내는 모습이 더 중요하다. 그래서 이미 만들어진 안무를 반복해서 공연하면서 댄서들은 예술적 정신과 영혼을 잃어버렸다. 댄서들은 관객들을 위해 전통 땅고뿐만 아니라 다양한 장르가 결합된 춤을 추었다. 1983년에 만들어졌고 1985년 뉴욕에서 공연된 「땅고 아르헨띠노」가 크게 히트하면서 폭스포르트라는 단어가 널리 확산되었다. 꼬뻬스와 니에베스, 마리아 델 까르멘과 까를로스 리바롤라, 로스 딘셀(로돌포 딘셀바처와 글로리아 이네스) 등이 대표적인 댄서들이다.

리소 Liso : 19세기 후반에서 20세기 초 사이에 등장한 스타일이다. 당시 유행했던 께브라다, 꼬르떼스 없는 심플한 걷기와 피구라가 특징이다. 리소 스타일은 훗날 살론 스타일로 발전하게 된다. 댄서들은 각자 자신의 축을 세운 채 아브라쏘를 유지하며 춤춘다. 여성의 얼굴은 남성과 같은 방향을 바라본다. 리소 스타일은 원래 가족들끼리 서로 품위를 유지하며 추었는데, 1950년대에는 댄스홀이나 이웃 클럽, 카바레 등으로 광범위하게 확산되었다. 넓은 평원을 뜻하는 리소라는 단어는 이 스타일의 메커니즘에서 유래했다.

밀롱게로 Milonguero: 멜로디보다 리듬에 따라 춤을 추는 밀롱게로 스타일은 아브라쏘를 한 남녀 사이의 커뮤니케이션이 중요하며, 까덴시아와 즉흥성이 강조된다. 완전하게 서로의 반대 방향을 보고 빈틈이 없을 정도로 타이트하게 아브라쏘를 한 뒤, 반시계 반향으로 밀롱가를 돈다. 피구라를 구사하기 위해서 경제적인 공간 사용이 요구된다. 짧은 보폭의 간단한 스텝으로 걷는 까미나따Caminata 는 밀롱게로 스타일을 상징하는 단어다. 디 사를리, 다리엔쏘, 뜨로일로, 깔로 오르께스따의 음악이 주로 사용되었으며 까쵸 단테, 수잔나 등이 대표적인 댄서들이다. 밀롱게로 스타일은 땅고 아필라도Tango Apilado 땅고 콘피테리아Tango Confiteria 땅고 클럽Tango Club 이라고 부르기도 한다.

누에보 Nuevo: 땅고 누에보 스타일은 1980년대 후반 등장했다. 댄서들은 서로의 수직축을 세워 충분하고 일정한 움직임으로 리드미컬하고 다이내믹한 변주를 이룬다. 처음에는 판타지아 스타일의 한 가지로 출발했지만 다양한 자세와 피구라로 독창적 스타일을 형성했다.

댄서들은 서로의 연결이 멀어질 때까지 오픈해서 춤을 추기도 하고, 때로는 V자 형태로 업사이드와 다운을 자유자재로 구사하며 춤을 추기도 한다. 볼까다·꼴까다·솔따다·사까다·볼레오 아뜨라스·라인 볼레오·간초 도블레스 등이 대표적인 동작들이다. 땅고 누에보라는 단어는 피아졸라가 1950년대 후반, 전자 기타와 섹소폰 등을 자신의 오르께스따에 도입하면서 처음 사용했다. 파비안 살라스, 치초와 후아나, 구스타보 나베이라와 지젤 안느가 대표 댄서들이다.

오리에로^{Orillero} : 19세기 후반 등장한 스타일이다. 짧고 빠른 스텝으로 춤추며 가끔 점프할 때도 있다. 시내 밀롱가에서는 유행하지 않았고, 실내 댄스홀이 없는 도시 외곽의 빈민촌 야외에서 자유롭게 춤추며 만들어졌다. 댄서들은 서로의 토르소를 45도 각도로 비틀고 아브라쏘를 하는데, 히로할 때는 아브라쏘를 오픈하고 여성들은 힙과 토르소를 자유롭게 움직이며 팔로우한다. 그러나 히로 후에는 다시 아브라쏘를 유지한다. 땅게라의 *끄루세*^{Cruce} 동작은 오리에로 스타일에 의해 만들어졌다. 오리에로 스타일은 1930년대나 1940년대의 부에노스아이레스 밀롱가에서는 거부되었다. 엘 네그로^{El Negro} 라고 불린 브라울리오 라미레쓰^{Braulio Ramirez} 가 대표적인 오리에로 스타일의 댄서다. 현대에 들어서는 뻬삐또 아베자네다^{Pepito Avellaneda}, 마누엘 끄레스뽀^{Manuel Crespo}, 빈센트 가리울리^{Vicente Garyuli}에게서 오리에로 스타일이 계승된 흔적을 찾을 수 있다.

살론 Salon : 댄스홀의 실내에서 추는 스타일로서, 댄서들의 발은 플로어에서 거의 떨어지지 않고 음악과 함께 움직이며 볼레오나 간초, 사까다를 하지 않는다. 살론 스타일의 땅고는 부드럽고 정확한 스텝으로 우아함을 유지하는 것이 가장 중요하다. 댄서들의 신체는 각자 축을 유지하면서 서로의 반대쪽 방향을 보고 피라미드 형태를 만든다. 토르소는 맞닿아 있고 아브라쏘는 계속 유지된다. 여자는 남자의 어깨를 바라보고 서로의 신체는 떨어져 있지 않지만, 남자는 다리를 움직여 피구라를 할 수 있고, 여자들은 힙이나 토르소의 움직임 없이 자유롭게 피봇이나 턴을 할 수 있다. 1950년대 이후 피봇과 함께 더 많은 턴을 하면서 공간활용에 대한 섬세한 요구가 증대되었고, 댄스 플로어에서 원을 그리며 반시계 방향으로 움직이기 위해서는 까덴시아가 더욱 중요해졌다. 디 사를리, 딴뚜리, 다고스티노D'Agostino, 뜨로일로, 깔로의 오르께스따들은 이런 스타일의 춤을 위해 연주했고, 현대의 밀롱가에서도 살론 땅고 스타일의 춤은 이런 오르께스뜨라의 음악을 선호한다.

살론 오리지널 Salon Original : 1900~10년에 소셜 댄스가 처음 등장했고 1940년 전후로 소셜 댄스를 즐기는 사람들이 급격히 늘어났다. 살론 오리지널 스타일의 땅고는 우아하고 부드러운 걸음으로 걷는 것이 가장 큰 특징이며 주로 오스발도 프레세도, 까나로, 데 까로의 오르께스따와 함께 댄스 플로어에서 발전되었다. 남자의 오른손은 여성의 왼쪽 허리나 힙 위에 있고, 여성의 왼손은 남성의 오른쪽 어깨 위에 올린다. 여성의 오른쪽 손가락들을 남성은 왼쪽 손바닥으로 감싸며 팔을 거의 끝까지 쭉 뻗는다. 이러한 살론 오리지널 스타일의 땅고는 파리에서 개최된 월드와이드 모던 댄스 챔피언십 우승자인 까시미로 아인^{Casimiro Ain}이 1910년에서 1920년 사이에 프랑스에서 강습하며 널리 보급되었다.

룬파르도

이탈리아 롬바르디아 지역의 감옥에서 죄수
나 간수들이 상대방이 모르게 그들끼리 의사소통하기 위해 기존 언
어를 변형해서 쓰던 속어가, 부에노스아이레스나 몬테비데오에 도착
한 하층민을 통해 전파되기 시작했다.

19세기 후반에서 20세기 초반의 라 보까항구 주변에는 유럽에서
온 이민자가 넘쳐나면서, 서로 다른 언어를 쓰던 그들만의 의사소통
을 위해 그들이 가져온 기존의 다양한 언어를 뒤섞고 어순을 비틀어
바벨탑의 언어가 탄생했는데, 그것이 룬파르도다.

무법자를 뜻하기도 했던 룬파르도라는 단어의 기원은 룸바르도
Lumbardo 로, 이탈리아 북부 지역의 룸바르디아 주민이라는 뜻이다. 룬
파르도는 특히 땅고 가사에 많이 사용되었기 때문에 룬파르도를 이

해하지 못하면 스페인어에 능통한 사람이라고 해도 땅고 가사를 제대로 이해할 수 없다. 몇몇 단어만 룬파르도를 쓴 다른 작사가들과는 달리 엘 씨루하^{El Ciruja}, 셀레도니오 플로레스^{Celedonio Flores}는 룬파르도를 많이 사용해서 가사를 썼기 때문에 그들이 쓴 가사를 이해하기 위해서는 룬파르도 사전을 펼쳐봐야만 한다.

룬파르도의 뼈대는 스페인어와 이탈리어이며 여기에 프랑스어가 섞여서 기존의 언어와 비슷하면서도 약간 다른 새로운 언어가 나타났다. 지금은 두꺼운 룬파르도 사전이 별도로 나올 정도로 방대한 양으로 축적되어 있는데, 약 1만 2,000개의 룬파르도 단어가 들어 있다. 땅고문화를 이해하기 위해서는 룬파르도에 대한 이해가 필수적이다.

가장 흔한 방식의 룬파르도는 단어의 앞과 뒤를 뒤집는 것이다. 땅고^{Tango}는 고딴^{Gotan}이 되고 친구라는 뜻의 아미고스^{Amigos}는 고미아스^{Gomias}로 표현된다. 젊은 남성을 가리키는 무차초^{Muchaco}는 초차무^{Chocamu}, 우유를 넣은 커피인 까페 꼰 레체^{Cafe con Leche}는 페까 꼰 체레^{Feca con Chele}가 된다. 또 이탈리아어에서 변형된 것도 많은데, '이해하나요?'라는 이탈리아어 까삐스쎄^{Capisce}는 페스까르^{Pescar}로, 먹는 것을 뜻하는 만기아레^{Mangiare}는 마냐르^{Manyar}로 변형되었다.

모든 언어가 그렇듯이 새로운 세대가 등장하고 삶의 토대가 변화되면 언어 역시 변하기 마련이다. 부에노스아이레스에서는 1970년대 이후 새롭게 생성된 속어들까지 룬파르도에 포함시켜야 하는가를 놓고 많은 논쟁이 펼쳐졌다. 현대의 역동적 삶은 20세기 초 못지않게 삶의 질을 변화시켰으며 사이버 공간의 발달은 다양한 문화가 빠르게 충돌할 수 있는 통로를 만들었기 때문이다.

지금도 여전히 부에노스아이레스의 밀롱가에서는 새로운 언어들이 생성되고 있는데 이것들을 과거 땅고의 황금시대에 크게 유행했던 룬파르도와 구별해야 되는지, 혹은 포함시켜야 하는지에 대해서는 학자들마다 의견이 엇갈리고 있다. 룬파르도는 여전히 현재진행형이다.

땅고의 발생지: 라 보까항구의 까미니또거리

　　땅고의 발생지는 부에노스아이레스의 외곽에 있는 라 보까항구다. 그곳은 이민자들의 천국이다. 1853년 이민법이 제정된 이후 1860년대부터 선원들과 부두 노동자들, 그리고 라 보까항구 주변에 있던 도살장의 인부들과 피혁공장 노동자들, 갈 곳 없는 이민자들이 서로 어울리며 춤을 추고 유희하는 과정에서 땅고가 태어났다. 땅고 발생 초창기에는 여성이 부족해서 남성과 남성이 서로 손을 맞잡고 스텝을 밟는 경우가 흔했다. 지금은 물론 유곽이 모두 사라지고, 그곳에는 전 세계 어디에도 없는 독특한 땅고의 거리, 까미니또Caminito가 형성되어 있다.

　　까미니또, 매일 오후마다 나는 사랑을 노래하며 행복하게 걸었다. 혹시 그녀가 다시 오더라도, 내 눈물이 너를 적셨다고 말하지는 말아줘.

1926년 발표된 「까미니또」라는 노래는 필베르또 작곡, 가비노 코리아 뻬날로사가 작사한 대표적인 땅고 곡이다. 아르헨티나 초등학교 교과서에도 실려 있기 때문에 이 노래를 모르는 아르헨티나 사람은 거의 없다.

이탈리아 이민자가 처음 도착한 항구, 라 보까. 특히 북부 이탈리아의 제노바를 출발한 이민선은 아메리칸 드림을 꿈꾸며 당시 세계적 부국이었던 아르헨티나의 수도 부에노스아이레스의 외곽에 있는 항구 라 보까에 매주 정박했다. 「엄마 찾아 삼만리」의 주인공 마르코도 아르헨티나로 떠난 엄마를 찾아 제노바를 출발해서 부에노스아이레스의 라 보까항구에 도착했다.

그렇게 형성된 가난한 이민자의 거리 까미니또, 스페인어로 작은 길 혹은 골목길이라는 뜻의 이 거리가 국제적으로 널리 알려진 것은 까미니또에 살았던 해군제독이자 화가 베니또 낀께라 마르띤^{Benito Quinquela Martin}이 각종 원색으로 울긋불긋 칠해진 이 독특한 거리를 배경으로 많은 그림을 그렸기 때문이다. 그는 특히 항구에서 일하던 선원이나 노동자들을 즐겨 그렸다. 지금 라 보까항구에는 흰색 양복을 입고 왼손을 바지 주머니에 찌른 화가 마르띤의 동상이 서 있고, 항구가 보이는 그가 살던 집은 박물관으로 개조되어 관광객들을 맞이하고 있다.

전 세계 어디에도 없는 독특한 거리 풍경은, 사실 가난한 마을 사람들이 집의 지붕이나 벽에 칠할 페인트를 얻지 못해 만들어졌다. 선박을 건조하거나 보수하고 남은 페인트를 얻어서 낡은 양철지붕이나 판잣집을 칠하고, 또 다른 선박에서 남은 페인트를 얻어 한쪽 벽을 칠하고, 또 다른 선박에서 페인트를 얻어 다른 벽이나 창문틀을 칠하면서 까미니또거리에 있는 각각의 집들은 형형색색으로 단장되기 시작했다. 선박에 칠하는 페인트 색은 대부분 강렬한 원색이었으므로 가난한 까미니또 주민들이 항구에서 얻어온 페인트는 양철지붕과 판잣집의 벽이 녹슬거나 부서짐을 방지하는 데 기여하기도 했고, 라 보까항구만의 독특한 상징을 갖게 만들었다.

미국의 케네디 대통령 부인이었던 재클린은 케네디가 암살당한 후 그리스의 선박왕 오나시스와 재혼했다. 세계적인 부호였던 오나시스도 이십 대 초반의 청춘시절, 아르헨티나로 이민을 와서 라 보까항구의 부두 노동자로 일했다. 야간 전화교환수, 식당 종업원을 하던 그는 훗날 세계 최고의 선박왕이 되어 미국의 전 영부인과 결혼한다. 또 오나시스의 친구였던 최고의 소프라노 마리아 깔라스도 라 보까항구 앞에 있는 라 쁠라따강을 운행하는 호화 유람선에서 노래를 불렀다.

지난 1960년대부터 라 보까 지구는 관광특구로 본격적인 탈바꿈을 시도한다. 기차가 다니지 않는 선로에는 예술 작품이 전시되어서 거리의 박물관으로 탈바꿈되었다. 울긋불긋 원색으로 치장된 골목의 담벼락에는 땅고의 황제 가르델의 얼굴이나 땅고 댄서의 그림이 수

까미니또 입구의 삼각형으로 된 건물 2층 베란다에서 관광객을 맞아주던 인형은,
축구황제 마라도나에서 아르헨티나 출신 프란시스꼬 교황으로 바뀌었다.

없이 그려졌다. 항구의 작은 레스토랑 입구에서는 땅고 댄서가 춤추면서 관광객을 유혹한다. 까미니또거리는 항구의 선착장에서 레스토랑이 모여 있는 쪽에 형성되어 있다.

2012년 6월 서울시와 부에노스아이레스시는 도시정보 기술교류를 위한 MOU를 체결하고, 서울시는 전자정부나 교통정책을, 부에노스아이레스시는 문화유적과 도시 문화유적시설에 대한 정책을 교류하기로 했다. 역대 서울시장 중 처음으로 부에노스아이레스시를 방문한 박원순 서울시장도 까미니또거리를 보고, "끊임없이 허물고 다시 짓는 재개발만이 능사가 아니다. 역사와 문화는 살리고 지역의 경제도시 기능은 활성화하는 공간 재활용의 안목을 키워야 한다"고 말한 바 있다.

까미니또 입구에 삼각형으로 된 건물 2층 베란다에는 얼마 전까지 축구황제 마라도나의 인형이 관광객을 맞아주었다. 그러나 아르헨티나 출신인 프란시스꼬 교황이 바티칸에 입성한 이후에는 프란시스꼬 교황의 인형으로 바뀌었다.

라 보까 지구는 저소득층이 살고, 치안이 좋지 않기로 유명하다. 까미니또거리를 벗어나면 바로 위험지대다. 어디서부터 어디까지가 까미니또거리인지 아는 가장 좋은 방법은 울긋불긋하게 색칠된 집들이 나타나지 않으면 까미니또거리가 끝났다고 생각하면 된다. 축구팀 라 보까 주니어스의 구장도 근처에 있다.

나는 부에노스아이레스에 갈 때마다 꼭 한 번 이상은 라 보까에 간다. 가면 늘 똑같은 모습이지만 그래도 간다. 나뿐만이 아니다. 부에노스아이레스를 방문하는 관광객 중에서 그곳을 가지 않는 사람은 아마 없을 것이다. 라 보까에 가지 않고 부에노스아이레스에 갔다고 할 수 없기 때문이다.

2011년에 처음 부에노스아이레스에 갔던 카이는 라 보까에 갈 때 완전히 기대하며 들떴다. 그러나 나에게는 이미 거리의 모든 풍경을 외울 수 있을 정도로 낯익은 곳이었다. 기념품 숍에서 선물을 고르며 그녀는 즐거워했다. 그곳은 부에노스아이레스의 대표적인 관광지고, 까미니또거리는 라 보까의 심장이다. 우리는 그날 길거리 식당에 앉아 무명 댄서들의 생계형 슬픈 땅고 공연도 보았고, 낄메스 스타우트도 한 병 마셨다.

지난 2017년 다시 라 보까에 갔을 때는 빨레르모에서 탄 버스가 1시간 가까이를 달려 축구를 좋아하는 사람이라면 모를 수가 없는 라 보까 주니어 스타디움 근처에서 내렸다. 스타디움에서 까미니또거리 쪽으로 가다가 길의 표지판을 보았더니, 까미니또의 작곡가 이름을 따서 후안 데 디오스 필베르또거리라고 적혀 있었다. 까미니또 골목에는 「까미니또」의 작사가인 코리아의 흉상도 놓여 있고 벽에는 가사도 적혀 있다. 이 노래는 발표 당시에 세간의 주목을 받지 못했지만 까나로 악단이 편곡해서 다시 발표하면서 국민적 인기를 모았다.

낯익은 까미니또거리 양쪽에는 수많은 화가가 자신의 땅고 그림을 전시하고 있다. 각종 기념품을 파는 가게들을 지나면 레스토랑 앞에서 땅고를 추는 댄서들을 볼 수 있다. 레스토랑 앞 노천에 파라솔이

라 보까의 댄서들은 레스토랑이 있는 건물 입구의 비좁은 공간에서 춤을 춘다.
기껏해야 한 평 혹은 두 평 되는 작은 공간이다.

있고 테이블이 놓여 있다. 댄서들은 레스토랑이 있는 건물 입구의 비좁은 공간에서 춤을 춘다. 기껏해야 한 평 혹은 두 평되는 작은 공간이다. 아르바이트로서는 꽤 괜찮은 직장이기 때문에 많은 땅고 댄서가 라 보까의 레스토랑을 비롯해서 시내 극장이나 레스토랑에서 정기적으로 땅고를 추며 돈을 벌 수 있기를 원한다.

우리는 댄서들의 춤이 제일 괜찮은 레스토랑을 골라 자리에 앉았다. 실내에도 자리가 있지만 관광객들은 대부분 실외의 테이블에 자리를 잡는다. 댄서들이 건물 입구에서 거리 쪽을 바라보며 공연하기 때문이다. 30분 정도 공연이 끝나면 모자를 들고 객석을 돈다.

내가 모자 속에 돈을 넣으며 우리도 땅고를 추는 땅게로스라고 하자, 남성 댄서가 그러면 같이 추자고 카이의 손을 이끌었다. 그리고 카이는 레스토랑 입구 무대에서 댄서와 춤췄다. 한 곡이 끝나자 이번에는 여성 댄서가 내 손을 잡는다. 나도 여성 댄서와 한 곡을 췄다. 상당한 수준의 댄서들이었다. 그 남성은 나에게 오늘 밤 어느 밀롱가에 가느냐고 묻는다. 토요일이었다. 아마 그들은 젊은 땅게로스가 가장 좋아하는 라비루따로 갈 것이다. 나는 다른 밀롱가에 가기로 되어 있었다. 아쉬웠지만 그들과의 인연은 이어지지 못했다. 하지만 땅고를 추다 보면 언제가, 어디에선가 다시 만날 것이다.

새 땅고화를 신고

우리는 부에노스아이레스에 도착하면 제일

먼저 땅고화 전문 숍인 네오땅고를 찾아간다. 2012년에 머물던 센뜨로 지역의 아파트에서는 네오땅고까지 천천히 걸어도 15분도 걸리지 않았다. 2011년에 처음으로 부에노스아이레스에 와서 눈뜰 때부터 새벽까지 하루 평균 5개 이상의 클래스를 듣고 밀롱가를 하면서 한 달 동안 지옥훈련을 하던 카이는, 서울로 돌아가면서 다시는 부에노스아이레스에 오지 않겠다고 말했다. 그런데 이듬해인 2012년 신혼여행으로 다시 부에노스아이레스를 선택한 중요한 이유는, 마음에 드는 땅고화를 직접 사기 위해서였다. 그만큼 땅고 추는 사람들에게는, 특히 평균 9센티미터 이상의 힐을 신어야 하는 땅게라에게는 땅고화가 중요하다.

카이가 가장 좋아하는 땅고화는 네오땅고, 그리고 수플레 제품이다. 수플레 구두는 공연할 때 좋고 네오땅고 구두는 밀롱가에서 춤추기 좋다. 그러나 이것은 카이의 경우다. 사람에 따라 몸 쓰는 방법이 다르고 신체구조가 다르기 때문에 상대적일 수 있다. 나는 40여 켤레의 땅고화를 갖고 있는데 초기에는 대부분 네오땅고 제품을 구입했다. 그 뒤에는 DNI나 2*4, 파비오 슈즈 등의 제품을 구입했지만 이제는 국내 제품을 신는다. 지금은 한국산 땅고화도 세계 수준으로 높은 품질을 자랑하기 때문에 굳이 아르헨티나산을 살 이유가 없어진 것이다.

2012년 네오땅고에 갔을 때는 가게가 막 리모델링을 마친 뒤여서 2011년 방문했을 때보다 내부가 훨씬 넓어졌다. 맞은편에 있는 땅고레이께도 마찬가지였다. 땅고레이께는 숍 안쪽의 쇼 윈도우를 다 치워버리고 땅고 강습할 수 있는 스튜디오를 만들어놓았다. 다르코스나 2*4처럼 땅고화만 팔던 전문 숍에서 탈바꿈하겠다는 강한 의지가 보였다. 유명한 땅고 강사를 초빙해서 수업도 진행하면, 수업 때문에 숍을 들락거리는 사람이 많아질 것이고, 그들에게 더 많은 땅고화나 땅고 드레스를 팔 수 있을 것이다.

땅고 산업은 한 해가 다르게 가내 수공업 단계에서 더 많은 부가가치를 얻을 수 있는 형태로 진화 중이다. 마치 영화산업에서 원 스톱 서비스를 제공하는 멀티플렉스처럼 땅고화, 땅고 드레스, 땅고 CD와 DVD뿐만이 아니라 땅고 강습까지 총체적 서비스를 제공할 수 있는 멀티 숍으로 변모해가고 있다. 그러나 2017년 부에노스아이레스에 갔을 때 땅고레이께는 폐업하고 사라졌다. 네오땅고만 굳건하게 자리를 지키고 있었다.

카이와 나는 새로 나온 구두를 훑어보고 오벨리스끄까지 걸어가서 다르코스, 프라벨라 등 다른 땅고화 가게들을 순례했다. 그렇다, 순례인 것이다. 땅고를 추는 우리가 부에노스아이레스에 온다는 것은, 하나의 순례와 다름이 없다. 나의 종교는 땅고다. 땅고를 추는 사람들에게 부에노스아이레스는 성지이며, 우리가 이 도시에 올 때는 성지 순례를 떠나는 마음을 갖고 있다. 여기는 땅고의 발생지이며 세계 그 어느 곳과도 비교할 수 없는 땅고 인프라를 갖고 있어서 땅고에 관한한 우리를 황홀하게 만들기 때문이다. 도시 여기 저기 산재해 있는 수많은 밀롱가, 매일 밤마다 그곳에 몰려드는 수많은 땅고 고수들, 질 좋고 다양한 디자인의 땅고화 제조업체나 땅고 드레스 제조업체가 널려 있고, 택시를 타면 땅고 라디오 방송국에서 땅고 음악이 흘러나온다. 식사를 하기 위해 레스토랑에 들어가면 땅고 텔레비전에서 원로 마에스트로의 삶과 땅고에 대한 토크쇼가 진행되고, 아름다운 땅고 공연이 방송된다. 1년 52주 동안 거의 매주 다양한 땅고페스티벌이 개최되고 전 세계 수많은 땅게로스가 수시로 이 도시를 방문하고 있다. 그래서 언제나 부에노스아이레스 출신의 토박이 뽀르떼뇨 땅게로스와 해외에서 찾아오는 새로운 땅게로스가 뒤섞이며 신선한 밀롱가를 만들고 있다.

카이가 프로 댄서들을 위한 드레스 전문 숍에서 공연용 의상을 구입하는 동안 나는 소파에 앉아 졸고 있었다. 그런데 쇼파 색과 내 옷색이 똑같다고 프랑스인 땅게로스 부부가 웃어서 잠에서 깼다.

부에노스아이레스에 온 지 2주 만에 카이의 오른쪽 다리가 퉁퉁 부었다. 갑자기 무리한 탓이다. 피로가 풀리면 된다고 위로했지만 이대로 코끼리 다리가 되면 어떻게 하냐고 그녀는 울상이었다. 나는 아르헨티나 처음 왔을 때 농장에서 말을 타다가 갑자기 속력을 내며 미친 듯이 달려간 말 위에서 떨어진 적이 있었다. 그때 산 근육통 약을 카이의 다리에 발라주었다. 그러나 수업을 듣기 위해 집을 나가던 카이는 길가에 주저앉아서 울었다.

땅고의 황제,
까를로스 가르델거리와 표지

가르델의 이름 앞에는 땅고의 황제라는 수식어가 붙어 다닌다. 그는 땅고 초창기에 땅고를 대중화한 일등공신이었으며 그의 이름은 곧 땅고라는 단어와 동의어였다. 땅고는 가르델이었고, 가르델은 곧 땅고였다. 불량 학생처럼 중절모를 약간 삐딱하게 쓰고 미소를 짓는 그의 사진은 누구에게나 호감을 불러일으킨다. 그는 연주만 하던 땅고에 처음으로 가사를 붙여 노래한 땅고 가수였으며, 밀롱가에서 땅고를 추던 멋진 땅게로였다.

그는 1917년 가사가 있는 「미 노체 뜨리스떼」를 처음 녹음했고, 이때부터 춤곡으로 즐기기만 하던 땅고가 입에서 입으로 불리게 되었다. 이른바 가수들의 시대가 온 것이다. 땅고 댄서이면서 가수였던 가르델 덕분에 땅고는 아르헨티나를 대표하는 국민 음악과 춤으로 급부상된다. 꽃미남 가수이자 배우였고, 뛰어난 땅고 댄서였던 가르델의 인기는 땅고를 대중적인 트렌드로 만들어버렸다.

가르델의 목소리는 너무나 달콤하고 부드러운 미성이었다. 그는 모든 여자의 마음을 뒤흔드는 미남이었으며, 밀롱가에서는 뛰어난 땅게로였다. 또한 많은 땅고 영화에도 출연한 배우였고, 출연한 영화 속에서 연기하며 노래 불렀다. 그의 인기는 땅고 춤과 음악의 대중적 보급에 커다란 역할을 했다. 알 파치노에게 아카데미 남우주연상을 안겨준 영화 「여인의 향기」에서 시각장애인 퇴역중령 프랭크가 낯선 여인에게 춤을 신청하고 함께 땅고를 출 때 나오는 음악, 뽀르 우나 까베씨Por una Cabeza도 가르델의 노래다. 직역하면 '머리 하나 차이'라는 뜻인데 경마장에서 말 머리 하나 차이로 우승이 엇갈리는 것에 비유하며 사랑하는 여인을 라이벌에게 간발의 차이로 빼앗기는 내용을 노래하고 있다. 이 노래는 원래 가르델 주연으로 만들어진 영화 「탱고 바Tango Bar」에서 가르델이 불렀던 노래이기도 하다.

가르델은 땅고사에 등장하는 가장 중요한 인물이다. 그는 땅고가 선창가의 마룻바닥이나 밀롱가를 벗어나 부에노스아이레스시 전체, 나아가서 아르헨티나의 전체를 대표하는 국민 춤이 되고, 국민 음악이 되는 데 결정적 기여를 했다. 아르헨티나 정부가 매년 12월 11일을 땅고데이로 정하고 국경일로 지정한 것도 그날이 가르델의 생일이기 때문이다. 그의 출생 연도나 출생 과정은 아직도 정확하게 밝혀지지 않았다. 그의 고백에 따르면 그는 파리에서 태어났으며, 아버지는 우루과이인이고 어머니는 프랑스인이었다고 한다. 그러나 연구자

가르델의 목소리는 너무나 달콤하고 부드러운 미성이었다.
그는 모든 여자의 마음을 뒤흔드는 미남이었으며,
밀롱가에서는 뛰어난 땅게로였고, 많은 땅고 영화에 출연한 배우이기도 했다.

들에 따르면 그의 아버지는 당시 유부남이었다. 아버지에게서 버림 받은 가르델은 1893년 어머니와 함께 우루과이 몬테비데오로 왔다가 1896년 부에노스아이레스로 이주했다. 그의 국적은 프랑스에서 우루과이 그리고 아르헨티나로 바뀌었다. 그가 아르헨티나 국적을 취득한 것은 1923년이다.

가르델은 가난한 환경 때문에 어릴 때부터 갖가지 직업을 전전했고, 1909년부터 아르헨티나 국립 꼬리엔떼스극장에서 바리톤 가수로 데뷔했으며 1910년부터 땅고 노래를 불렀지만 그 당시에는 후렴구의 몇 소절 밖에 가사가 없었다. 1917년 가르델이 땅고 곡에 본격적으로 가사를 붙인 「미 노체 뜨리스떼」을 취입한 이후 땅고는 커다란 전환기를 맞게 된다. 가르델의 활동과 함께 노래하는 땅고, 즉 땅고 깐씨온 시대가 개막되었다.

땅고 음악의 첫 번째 거장으로 추앙받는 가르델은 해외 순회공연을 떠났다가 1935년 갑작스러운 비행기 사고로 세상을 떠났다. 그는 죽기 전까지 수백 곡의 주옥 같은 명곡들을 남겼는데 「뽀르 우나 까베싸」 「엘 디아 께 메 끼에라스El Dia Que Me Quieras」 「미 부에노스아이레스 께리도Mi Buenos Aires Querido」 「볼베르Volver」 「아디오스 무차초스Adios Muchachos」 등은 지금도 많은 땅고 가수들에 의해 리메이크되고 있다.

그가 잠든 차카리타 공동묘지는 부에노스아이레스 중심부에서 멀리 떨어져 있다. 내가 그의 묘지를 찾은 날은 40도에 육박하는 덥고 청명한 날이었다. 하늘은 파랗고 구름은 거의 없었으며 습기가 없는 날씨는 햇빛을 더욱 쨍쨍하게 만들었다. 부에노스아이레스 시내 중심가에는 여기저기 공동묘지가 있다. 특이한 것은 공동묘지가 보이는 쪽의 집값이 비싸다는 사실이다. 시내 중심가에 있는 묘지들은 하나하나가 건축 작품이라고 할 수 있을 정도로 독창적 설계와 구성으로 되어 있다.

가르델의 묘지 옆에는 그의 동상이 서 있다. 내가 갔을 때도 동상 밑에 활짝 핀 꽃다발이 놓여 있고 동상의 손가락 사이에는 담배가 꽂혀 있었다. 불과 몇 분전에 가르델을 흠모하는 누군가가 다녀갔는지 연기가 모락모락 피어오르고 있었다. 생전에 지독한 애연가였던 가르델은 항상 손에 담배를 들고 있었다고 한다. 그래서 가르델을 추모하기 위해 묘지를 찾은 팬들은 불을 붙여 한 모금 빨아들인 담배를 동상의 손가락 사이에 꽂아놓는다.

가르델을 추억할 수 있는 곳은 차카리타 공동묘지뿐만이 아니다. 부에노스아이레스 한복판에 있는 아바스또쇼핑센터 옆의 까를로스 가르델거리에는 또 하나의 가르델 동상이 서 있다. 차카리타 공동묘지에서 가르델은 왼손을 바지 주머니에 찌르고 오른손을 허리춤에 얹은 채 턱시도를 입고 멋지게 걸어가는 모습인데, 아바스또의 동상은 팔짱을 끼고 있다.

까를로스 가르델거리는 지난 2012년 우리가 신혼여행을 갈 때까지만 해도 땅고 쇼를 보려는 관광객이 많이 드나드는 평범한 골목이었다. 그런데 2017년에 방문했을 때는 어엿하게 까를로스 가르델거리로 명명되었고, 거리 양쪽에는 땅고사에 등장하는 유명 뮤지션들,

반도네온을 연주하는 피아졸라, 뜨로일로, 그리고 푸글리에쎄 등 땅고 악단의 리더들과 가수들의 동상이 서 있었다. 그 거리 입구에 높게 서 있는 동상이 가르델이다.

까를로스 가르델역이라고 명명된 아바스또의 지하철 정거장에도 중절모를 삐딱하게 쓴 가르델의 사진이 박혀 있다. 지하도 보도에서도, 거리의 수많은 땅고 극장과 숍에서도, 부에노스아이레스 어디에서나 우리는 가르델을 만날 수 있다.

부에노스아이레스의
땅고 바

전 세계의 모든 땅고 바가 그렇듯이 땅고 역사가 150년이 넘는 부에노스아이레스에서도 밀롱가는 시류의 흐름이 민감하게 반영된다. 2012년에는 제일 좋은 밀롱가가 움베르또 프리모에 있는 밀롱가 니뇨비엔이었다. 그런데 2017년에 와서 보니까 니뇨비엔은 흔적도 없이 사라졌고, 목요일 그 장소에서는 밀롱가 수까가 새롭게 진행되고 있었다.

2017년에 부에노스아이레스에 체류할 때는 '1일 1밀롱가'를 실천했다. 어떤 때는 하루에 두세 번 밀롱가를 전전한 적도 있었다. 저녁 8시 무렵의 초저녁 밀롱가, 밤 10시부터 시작하는 밀롱가, 그리고 새벽 3시 이후의 애프터 밀롱가 등 하루에 밀롱가 세 군데를 돌고 새벽 5시가 지나 아파트로 돌아오면서 아침 해를 본 적도 있다.

지금까지 다섯 차례 부에노스아이레스에 갈 때마다 나는 수많은 마에스트로를 찾아다니며 레슨을 받고 수업을 듣고, 밤 12시부터 밀롱가에 가서 춤추다가 새벽에 집에 들어와 쓰러져서 자고, 다시 아침에 허겁지겁 일어나 수업 듣는 생활만 반복했다. 보통 1년 걸쳐 듣는 수업을 한 달에 모두 들을 정도로 미친 듯이 땅고만 추며 돌아다녔다. 시내 관광을 따로 해본 적은 없다. 겨우 산 뗼모와 라 보까 한 번 가는 게 전부였다.

하지만 2017년에는 여기저기 부에노스아이레스시 전체를 둘러보고 땅고 역사, 카페 등을 살펴봤다. 저녁에 가는 밀롱가도 조금 특별한 곳을 많이 찾아다녔다. 그동안 쳐다보지도 않던 산 뗼모의 밀롱가 엘 따꾸아리에 가서 할아버지 땅게로의 수업을 듣고 새벽까지 밀롱가를 하기도 했다. 사람들이 거의 돌아갈 즈음, 새벽 2시 넘어 오거나이저와 춤을 추고 있었는데 할아버지 일행 몇 분이 밀롱가에 들어왔다. 그 모습을 본 오거나이저가 깜짝 놀라더니 나에게 저분 모르냐고, 저분이 또또^{Toto}라고 말했다. 몇 년 전에도 살론 까닝에서 뵌 적이 있었는데 그때보다 등이 더 굽으신 것 같았다. 아, 전설의 또또 할아버지를 이렇게 또 만나게 될 줄이야. 88세가 된 또또 할아버지는 정정했고, 다음 딴다에서 그 오거나이저 땅게라와 춤췄다. 언제 그분을 다시 만나게 될지 몰라서 딴다가 끝난 후 다가가 사진을 찍자고 했다. 또또라는 애칭으로 불리며 한 시대를 풍미했던 뻬드로 페랄도^{Pedro Faraldo}. 특히 1960년대부터 1970년대에 이르기까지 부에노스아이레스 땅고 암흑기에 밀롱가 왕자였던 분을 뵌 것만으로도 가슴이 뿌듯해

진 날이었다.

밀롱가를 갈 때 주의할 점은 그 공간의 이름과 밀롱가의 이름이 반드시 일치하지 않는다는 것이다. 공간 고유의 이름이 있고, 밀롱가의 브랜드는 요일별로 달라질 수 있다. 매주 공간을 바꿔가며 같은 브랜드의 밀롱가가 다른 장소에서 진행되기도 한다. 공간을 소유하고 있는 오너가 있고, 밀롱가 오거나이저가 별도로 있다. 부에노스아이레스 밀롱가에서 오거나이저의 권위는 절대적이다.

2011년 바리오 노르떼의 아파트에 있을 때는 근처에 대형마트가 있어서 물건들을 구입하기 편했는데, 2012년에 머물렀던 시내 한복판의 꼬리엔떼스대로 근처 센뜨로 한복판에는 대형마트가 없었다. 그때는 길거리를 헤매며 필요한 물건을 구입했다. 땅고 신혼여행으로 부에노스아이레스에 온 첫날 카이는 집에서 와인을 마시자고 했다. 나는 밀롱가에 가고 싶었지만 그래도 신혼여행으로 온 것이니 신부의 말을 들어야 했다. 그러나 바로 다음 날부터 강행군을 시작했다. 신혼여행이었지만 사실은 땅고 수업 여행이었다.

땅고 신혼여행 사흘째 밤에는 밀롱가 라 발도사에 갔다가 부에노스아이레스로 땅고 유학을 와서 몇 년째 머물고 있는 한국인 커플을 만났다. 미리 약속된 것도 아닌데 여기저기 좋은 밀롱가를 찾다 보면 만날 사람은 다 만난다. 그날 밀롱가 발도사에서는 세바스띠안 히에네스와 마리아 이네스 보가도[Maria Ines Bogado]의 공연이 있었다. 2010년 세계땅고대회의 살론 땅고 챔피언인 그들은 여러 차례 한국을 방문해서 공연과 워크숍을 진행한 적이 있는데, 지난 2015년 세바스띠안은 오랜 파트너인 마리아와 결별하고 나디아 존손[Nadia Johnson]과 결혼하면서 이들의 파트너십이 깨졌다. 이후 그들은 각각 새로운 파트너와 한국을 방문해서 워크숍과 공연을 진행했다.

나는 결혼예복을 입고 밀롱가에 자주 간다. 어깨 부분에서 팔로 연결되는 부위가 내부에서 검정 끈으로만 연결되어 있어서 마치 소매가 절단된 듯 보이는 꼼데가르송 디자인이다. 이 옷을 처음 보고 땅고를 위해 디자인 된 옷이라는 생각이 들어 주저하지 않고 결혼예복으로 구입했다. 결혼식 때도 이 옷을 입고 웨딩 땅고를 췄다. 부에노스아이레스로 신혼여행을 와서도 밀롱가에 갈 때 자주 입었는데, 특이한 디자인 때문에 밀롱가에서 만난 땅게로스가 다들 신기한 듯 내 어깨를 만져보았다. 땅고를 추기 위해 일부러 소매를 뜯은 줄 알고 재미있어 했다. 카이는 결혼예복을 내가 너무나 함부로 입는다고 당분간 착용금지령을 내리기도 했다.

2017년 부에노스아이레스의 첫날, 밀롱가 수까에서 진행된 세바스띠안과 마리아나 몬테스의 공연을 본 것은 행운이었다. 그날이 페스티벌 마지막 날이기 때문이었다. 그날도 나는 결혼예복을 입고 밀롱가에 갔다.

2017년 1월 우리가 부에노스아이레스에 도착한 날은 월요일이었다. 우리는 낮 12시에 이미 아파트에 도착해서 짐까지 풀었으므로 여유가 있었다. 부에노스아이레스에 있을 때는 매일 한 군데 이상 밀롱가를 가겠다고 계획했는데, 시니어들을 대상으로 하는 밀롱가가 아닌 이상 대부분 밤 10시 이후에 문을 열기 때문에 시간이 많았다. 먼저 짐을 풀고 샤워를 한 뒤 아파트 근처를 산책하면서 주변 환경에 적응하는 시간을 가졌다. 아파트는 부에노스아이레스의 부촌인 빨레르모 소호에 있었는데 우리가 있던 곳은 빨레르모의 북쪽 경계였다. 카이는 부에노스아이레스에 도착한 첫날부터 밀롱가에 가기 보다는 아파트 청소를 더 원했다. 간단한 주방용품도 사야 했다.

숙소에 짐을 푼 뒤, 아파트 청소를 하고 쉬자는 카이를 설득해서 밀롱가에 참석하기로 했다. 그리고 부에노스아이레스에 거주하고 있는 한국인 땅게로스와 연락해서 밀롱가 니뇨비엔이 있던 움베르또 프리모 1462, 지금은 밀롱가 수까가 열리는 곳에서 만나기로 약속했다. 그런데 문제가 생겼다. 페소가 한 푼도 없었다. 에세이사공항에 도착했을 때 달러를 페소로 환전하려고 했지만 공항 환전소에 줄이 길어서 달러로 요금 지불이 가능한 공항 택시를 타고 아파트까지 왔었다. 한밤중에 밀롱가로 이동하기 위해 택시를 타려고 보니 또 페소가 없었다.

나는 일단 길에 나가서 지나가는 택시를 붙들고 흥정했다. 달러밖에 없는데 괜찮겠냐고 물으니 택시기사는 좋다고 했다. 환율을 얼마로 해줄지 물었고 1달러당 16페소로 해준다는 대답을 들었다. 그렇게 나쁘지 않은 거래였다.

밤 10시 30분부터 밀롱가가 시작된다는 안내를 보고 우리는 약간 늦은 11시쯤 도착했다. 밀롱가 입구에 전부 커튼이 쳐 있어서 내부를 볼 수 없었지만 박수 소리와 사람들의 환호 소리가 들렸다. 슬쩍 커튼을 열어보았더니 디너를 겸한 페어웰 파티를 하고 있었다. 시간이 흐르자 나처럼 입구에서 기다리는 사람들이 점점 늘어났다. 그러나 누구도 불평하지 않았다. 부에노스아이레스에서 활동하는 크리스탈 유와 그녀의 부군, 그리고 부에노스아이레스에 땅고 유학을 왔거나 거주하고 있는 한국인 땅게로스 여러 명 모였다. 30분쯤 지나자 행사가 끝나고 커튼이 젖혀졌다.

크리스탈 유의 부군인 다니엘은 부에노스아이레스의 가장 큰 밀롱가인 꼰피떼리아 이데알Confiteria Ideal의 매니저를 오랫동안 했기 때문에 여기저기 밀롱가 스태프들 대부분과 구면이었다. 그가 중앙 테이블을 확보해주어서 한국인 땅게로스 몇 명은 프란시스꼬 뽀르께 커플 등 마에스트로들과 함께 앉을 수 있었다. 그리고 밀롱가가 시작되었다. 파티의 세레모니는 새벽 1시 30분쯤 개최되었다. 밤 10시나 11시에 시작하는 부에노스아이레스의 밀롱가에서 땅고 공연은 새벽 1시 30분에 시작한다. 서울은 8시쯤 밀롱가가 시작하고 공연은 밤 11시 30분에 시작하는데, 전체적으로 서울보다 훨씬 더 늦은 시간에 진행된다.

세상에! 내 정면에는 살아 있는 땅고의 전설, 1983년 땅고 쇼 「땅고 아르헨띠노」를 세계적으로 히트시키면서 땅고 붐을 일으켰고, 스페인 감독 까를로스 사우라의 영화 「땅고」에 출연했으며 「라스트 탱고」에서도 등장했던 꼬뻬스와 그의 딸 요안나가, 그 뒷자리에 쏘또와 부인 다이아나가, 그 뒷자리에 마리포시따의 까롤리나 보나벤뚜라가 앉아 있었다. 나와 카이가 앉은 테이블에는 뽀르께와 그의 새로운 파트너가 자리를 잡았다. 또 다른 쪽에는 세바스띠안 아차발, 록산나 수아레스, 마리아 커플, 그리고 파비안 페랄타와 호세피나 베르무데쓰가 있고, 다니엘 나쿠치오 커플과 밀롱가 수까의 오가나이저인 로베르또 수까리노와 막달레나 발데쓰 커플이 보였다. 세계땅고대회 심사위원으로 한국을 찾았던 홀리오 발마세다와 그의 파트너도 있었다. 부에노스아이레스에서 2017년 1월에 만날 수 있는 모든 마에스트로들이 총출동한 것이다.

그리고 아르쎄와 몬테스 커플의 공연이 시작되었다. 한때 땅고 누에보의 황태자였다가 땅고 살론으로 개종한 아르쎄는 짧고 단정한 머리를 하고 등장해서 화려한 개인기와 뛰어난 뮤지컬리티로 세 곡을 소화했다. 그리고 마지막 오뜨라 곡은 누에보와 에세나리오, 땅고 살론이 혼재된, 오직 아르쎄와 몬테스, 그들만이 출 수 있는 곡을 공연했다.

공연 후 꼬뻬스가 자리에서 일어나자 나는 그에게 달려갔다. 그가 먼저 나에게 악수를 청했다. 우리는 만난 적이 없는데 이상했다. 그는 마치 나를 알고 있다는 표정이었다. 무엇인가 홀린 것처럼 나는 그와 악수를 하고 휴대 전화 카메라를 셀피로 찍으려고 하는데 갑자기 버튼이 작동되지 않았다. 지나가던 홀리오가 자기가 찍어주겠다고 해서 겨우 사진을 찍을 수 있었다.

아르쎄와 몬테스의 공연이 끝난 후 본격적으로 밀롱가가 펼쳐졌다. 중간에 스윙 음악이 나오자 사람들이 신나게 춤을 췄다. 쏘또가 구석 자리 테이블을 보며 손짓을 하자 젊은 커플이 쏘또 곁으로 달려왔다. 그리고 네 사람의 신나는 스윙 춤이 시작되었다. 곡이 끝나고 난 후 쏟아지는 박수 소리가 너무나 크게 지속되자 DJ가 다시 스윙 음악을 틀었다. 어디서 이렇게 신나는 쏘또와 다이아나의 춤을 볼 수 있을 것인가.

밀롱가 뻬드로 에차게

2017년 밀롱가 체험의 가장 압권은 뻬드로 에차게Pedro Echague 였다. 부에노스아이레스의 수많은 밀롱가 중에서도 19세기 말 아르헨티나의 유명한 경찰대장이자 극작가, 교육자, 언론인으로서 「엘 쏜다El Zonda」라는 신문 창립자 이름을 딴 밀롱가 뻬드로 에차게는 아주 특별했다.

우리가 이곳에 간 이유는 단 하나, 아드리안이 세계 최고의 밀롱가라고 극찬했기 때문이다. 부에노스아이레스에 거주하는 한국인들에게 물어보아도, 부에노스아이레스에 자주 간 땅게로스에게 물어보아도 뻬드로 에차게를 가봤다는 사람은 없었다. 대부분은 그런 밀롱가가 있다는 사실조차도 몰랐다. 그러나 우리가 신뢰하는 최고의 댄서 아드리안과 아만다는 다음에 부에노스아이레스에 가면 꼭 밀롱가 뻬드로 에차게에 가보라고 권유했다.

뽀르뗄라 836 Portela 836에 있는 클럽 뻬드로 에차게는, 육체미 운동도 하고 태권도 수업도 하는 거대한 체육관과 함께 있다. 그 옆에 커다란 레스토랑이 있는데 매주 토요일 밤 10시부터 그곳에서 밀롱가 뻬드로 에차게가 열린다. 아파트가 있는 빨레르모에서 지하철 D라인과 E라인을 갈아타고 E라인의 종점인 비레세스광장 Plaza de los Virreyes에 도착했을 때는 밤 10시가 조금 지나 있었다.

비레세스광장은 아르헨티나 역사에 등장하는 유서 깊은 공간이다. 역 주변에 있는 비레세스광장의 또 다른 명칭이 에바 페론 Eva Perón 광장이다. 나중에 찾아보았더니 지명 역사가 상세히 나와 있었다. 자세한 위치는 사전에 파악해놓았지만 지하철을 나가면서 일하는 직원들에게 가는 길을 확인차 물었다. 작업복을 입은 지하철 노동자는 다른 직원들 두 명과 한참 동안 자기들끼리 옥신각신 상의하더니 우리에게 택시를 타라는 것이었다. 5분만 걸으면 된다고 했는데 왜 택시를 타라고 하는지 이상해서 가야 할 방향을 살펴보았다. 가로등도 훤하게 켜 있고 넓은 길도 나 있었다. 위험해 보이지 않았다. 그런데도 여기 나가자마자 저 앞에 있는 택시를 타라는 것이다. 그래서 걸어갈까 하다가 일단 택시를 탔다.

택시가 길을 찾기 위해 골목을 돌았는데 한글 간판의 교회도 보이고 태권도 도장도 보였다. 지도에서 보면 이곳은 부에노스아이레스 시의 가장자리 맨 끝에 있다. 1970년대 아르헨티나 황무지를 개간하기 위해 농업이민 왔다가 부에노스아이레스 시내로 진출한 한국인들이 처음 터를 잡고 살았다는 그 유명한 백구(흰색 개를 뜻하는 백구가 아니라 109의 백구. 지금은 다니지 않지만 예전에는 까라보보에 가는 버스 노선 번호가 109번이었다고 한다)가 있는 까라보보 지역보다도 더 아래쪽 외곽이었다.

카이와 나는 한글을 보니 마음이 안정되었다. 역시 불빛은 밝았고 길에도 위험해 보이는 사람들은 없었다. 그 밤중에 도로에서 하얀 웨딩드레스를 입고 사진을 찍는 신혼부부도 있었다. 택시가 도착한 곳에는 클럽 뻬드로 에차게라고 쓰여 있었는데 실내로 들어갔을 때는 이미 수많은 테이블에 사람들이 빼곡하게 앉아서 식사하고 있었다.

테이블을 잡고 앉아서 나는 조심스럽게 땅고화로 갈아 신었다. 입구에는 이중으로 위치가 다르게 더블 커튼이 겹쳐져 있었다. 들어올 때 보니 그 커튼 밖에 동그란 의자가 2개 있었던 것이 생각났다. 혹시 그곳에서 신발을 갈아 신고 들어오는지도 몰라서 슬쩍 테이블 밑에서 안 보이게 신발을 갈아 신는다. 그런데 카이는 힐이니 대충 갈아 신을 수 없다. 그녀가 발을 쭉 뻗고 땅고화로 갈아 신고 있는데 육십대 초반으로 보이는 신사가 다가오더니 카이에게 말했다.

"식사 중입니다. 여기서는 땅고화를 밖에서 갈아 신고 들어오셔야 해요."

카이가 화들짝 놀라 말했다.

"혹시 제가 더 알아야 할 것이 더 있나요?"

"아니, 이제 밖에서 구두를 갈아 신고 신나게 춤추고 놀면 돼요."

카이는 고맙다고 말하고 땅고화를 들고 밖으로 나가서 신고 왔다.

이후 주위를 조심스럽게 살펴보았더니 전부 커플이었다. 다른 밀롱가처럼 서너 사람 무리지어 앉아 있는 경우도 없다. 혼자서 테이블에 앉아 있는 경우는 전혀 없다. 거의 오십 대 이상, 주로 육십 대와 칠십 대로 보이는 노부부 혹은 커플이 앉아서 조용히 식사하고 있었다. 테이블마다 물병과 와인 혹은 샴페인이 있고 빵 접시와 김이 모락모락 나는 음식들로 가득했다.

밤 11시쯤 되고 식사가 거의 끝나자 밀롱가 오거나이저가 앞으로 나와서 밀롱가 시작을 알리자 음악이 흘러나왔고, 사람들이 홀로 나가서 춤추기 시작했다. 이것은 어느 밀롱가와 비슷한 풍경이다. 거기에 뜨로일로나 딴뚜리 등의 음악과 매우 넓고 쾌적한 홀까지 만족스러웠다. 그런데 한참 시간이 지나도 오직 커플끼리만 춤을 춘다. 까베쎄오 같은 게 전혀 없다. 3~4시간 이상 함께 간 파트너와만 춤춘다. 각각의 밀롱가마다 홀 안을 지배하는 어떤 공기 같은 것이 있는데, 그게 말할 수 없이 따뜻했다. 사람들의 표정은 여유로웠으며 훈훈한 공기가 우리의 피부에 와 닿았다.

카이와 나는 춤을 췄다. 열심히 췄다. 사람들이 우리를 바라보는 시선도 느껴졌다. 당연하다. 동양인은 우리뿐이었다. 카이는 그 홀을 가득 메우고 있는 150여 명의 사람들 중에서 가장 젊었다. 나도 150명 중 149번째로 젊게 보였을 것이다. 서로 신분증을 보여준 건 아니니 실제로는 차이가 있겠지만 적어도 그 사람들 눈에는 그렇게 보였을 것이다.

그렇게 춤을 추며 새벽 2시가 지났다. 시간이 흐르자 우리 테이블을 지나가는 어르신들이 우리에게 손가락을 치켜들며 넘버원이라고, 어떤 사람들은 춤을 마치고 테이블로 들어오는 우리에게 무이 비엥이라고 엄지손가락 양쪽을 다 드는 이른바 투 텀즈 업, 최고의 최고라는 표시도 해준다. 꼬르띠나 때 스윙, 재즈, 바차타, 살사가 나오면 걷기도 힘들어 보이는 어르신들이 홀로 나가 신나게 몸을 흔들며 춤춘다. 홀로 걸어 나갈 때는 금방 쓰러질듯이 비틀거리며 나가서 음악에 맞춰 춤출 때는 날아다닌다. 그리고 음악이 끝나면 다시 비틀거리며 금방 무너질 듯 힘겹게 걸어서 자리로 돌아온다. 아까 그렇게 신나게 몸을 흔들며 춤을 춘 사람과 같은 사람이라 믿기지 않을 정도였다.

새벽 2시가 되면서 오거나이저가 다시 마이크를 잡고 홀로 나가서 이른바 경품 추첨을 했다. 한국 밀롱가에서도 자주 볼 수 있는 광경이었지만, 이곳은 상품이 훨씬 많았다. 테이블 위에 샴페인과 와인이 수북하게 쌓여 있고 또 다른 선물들로 테이블 하나가 가득찼다. 입장권 번호가 적힌 종이를 들고 추첨하는 일을 오거나이저가 카이에게 맡겼다. 동양인들이 오는 경우가 흔치 않아서인지 우리에게 중국인이냐고 묻고, 다음으론 일본인이냐고 물었다. 우리가 한국이라고 대답하자 그제야 가벼운 탄식과 함께 고개를 끄덕였다.

그리고 새벽 3시가 되었다. 아드리안이 말한 세계 최고의 밀롱가라는 뜻을 곰곰이 생각해보았다. 이해할 수 있는 부분이 있었다. 땅고를 어떻게 생각하는가에 대한 철학이 아드리안과 비슷하다면 당신도 분명히 뻬드로 에차게를 세계 최고의 밀롱가라고 말할 수 있을 것이다. 하지만 땅고를 규정하는 철학이 다르다면 밀롱가 뻬드로 에 차게는 단순히 실버 밀롱가, 나이 지긋하고 은퇴한 어르신의 놀이터로 여겨질 수도 있다. 전체적으로 수준이 아주 뛰어난 것도 아니다. 그렇다고 나쁘지도 않다. 론다도 제대로 돌아가고 150여 명의 사람들이 음악이 나오면 쉬지 않고 대부분 자리에서 일어나 춤을 즐긴다. 하지만 젊은 친구들은 일요일 밤의 비바 라 뻬빠나 토요일 밤의 라 비루따, 목요일의 쁘락띠까 데 께루사를 더 좋아할 것이다.

문제는 우리가 새벽 3시가 넘어서 밀롱가에서 나오면서부터 시작되었다. 지도 앱을 통해 집으로 가는 버스를 미리 알아봤으므로 밖으로 나오면서 우리는 일하는 스태프에게 타고 갈 버스가 멈추는 거리 이름을 대면서 어느 방향이냐고 물었다. 갑자기 그 여성 스태프가 안으로 들어가더니 영어를 할 수 있는 사람을 데리고 나왔다. 그는 우리에게 택시를 타고 가라고 말했다. 그런데 우리는 밀롱가 분위기에 취해서 가지고 간 돈을 거의 다 술과 음식 값으로 썼다. 식사하면서 즐기는 레스토랑 밀롱가인줄 모르고 갔다가 주변 테이블과 보조를 맞추느라 우리도 음식을 주문하고 와인을 주문하면서 돈을 모두 썼다. 빨레르모까지는 거리가 아주 멀었기 때문에 택시비가 적어도 500~600페소 이상 나올 것이었다. 보통 시내 센뜨로 지역에 있는 밀롱가에서 귀가할 때는 100페소 정도, 움베르또 쁘리모에 있는 비교적 먼 밀롱가 수까 같은 곳서는 200페소 가까이 나오는데 이곳은 너무 멀어서 600페소는 나올 것 같았다. 나중에 지도를 보니 밀롱가 뻬드로 에차게가 있는 바레세스에서 빨레르모 아파트까지가 에쎄이사 공항에서 센뜨로 들어가는 것만큼 멀었다.

그런데 그는 우리의 속사정도 모른 채 계속 택시를 타고 가라고 하고 나는 막무가내로 버스 정류장을 물어본다. 그러자 그가 다시 안으로 들어가더니 이번에는 오거나이저 마리아노 까베쎄로$^{Mariano Caballero}$를 데리고 나온다. 오거나이저 역시 우리에게 택시를 타고 가라고 한다. 우리를 둘러싸고 서너 명이 계속 택시를 타고 가라고 하고 우리는 돈이 모자란다는 말 대신 버스 정류장만 막무가내로 물어본다.

그러자 오거나이저가 손가락으로 권총 모양을 만들어 자기 머리에 대면서 지금 이 시간에 거리에 나갔다가는 권총 강도를 당한다고 말했다. 오거나이저의 스페인어를 옆에서 영어로 통역하기 전에, 나는 그가 손가락으로 권총 모양을 만들어 이마에 대는 것을 보고 상황이 심각하다는 걸 깨닫는다.

밀롱가 실내에는 100명이 넘는 사람들이 아직도 춤을 즐기고 있고 거리는 환하고 평온하며 집들은 반듯하고 어느 한 명 부랑자나 노숙자도 안 보이는 평화로운 동네인데 그런 무시무시한 소리가 믿어지지 않는다. 그때서야 아드리안이 밀롱가 삐드로 에차게에 갈 때는 매우 멀지만 반드시 택시를 타고 갔다가 택시를 타고 와야 한다고 했던 말이 어렴풋이 생각난다. 하지만 지금 남은 돈으로 집까지 갈 수는 없다. 그러자 통역을 해주던 남자가 자기 차에 타라고, 버스 정류장까지 데려다주겠다고 나선다. 오거나이저는 우리의 등 뒤에서 비장한 표정으로 "굿럭"이라고 한 글자, 한 글자, 힘주어 말한다. 그의 표정이 너무나 진지하고 비장해 보여서 갑자기 가슴이 떨리기 시작한다.

　우리를 차에 태우고 운전을 한 사람은 밀롱가 근처에 있는 버스 정류장에 내려주지 않고 10분 정도 새벽 거리를 달려 환한 사거리에 우리를 내려놓는다. 그 시간에도 불을 켠 상점들이 있고 사람도 몇몇 돌아다닌다. 그는 조심해야 된다고 우리에게 여러 번 당부하면서 돌아갔다. 그때부터 피가 마구 솟구치고 맥박이 빠르게 뛰기 시작했다. 어떤 사람이 주변으로 다가온다. 나는 땅고화가 든 신발주머니를 움켜쥐고 내려칠 준비를 했다. 아무리 권총 강도라고 해도 곧바로 쏘지는 않을 것이므로 먼저 기선을 제압해야겠다고 생각했다. 혹시 잘못되어서 내가 죽더라도 카이는 지킬 수 있을 것이라는 생각도 했다. 사거리 신호등에 멈춰 있는 차 안에서 우리를 힐끗힐끗 보는 남자도 있다. 그 차가 신호등을 건너갔다가 곧바로 사라지지 않고 길 주변에 슬며시 차를 대는 것을 보고 불안해지기 시작한다. 주위를 힐끗거려 보지만 우리를 도와줄 사람은 전혀 없다. 다시 어떤 검은 승용차가 횡단보도에 멈춘다. 그런데 아무래도 10여 분 전에 본 차와 비슷하다. 누군가 우리를 노리고 있다가 다시 이곳으로 돌아온 것이 아닌가 생각되어 등이 주뼛 섰다. 부에노스아이레스에서 최근에 부녀자 납치사건과 성폭행 살해사건이 급증하고 있다는 기사가 떠오른다. 피가 역류하고 심장이 쿵쾅거렸다. 약 20분 정도 서 있는데 멀리서 버스가 서서히 다가오는 게 보였다. 우리는 버스의 문이 열리자마자 안으로 몸을 던졌다. 이렇게 우리는 살아, 돌아왔다.

새벽 3시가 되었다. 뻬드로 에차게를 세계 최고의 밀롱가라고 말할 수 있겠지만,
땅고를 규정하는 철학이 다르다면 단순히 실버 밀롱가,
나이 지긋하고 은퇴한 어르신의 놀이터로 여겨질 수도 있다.
전체적으로 수준이 아주 뛰어난 것도 아니다. 그렇다고 나쁘지도 않다.
론다도 제대로 돌아가고 150여 명의 사람들이 음악이 나오면 쉬지 않고
대부분 자리에서 일어나 춤을 즐긴다.

제2부

부에노스아이레스로 가는 길

…

파리에서 빠리로

서울에서 부에노스아이레스로 가는 길은 정말 멀다. 서울에서 수직으로 땅을 파고 또 파면, 둥근 지구 반대편에 있는 부에노스아이레스가 나올 것이다. 2017년 1월, 나는 부에노스아이레스로 가는 비행기를 찾기 위해 티켓팅하면서 그동안 습관적으로 선택해온 동쪽의 북미 노선 대신 서쪽 방향을 선택했다. 북미 노선은 서울과 비슷한 위도의 뉴욕이나 휴스턴, 시카고, 디트로이트 혹은 로스엔젤레스나 토론토 등으로 갔다가, 다시 비행기를 갈아탄 후 수직으로 남하해서 부에노스아이레스로 가는 것이다.

그런데 이번에는 단순히 비행기를 갈아타는 게 아니라 경유지에서 며칠 머물 생각이었다. 카이와 결혼식을 마치고 부에노스아이레스로 신혼여행을 갔던 지난 2012년 2월, 뉴욕에서 일주일간 체류한 후 부에노스아이레스에서 두 달 동안 지냈다. 부에노스아이레스를 처음 갔던 2009년부터 2012년까지 나는 매년 부에노스아이레스에서 한 달 혹은 두 달을 머물며 땅고를 추다가 돌아왔다. 전부 동쪽 노선만을 선택했는데, 항공사에 따라 거점 게이트가 다르기 때문에 휴스턴 혹은 시카고, 디트로이트 또는 캐나다의 토론토 등을 경유했다.

하지만 서쪽 방향을 선택하면 매우 다양한 길이 존재한다. 유럽의 런던이나 파리, 베를린, 밀라노를 경유해서 부에노스아이레스로 가는 것이 가장 일반적인 노선이다. 중동의 두바이나 남아프리카 공화국의 요하네스버그를 경유해서 부에노스아이레스로 갈 수도 있다. 가장 가까운 거리는 서울에서 수직으로 남하한 뒤 좌측으로 가는 뉴질랜드 노선이다. 서울에서 부에노스아이레스 가는 길이 어차피 지구 반대편으로 둥글게 돌아야 하는 것이기 때문에 동쪽으로 가나 서쪽으로 가나, 비용이나 시간은 모두 비슷하다. 비행기 안에서 28시간 정도를 지내야 하는데, 경유지에서 머무는 시간까지 합하면 서울에서부터 짧아야 30시간, 혹은 36시간 정도를 비행해야만 부에노스아이레스에 도착할 수 있다.

서쪽 노선을 선택한 다음, 유럽 땅고의 중심지인 이탈리아의 밀라노나 로마로 가는 비행기를 찾아봤는데 일정에 맞는 것이 없었다. 사실 있긴 했지만 너무 비쌌다. 클래식 마니아인 카이가 런던이나 베를린, 오스트리아 빈을 경유하는 노선을 원해서 검색해봤지만 마땅치 않았다. 결국 파리로 가는 수밖에 없었다. 그래도 파리에는 라임이 있지 않은가.

서울에서 부에노스아이레스 가는 길은 어차피 지구 반대편으로
둥글게 돌아야 하는 것이기 때문에 동쪽으로 가나 서쪽으로 가나,
비용이나 시간은 모두 비슷하다.
비행기 안에서 28시간 정도를 지내야 한다.

라임은 나의 첫 번째 땅고 제자다. 그는 지금 8년째 파리에 살면서 사진을 공부하고 있다. 파리에 사는 사람들을 인터뷰한 김이듬 시인의 『모든 국적의 친구』 표지 사진도 라임의 작품이다. 사진작가로 활동할 때는 본명인 위성환을, 땅고를 출 때는 라임이라는 닉네임을 쓴다. 김이듬 시인의 출간기념회 때 라임은 그 책에 실린 사진들을 중심으로 서울에서 개인전을 했다. 그의 첫 개인전이었다. 라임은 그때 3주 동안 우리 집에서 함께 지냈다. 그는 파리에 꼭 오라고 여러 번 얘기했다. 그러나 학교에 다니면서 일하고 있는 라임의 시간을 뺏고 싶지 않아서 파리를 피하려고 했는데 결국 부에노스아이레스 가는 길에 파리를 경유하게 되었다.

파리의 오를리공항까지 마중 나온 라임이 우리 트렁크를 보더니 스마트폰 앱으로 우버 택시를 부른다. 카이와 나는 커다란 트렁크 2개, 그리고 각각 기내용 하나씩 총 4개의 트렁크를 끌고 갔다. 파리에서 일주일, 부에노스아이레스에서 몇 주, 그리고 왕복 이틀씩 사흘 넘는 날들을 합하면 4주에 가까운 일정인데다가 서울과 파리는 겨울이고 부에노스아이레스는 여름이기 때문에 옷들이 자리를 많이 차지했다.

우버 택시를 타고 카이가 심사숙고하며 찾은 샹젤리제거리 몽소공원 근처의 8지구 아파트까지 오를리공항에서 쉽게 찾아왔다. 깨끗하고 조용했다. 라임은 파리를 찾아오는 한국인 관광객을 촬영해주며 학비를 벌고 있다. 신혼부부도 있고 저명한 기업 CEO도 있다. 파리로 여행하러 왔던 어떤 회장 부부는 하루 숙박비 1,000유로의 호텔

스위트룸에서 머물렀는데 라임이 우리 아파트를 보더니 비슷한 수준이라고 말했을 정도로 마음에 드는 숙소였다. 4층 건물 맨 꼭대기에 있는 40평 내외의 깔끔한 아파트였다.

파리에서 일주일을 머문 후 우리는 샤를 드골공항에서 부에노스아이레스로 가는 비행기에 올랐다. 14시간을 더 가야 했다. 서울에서 파리로 가는 비행기 안에서는 신작 영화 6편을 눈이 빨개질 정도로 쉬지 않고 봤다. 대한항공이었기 때문에 한글 자막이 지원되는 프로그램들이었다. 그러나 부에노스아이레스로 가는 브리티쉬 에어라인에는 한글 자막이 지원되는 영화 따위는 없었다. 이런 때는 대화가 복잡하고 깊은 심리극 영화를 선택해서는 안 된다. 액션 영화나 영어 자막이 지원되는 프랑스 혹은 이탈리아 영화를 고르는 게 좋다. 그렇게 영화를 보면서 자다가 다시 비몽사몽 영화를 보다가 눈을 떠 보니 부에노스아이레스 하늘 위였다.

파리에서, 남미의 파리로, 스페인어 발음으로는 남미의 빠리라고 불리는 부에노스아이레스의 에세이사공항에 도착한 것은 2017년 1월이 다섯 번째였다. 아무리 세계가 일일생활권이 되었다고는 하지만 가방 하나만 들고 훌쩍 떠나기에는 부에노스아이레스는 너무나 먼 곳이었다. 이곳에 오기 위해서는 오랫동안의 준비가 필요했다.

내가 처음 부에노스아이레스에 간 것은 2009년 3월, EBS 텔레비전의 프로그램 「세계테마기행」의 아르헨티나 편을 촬영하기 위해서였다.

EBS「세계테마기행」 무차스 그라시아스*

나는 크게 숨을 들이마셨다. 스페인어로 '좋은 공기'라는 뜻을 가진 아르헨티나의 수도 부에노스아이레스가 구름 밑으로 보이기 시작했다. 인천공항을 떠난 지 30시간이나 지나서였다. 정말 긴 비행이었다. 인천에서 미국 텍사스주 휴스턴까지 간 뒤, 다시 남미로 향하는 비행기로 환승해서 12시간이 더 지나자 구름 아래로 부에노스아이레스가 모습을 드러냈다. 가슴이 떨렸다. 드디어 왔다. 땅고를 추기 시작하면서부터 내 꿈의 성지였던 부에노스아이레스가 발밑에 있는 것이다. 나는 다시 크게 숨을 들이쉬었다. 비행기 안의 공기가 좋을 리는 없지만, 어쩐지 공기가 더 청량해진 느낌이 들었다.

이곳에 오기 위해 나는 매일 진행하던 텔레비전 프로그램과 매주 출연하던 라디오 프로그램을 포기할까 생각도 했다. 방송 수입으로 생계를 유지하는 사람이 고정 출연하는 방송을 스스로 하차한다는 것은 있을 수 없는 일이었다. 다행히 텔레비전 프로그램 MC는 한 달 동안 진행할 대타를 구하는 방법으로 해결했고, 라디오는 한 달 분량을 미리 녹음했다. 그리고 겨우 비행기에 탑승할 수 있었다.

"네? 아프리카 케냐요? 나이로비국립공원에서 사파리 투어는 꼭 해보고 싶지만, 제가 지금 데일리 방송을 진행하고 있는 게 있어서 힘들겠는데요."

2008년 말, EBS 「세계테마기행」 팀에서 연락이 왔다. 아프리카 케냐에 가자는 것이었다. 그러나 케냐에 가기 위해서는 한 달 동안 서울을 비워야만 했다. 당시 나는 매일 오전 1시간 동안 진행을 맡고 있던 텔레비전 프로그램이 있었고, 매주 고정 출연하던 라디오 프로그램이 몇 개 있었다. 더구나 대학 전임교수로 강의도 하고 있었다. 방학 때라고 해도 한 달 동안 서울을 비운다는 것은 불가능했다.

"그러나 만약, 아르헨티나에 간다면 다 포기하고 갈 수 있어요."

전화를 끊기 전에 작가에게 한마디 덧붙였다. 정말 안정된 수입을 버리고, 진행하고 있는 방송의 MC를 모두 포기하고, 아르헨티나에 가겠다고 결심한 것은 아니었다. 케냐를 가자는 제안을 거부한 것도 미안했고, 아르헨티나라면 많은 희생을 치르더라도 갈 만한 가치가 있지 않을까 막연한 생각이 들어서 즉흥적으로 제안한 것뿐이었다.

그런데 해가 바뀌고 얼마 지나지 않아서 다시 전화가 왔다. 내 소원대로 아르헨티나 촬영 스케줄이 잡혔으니 진짜 가자는 것이었다. 마음이 급해졌다. 약속했으니 거절할 수도 없다. 한 달 동안 서울을 비우는 것이 가능할지 출연하고 있던 프로그램의 방송국 스태프의 동의를 구해야만 했다. 라디오는 녹음해서 미리 방송 분량을 만들어 놓을 수 있었지만 고정으로 진행하는 텔레비전 데일리 프로그램을 한 달간 빠진다는 건 힘든 일이었다.

그러나 약속도 약속이지만 아르헨티나에는 꼭 한번 가보고 싶었다. 나는 제작진들에게 힘들게 양해를 구한 뒤, 아르헨티나에 갈 준비를 했다. 평소 나의 땅고 사랑을 알고 있었던 제작진들은 다행히도 이해해주었다. 촬영 일정을 한 달에서 3주로 조정했는데, 가장 걱정했던 대학 수업은 수업 다음 날 출발해서 수업 하루 전날 도착하는 것으로 일정을 맞추고, 과제와 보강 수업으로 학생들에게 피해 가지 않게 조정했다.

3월 하순이었다. 한국은 겨울에서 봄으로 가고 있었지만 지구 반대편 남쪽에 있는 아르헨티나의 부에노스아이레스는 아직 여름이었다. 라틴어로 은을 가리키는 아르헨티나, 남미 대륙 오른쪽 아래 부분으로 마치 대륙의 가랑이를 찢고 들어가는 것처럼 라 쁠라따강이 침투해 들어간다. 그 입구에 있는 도시가 바로 부에노스아이레스이다. 라 쁠라따 역시 스페인어로 은이라는 뜻이므로 이 대륙이 유럽인들에게 발견될 당시에는 은의 땅으로 비춰졌음을 알 수 있다.

세계에서 여덟 번째로 큰 아르헨티나의 영토는 적도 가까운 곳부터 남극에 이르기까지 거대하기 때문에, 3월의 아르헨티나는 지역에 따라 계절도 각각 다르다. 하지만 기본적으로 모든 것이 한국과는 반대다. 부에노스아이레스는 서울과 정확히 낮밤이 뒤바뀐 12시간 차이가 난다. 산꼭대기 그늘에는 아직도 눈이 남아 있는 서울과는 달리, 부에노스아이레스는 한낮 기온이 40도 가까이 올라가는 여름이었다.

부에노스아이레스의 에세이사공항에 도착했을 때, 숨을 쉬기 힘들 정도로 습습하고 더운 기운이 몰려왔다. 우리 일행은 모두 세 명이었다. EBS 「세계테마기행」 외주 제작 프로덕션의 담당 PD와 촬영감독, 그리고 나는 입국 수속을 마친 후 공항 로비에 서 있었다. 땅고 유학을 위해 몇 년 전 부에노스아이레스로 떠났던 한걸음, 현지 가이드 정덕주 사장이 공항으로 마중을 나오기로 했다. 하지만 두 사람 모두 나타나지 않았다. 우리 비행기가 예정보다 조금 빨리 도착했기 때문이다.

에세이사공항 로비에서 30분쯤 기다리니까 정덕주 사장이 먼저 나타났다. 그는 중학교 때 가족과 함께 아르헨티나에 이민을 와서 부에노스아이레스에서 대학을 마친 이민 1.5세대다. 현재는 아르헨티나를 찾는 한국 언론사 등을 상대로 현지에서 필요한 것들을 찾아 연결해주는 코디네이터와 한국 방송국의 아르헨티나 특파원 역할을 하고 있다. 조금 더 있으니 한걸음이 더위에 지친 표정으로 나타났다.

에세이사공항은 부에노스아이레스 도심에서 많이 떨어져 있어서 대중교통으로 이동하면 1시간 이상 걸린다. 매우 더웠다. 우리는 정덕주 사장의 차를 탔고, 예약해놓은 콩그레스 주변으로 이동했다. 부에노스아이레스 시내 한복판에 있는 국회의사당 건물인 콩그래스 주변에는 크고 작은 호텔과 게스트 하우스 등이 밀집해 있다. 우리가 도착한 곳은 호텔이 아니라 게스트 하우스였다. 담당 PD와 현지 코디네이터 사이에 커뮤니케이션이 잘 되지 않아서, 담당 PD가 하루 100달러 정도의 호텔을 구해달라고 했는데, 우리 세 사람이 각각 묵을 방 3개의 값을 합한 금액을 100달러로 생각하고 너무 저렴한 게스트 하우스를 구해놓은 것이다. 방은 작고 불편했지만 하루 뒤 호텔을 옮기기로 하고 일단 숙소에 짐을 풀었다. 그리고 근처의 레스토랑에 가서 점심을 먹으며 촬영 일정표를 짰다.

우리는 먼저 부에노스아이레스시를 촬영하기로 했다. 제4부작 중 제1부는 전체가 땅고로만 채워질 예정이었다. 세계 밀롱가의 1번지, 꼰피떼리아 이데알부터 살론 까닝과 라 비루따 등 부에노스아이레스의 주요 밀롱가를 촬영하고, 땅고의 황제 가르델의 묘지와 대표적인 땅고 가족으로 한국에서 1년 정도 체류하면서 땅고 교습을 한 적도 있는 오스까르 가족 등을 만나기로 했다. 레스토랑 천장에서는 커다란 프로펠러가 게으르게 돌아가고 있었다.

나는 그냥 아구아^{Agua}가 아니라, 아구아 꼰 가스$^{Agua\ con\ Gas}$, 탄산이 들어 있는 물을 주문했다. 콧구멍으로 탄산을 내쏘면서 목구멍을 타고 내려가는 물의 차가움과 함께 드디어 부에노스아이레스에 도착했다는 실감이 났다. 땅고를 배운 지 5년만이었다. 땅고의 심장인 부에노스아이레스에 온다는 것은 매일 매일 방송을 진행해야 했던 그때는 꿈도 꿀 수 없는 스케줄이었다. 은퇴 후에나 가능할 것처럼 생각되었던 일이 드디어 현실 속에서 전개되고 있었다. 40도 가까운 더위 속에서도 에어컨 설비가 되어 있지 않고 창문만 열어 놓은 부에노스아이레스의 레스토랑 천정에서 빙글빙글 돌아가는 선풍기 프로펠러를 보며, 땅고를 춰야겠다고 처음 마음먹었던 2004년 말, 방콕의 레스토랑이 머릿속에 떠올랐다.

* 무차스 그라시아스Muchas Gracias 란 스페인어로 '대단히 감사합니다'라는 의미다.

방콕의 아테네호텔, 땅고 레스토랑

　　　　　　　　　"다다, 오늘 저녁은 내가 살게. 다른 약속 잡지 마."

　사두디는 나를 다다라 불렀다. 다다는 1991년에 발표한 내 첫 소설 『콜렉트 콜』부터 등장하는 주인공의 이름이다. 소설 속 주인공과 작가를 동일시하고 싶은 독자들의 욕망 때문에 출간한 이후부터 가까운 사람들은 나를 다다라고 불렀다. PC통신 등 인터넷의 보급으로 사이버 공간이 만들어지고 그곳에서 활동하는 사람이 주민등록증에 있는 이름이 아닌, 별도의 닉네임을 만들기 훨씬 전이었다.

　사두디는 그날 저녁 방콕 시내에 있는 별 5개의 특급호텔, 아테네호텔 2층의 레스토랑으로 나를 안내했다. 태국 관광청에 근무하고 있는 사두디는 한국 마니아였다. 관광 수입이 국가경제에 미치는 영향이 막대하기 때문에 태국에서 관광청 직원의 파워는 상상 이상이다. 사두디와 함께 타이항공을 타고 방콕으로 갈 때, 내 이코노미 좌석은 비즈니스 좌석으로 자동 업그레이드되어 있었다. 사두디는 2004년 봄에 태국에 갔을 때 처음 만났는데, 그녀는 그해 여름 한국을 방문했다. 그때 한창 잇 아이템으로 유행하던 MP3 플레이어와 한국 드라마의 DVD를 사고 싶다는 그녀를 위해 용산 전자상가에 같이 가기도 했다. 사두디는 나보다 더 한국 드라마 속의 연기자들을 잘 알고 있었고, 특히 드라마 「상두야 학교 가자」의 주인공이었던 정지훈, 가수 비의 열혈 팬이었다.

"가을에 한국에 다시 올 거야. 온 세상이 컬러로 변한다면서?"

나는 이게 무슨 말인가 했다. 사계절 변화가 거의 없는 태국과는 달리 한국의 가을은 울긋불긋 총천연색으로 천지가 물들고, 낙엽이 지면서 거대한 탈바꿈을 한다. 수십 년 동안 너무나 익숙하게 살아온 사계절의 변화를 나는 당연하게 여겼는데, 사두디의 말을 듣고 보니까 여름에 푸르렀던 산천초목이 수많은 컬러로 물들다가 순식간에 낙엽 지고 앙상한 나뭇가지로 변하는 것은 경이로운 조화인 듯했다. 마술도 이런 마술이 없는 것이다.

사두디는 그녀의 말대로 가을에 다시 한국에 왔고, 나는 그녀의 초대를 받고 이태원에 있는 주한 태국 대사관저를 방문해서 태국 대사관 가족들과 저녁 식사를 했다. 2004년 겨울 방콕국제영화제가 시작되자, 사두디는 지상파 방송에서 영화 프로그램을 진행하던 나를 방송 스태프들과 함께 태국으로 초청했다. 방콕국제영화제 홍보라는 명목이었는데, 방콕국제영화제가 끝난 이후에도 그녀는 우리에게 태국의 주요 관광지들을 안내해줬다. 그리고 귀국을 며칠 앞둔 어느 날, 저녁 식사를 하자면서 나와 스태프들을 호텔 레스토랑으로 데려간 것이었다.

아테네호텔 2층의 레스토랑에 도착했을 때는 저녁 7시 30분이었다. 그런데 식사를 마치고 나올 때는 밤 10시를 지난 시각이었다. 사두디는 우리 일행들을 위해 코스 음식을 주문했는데, 음식이 너무나 느리게 나왔다. 한 접시가 나오고 아주 한참 있다가 다음 접시가 나왔다. 그런데 그 사이가 전혀 지루하지가 않았다. 왜냐하면 바로 눈앞에서 아르헨티나 댄서들이 땅고 공연을 하고 있었기 때문이다.

방콕 시내 중심부에 있는 아테네호텔 레스토랑에서는 아르헨티나 땅고 댄서들을 고용해서 매일 일정한 시간 동안 땅고 공연을 하고 있었다. 레스토랑의 네 벽은 검은색으로 인테리어가 되어 있었는데, 중앙의 사각형 부문은 2층 높이로 천장이 높았고 그곳을 둘러싼 식사 테이블 자리는 천장이 일반 건물과 비슷해서 아늑하게 느껴졌다. 아르헨티나 댄서들이 춤추는 곳은 무대가 아니었다. 우리가 식사하는 곳과 같은 대리석 바닥이었다. 그들은 매시 정각에 나와서 15분 동안 춤을 췄고, 안으로 들어가서 휴식하다가 의상을 갈아입고 매시 30분에 나와서 다시 15분 동안 공연을 했다.

지금 생각해보면 땅고 한 곡이 3분을 넘지 않고, 음악과 음악 사이에 약간의 틈이 있으니까 그들은 한 딴다, 그러니까 총 네 곡

씩을 쳤을 것이다. 나는 2시간 30분 동안 저녁 식사를 하면서 총 20곡 정도의 땅고 공연을 본 셈이다. 댄서들은 어떤 설명도, 대화도 없었다. 오직 그들은 서로 눈빛만 교환하며 춤을 췄고, 퇴장했고, 다시 나와 춤을 췄다.

방콕의 아테네호텔 레스토랑에서 만난 땅고는 너무나 아름다웠다. 그날 무엇을 먹었는지 기억이 없을 정도다. 내 머릿속에는 오직 땅고 음악과 춤만 남아 있었다. 손 뻗으면 댄서들의 옷깃이 닿을 것처럼 가까운 거리에서 나는 그들이 들이쉬고 내쉬는 숨을 함께 느끼며 공연을 관람했다. 그리고 피가 서서히 뜨거워지는 것을 느꼈다. 그들의 춤은 너무나 아름다웠고 침묵 속에서 때로는 격렬하게, 때로는 애잔하게 서로를 응시하며 움직이는 모습이 내 무의식 깊은 곳에 잠들어 있던 춤추고 싶은 욕망을 일깨우기 시작했다. 「트루 라이즈^{True Lies}」 도입부에서 아놀드 슈왈제네거가 여자 파트너의 허리를 깊숙이 꺾는 동작(그것이 1913년부터 파리에서 크게 유행했던 께브라다라는 것은 나중에 알았다)의 아크로바틱한 땅고도 아니었고, 「여인의 향기」의 알 파치노가 혹은 「박봉곤 가출사건」의 안성기가 추던 땅고와도 달랐지만 그들의 땅고는 이 세상 그 무엇보다 아름다웠다.

무대가 별도로 있는 게 아니라 레스토랑 중앙 사각형의 빈 공간만 2층 높이로 천장이 시원하게 뚫려 있었으며 그 주위의 식사 테이블은 천장이 낮아서 손님들은 아늑하고 어두운 공간에 앉아 홀 중앙을 지켜볼 수 있었다. 검은 머리를 단정하게 빗어 넘긴 남자와 한쪽 다리가 드러나는 드레스를 입고 매혹적으로 춤을 추는 여자. 그들의 춤은 그보다 몇 년 전 대한극장에서 본 셀리 포터 감독의 영화 「탱고레슨」보다도, 예술의 전당에서 내한 공연했던 뮤지컬 「포에버 탱고」보다도, 훨씬 더 강렬하게 땅고를 추고 싶다는 생각을 불러일으켰다.

사실 나는 오래전부터 땅고를 추고 싶었다. 두 편의 영화 「탱고전쟁」과 「탱고레슨」을 보면서 땅고를 추고 싶다는 강렬한 유혹을 느꼈다. 그런데 문제는 나의 키였다. 땅고는 남자가 여자를 적극적으로 리드하며 공중회전시키고, 허리를 꺾고, 카리스마 있는 동작을 해야만 하는 줄 알았다. 그래서 평균 키의 여자들보다 훨씬 큰 남자들만이 땅고를 춘다고 생각했다. 그런데 아테네호텔의 레스토랑에서 아름다운 땅고를 추던 아르헨티나 남자 댄서는 나보다 크지 않았다.

나는 서울로 돌아오는 비행기 안에서 결심했다. 무슨 일이 있어도 땅고를 배우겠다고.

땅고와의 첫 만남

땅고. 내면의 영혼까지 쏟아져 나올 것 같은 강렬한 첫음절의 땅! 그리고 존재하지 않는 것 같은 너무나 고요하게 발음되는 고. 짧은 두 음절의 땅고를 영화를 통해 처음 만났다.

라 꿈빠르시따의 강렬하게 탁탁 끊어지는, 높낮이가 뚜렷한 전주곡에 맞춰 입에 장미꽃을 물고 고개를 좌우로 절도 있게 움직이며 강렬한 눈빛으로 어둠을 응시하는 무용수들. 누구나 그렇듯이 땅고에 대한 나의 첫 인상도 비슷했다. 그러나 그것이 정통 땅고가 아니라 개량화된 스포츠 댄스의 모던 탱고라는 것을 알기까지 상당한 시간이 필요했다.

땅고가 나를 찾아온 것은 1992년 어느 나른한 봄날, 일요일이었다. 나는 비디오 숍에 있었다. 익숙한 제목의 영화들은 이미 본 것들이었고 낯선 테이프의 겉표지에 적힌 설명서를 읽으며 봄날의 부드러운 햇볕과 4월의 나뭇잎들이 주는 유혹을 견딜 비디오를 고르고 있었다. 그때 「탱고전쟁」이라는 비디오가 눈에 띄었다. 평화의 상징인 춤 탱고라는 단어와 전쟁이라는 단어가 충돌해서 일으키는 이질감이 호기심을 불러일으켰다. 그때는 댄스 영화가 붐을 일으키던 시절이었다.

1980년대 초반부터 춤 영화는 지속적으로 만들어지고 있었다. 1970년대 말 존 트라볼타를 아이콘으로 내세운 디스코 열기는 「토요일 밤의 열기」 「그리스」 등의 명작을 만들었고, 1980년대에는 「페임」을 비롯해서 소련에서 망명한 발레리노 미하일 바르시니코프와 탭 댄서인 그레고리 하인즈를 주인공으로 한 「백야」나 「지젤」 같은 영화들이 대중의 높은 관심을 받으며 상영되었다. 당시 내 영혼은 「플래시 댄스」 「풋 루즈」 「더티댄싱」 「댄싱 히어로」 등에서 본 강렬한 춤사위들에 지배당하고 있었다.

그때 우연히 비디오 숍에서 찾은 조지 코시아 감독의 「탱고전쟁」은 1982년에 일어난 영국과 아르헨티나의 포클랜드전투를 배경으로 만들어졌다. 아르헨티나의 영토는 남미 대륙의 우측 중반 이하를 차지하고 있는데 포클랜드섬은 아르헨티나 영토 바로 앞에 있다. 원래 스페인령이었으나 1816년 스페인에서 독립한 아르헨티나가 포클랜드섬의 영유권을 갖고 있다고 주장했고 1826년에 공식적으로 포클랜드섬의 영유권을 선언했다. 그런데 포클랜드섬 연안에서 해적들이 자주 출몰하며 영국 상선을 괴롭히자 1833년에 영

국이 포클랜드섬을 정복하고 영국령에 포함시켰다. 포클랜드전투
는 그로부터 150여 년 뒤인 1982년, 아르헨티나 군사 정권이 각종
정책의 실패로 실추된 인기를 국민들에게 만회하기 위해 포클랜드
섬을 침공했다가 영국군에 대패한 전쟁이다. 지금도 포클랜드섬은
영국령이다.

　이런 역사적 사실을 바탕으로 만들어진 「탱고전쟁」은 미학적으
로 우수하다고 말할 수는 없지만, 땅고가 아르헨티나인들에게 얼
마나 강렬한 민족적 정서를 불러일으키는지 확인할 수 있는 영화
다. 마치 우리가 일제강점기에 아리랑을 부르며 평화적으로 저항
한 것처럼, 영국군 점령하의 포클랜드섬에서 아르헨티나 젊은이들
은 땅고를 추며 영국인들에게 저항하고 있었다.

　「탱고전쟁」에서, 포클랜드를 점령한 영국군은 땅고가 아르헨티
나를 상징하는 춤이라고 생각하고 땅고 금지령을 내린다. 마치 일
제강점기에 우리 민족의 혼이 깃들어 있다고 생각하고 아리랑을
금지하던 것과 흡사했다. 나는 영화를 보면서 땅고를 추며 영국군
에 저항하는 아르헨티나 젊은이에게 민족적 동일성을 느꼈다.

　영화 속에서 포클랜드의 젊은 청년 집단은 대중음악을 즐기는
록 그룹과 땅고를 추는 그룹으로 나뉘어져 있었는데, 땅고 그룹은
영국군 몰래 포터블 축음기에 땅고 레코드를 올려놓고 거리에서
땅고를 춘다. 땅고 음악이 울리면 영국군은 땅고를 추는 사람을
체포하기 위해 출동하고, 그들이 도착할 무렵 땅고 그룹은 자취를
감춘다. 일종의 플래시몹, 게릴라 땅고를 추며 포클랜드의 청년들

은 영국군에 저항하고 있었다.

「탱고전쟁」은 영국군이 승리한 포클랜드전투 직후를 배경으로 하고 있다. 이 사건을 취재 중인 프랑스 기자가 탱고 그룹의 리더와 사랑에 빠지고, 리더의 애인은 그들 사이를 질투하면서 내러티브를 전개한다.

「탱고전쟁」 비디오를 반납하고 난 뒤에도 거리에서 게릴라처럼 탱고를 추며 말없이 온몸으로 저항하던 청년들의 춤이 내 머릿속에 인화되어 사라지지 않았다. 그리고 몇 년이 흘렀다. 그동안 나는 8년 동안 다니던 직장에 사표를 썼고 프리랜서 작가로 일하기 시작했다. 군 제대 후부터 먹고 살기 위해 일했던 직장 생활을 끝낸 것은 삶에 대한 회의 때문이었다. 내가 근무하던 곳은 대기업 못지않게 월급도 많았고, 정년퇴직할 때까지 신분도 보장되었던 공기업이었다. 휴가도 전부 쓸 수 있는 신의 직장이라고 불리던 곳이었다. 그러나 이것은 내가 원하는 삶이 아니었다. 밤새 시를 쓰다가 아침에 출근해서 평범한 사무를 봐야 한다는 것이 견딜 수가 없었다. 나에게는 불필요한 잡무로 느껴지는, 글 쓰는 이외의 일에 시간을 할애해야 한다는 사실을 견딜 수가 없었다. 머릿속에서는 새로운 시가, 새로운 이야기들이 돌아다녔다. 더구나 1991년 문예중앙 신인상에 소설이 당선되면서 시 쓰기와 소설 쓰기를 같이 하고 있었기 때문에 시간이 절대적으로 부족했다.

그래도 토요일 밤에는 이대 앞 올로올로나 홍대 앞 클럽 발전소에 나가 춤을 추고 놀았다. 9시에 도착해서 클럽들이 문을 닫는 밤 12시까지 정확하게 3시간을 놀았다. 일주일에 한 번, 토요일 밤의 그 시간은 나에게는 성스러운 시간이었다. 지하 클럽의 계단을 내려갈 때는 성호라도 긋고 싶었다. 속세에서 성소로 들어가는 것과 비슷한 느낌을 갖고 클럽 문을 열었다. 문을 열면 한꺼번에 쏟아지던 엄청난 굉음에 가까운 음악들. 그때 춤을 추는 나의 행위는 모세혈관 속에 찌든 때를 털어버리는 제의적 행위에 가까웠다. 더러운 물이 여러 층의 모래를 통과하면서 맑게 정류되는 것과 비슷했다.

회사를 그만두었지만 밥벌이를 위해 비정규적인 다른 일을 할 수밖에 없었다. 삶의 리듬은 불규칙해졌고 예측불허의 날들이 계속되었다. 그때마다 나는 춤을 추고 싶었다. 홍대 앞 골목에 생겨나던 명월관이나 황금투구 같은 클럽에서 친구들을 만나 춤췄고, 인사동에서 기형도 등 젊은 시인들을 만나 음주가무를 즐겼다. 어지러운 날들이었지만 그래도 나는 그때의 내 선택이 옳았다고 생각한다. 모임의 끝에는 항상 노래와 춤이 있었다.

1998년, 두 번째의 땅고 영화를 만났다. 버지니아 울프의 페미니즘 소설 『올란도』를 영화화했던 포터 감독의 자전적 영화 「탱고레슨」이었다. 7월초 장마철에 대한극장에서 개봉된 「탱고레슨」을 보러 갈 때만 해도, 400년의 역사 중 전반기 200년은 남자로 그 다음 200년은 여자로 사는 올란도라는 인물을 통해, 성의 차이에 따른 역할과 본질을 이야기한 페미니즘의 대표작 『올란도』를 영화화했던 포터 감독에 대한 기대 때문이었다.

그런데 「탱고레슨」은 나에게 영화로서가 아니라 땅고, 그 자체의 설렘으로 다가왔다. 극장에서 돌아와 불을 끄고 침대에 누웠는데 자꾸 영화 속의 장면들이 눈앞을 스치며 지나갔다. 그 담백한 흑백 화면, 그러나 현란한 컬러의 불타는 열광보다 더 뜨거운 열기가 숨어 있는 흑백 화면에 넋을 잃었다. 그 영화를 보기 위해 다시 극장을 찾았다가 일주일 만에 막을 내려서 그냥 되돌아와야 했을 때는 억울하다는 생각까지 들었다. 비디오 출시 뒤에는 반납기간이 지날 때까지 보고 또 보았다.

포터 감독 자신의 땅고 입문기를 영화화한 「탱고레슨」에는, 1990년대 이후 세계적인 선풍을 불러일으킨 땅고 누에보의 세 거두들, 베론, 나베이라, 살라스 등이 나온다. 밤의 센느 강가에서 추는 춤이나 빗속의 리베르 땅고, 그리고 두 명의 땅게로와 한 명의 땅게라가 함께 추던 삼각 땅고 등이 명장면으로 꼽힌다. 그때는 땅고의 본질이 무엇인지, 어떻게 추는 것인지 몰랐지만 땅고가 주는 유혹만큼은 매우 강렬한 것이었다.

그녀 자신이 땅게라인 포터 감독은, 자신이 땅고를 배웠던 과정을 영화화했다. 「탱고레슨」 속에서 그녀의 스승으로 등장한 베론은 우리 시대의 가장 유명한 땅고 마에스트로 중 한 사람이다. 베론은 지난 2005년과 2016년 한국을 방문해서 워크숍을 진행한 바 있다. 나는 2005년 초보 땅게로 시절에 그의 워크숍 대부분에 참석했고, 2016년 한국에서 개최된 땅고대회의 심사위원으로 일하는 그의 옆에 있었다.

「탱고전쟁」과 「탱고레슨」을 통해 내 영혼에 불을 지핀 땅고가 현실적으로 내 앞에 등장한 것은 아르헨티나 땅고가 한국에 막 보급되기 시작할 무렵이었다. 장정일의 『내게 거짓말을 해봐』를 장선우 감독이 영화화한 「거짓말」이 등급보류 판정으로 발이 묶여 있을 때, 나는 장정일의 동의를 받고 그 작품을 각색해서 연출했다. 내가 연출한 연극 「내게 거짓말을 해봐」는 오광록·이지현·기주봉 등이 주연을 맡아 홍대 앞 소극장 씨어터 제로에서 한 달 동안 공연되었다. 관객들과 평단의 반응이 좋아 2000년 1월에는 부산, 대구 등을 돌며 지방 공연을 했고, 2월에는 다시 한 달 동안 연장 공연을 했다.

어느 날 연극 연습을 하다가 휴식하던 중 출연 여배우 한 사람이 땅고를 배우고 있다고 했다. 나는 그때까지만 해도 두 사람이 함께 추는 커플 댄스에 대한 거부감이 있었다. 늘 혼자서 클럽이나 록 카페를 돌아다니며 춤추기 좋아하던 나에게 아직 땅고는 가까이 오지 않았다. 땅고는 커플이 함께 배워야만 하는 춤이라고 생각했다. 그 여배우에게 땅고를 어떻게 추느냐고 묻자 (밀롱가에서) 남자가 먼저 춤 신청을 하고 여자가 응답하면 플로어에 나가 함께 춘다고 대답했다. 나는 거부감을 느꼈다. 상대방에게 뭔가 구속된다는 막연한 느낌 때문에 땅고는 크게 매력적으로 다가오지 않았다.

그리고 2004년 말 사두디의 안내로 방콕의 아테네호텔 땅고 레스토랑에 가게 된 것이다. 저녁 식사를 느리게 하면서 2시간 넘게 땅고 공연을 보며, 나는 내 오랜 정체 모를 기다림이 끝나는 것을 느꼈다. 땅고는 그렇게 내 삶으로 들어왔다.

춤을 추는 나의 행위는 모세혈관 속에 찌든 때를 털어버리는 제의적 행위에 가까웠다.
더러운 물이 여러 층의 모래를 통과하면서 맑게 정류되는 것과 비슷했다.

땅고 수업

　　나는 사두디와 헤어지고 방콕에서 서울로
돌아온 뒤, 곧바로 인터넷을 검색해서 땅고를 배울 수 있는 곳을 찾
아보았다. 홍대 앞과 강남역 근처에서 아르헨티나 땅고 강습을 하고
있었다. 홍대 앞의 동호회가 규모는 더 컸지만 신입회원 신청서에 나
이를 적게 되어 있었다. 댄스 커뮤니티의 강습에 등록하면서 불혹을
넘긴 나이를 공개하는 것이 힘들었다. 나는 청담동 집에서 가까운 강
남역 근처의 커뮤니티에 등록했다. 커뮤니티 운영자들은 건물의 지
하공간을 임대해서 요일별로 살사, 밸리, 스윙 등 다양한 댄스들을
가르치고 있었다. 취미를 공유하는 동호회보다는 강습비를 받고 지
식을 알려주는 학원에 더 가까웠다.

　　나는 일주일에 두 번씩 규칙적으로 땅고를 배우기 위해 그곳에 갔

다. 그리고 역시 오래전부터 배우고 싶었던 살사 커뮤니티에도 등록했다. 그때부터 6개월 동안 매주 두 번은 살사를, 두 번은 땅고를 배우기 위해 강남역으로 갔다. 낮에는 시사회를 갔고 방송을 했으며, 저녁에는 땅고나 살사를 췄다. 그런데 갈등이 생겼다. 살사는 역동적이고 격렬했으며 춤추는 순간의 즐거움이 대단했지만 깊은 맛이 없었다. 집에 돌아오면 땅고만 생각이 났다. 춤을 배우기 위해 내가 일주일에 낼 수 있는 시간은 한정되어 있었다. 살사 배우는 시간에 땅고를 더 배운다면 얼마나 좋을까 하는 생각이 갈수록 커졌다. 결국 나는 6개월 뒤 살사를 접고 땅고에만 전념하기로 결심했다.

그러자 땅고를 추는 시간이 두 배로 늘어났다. 땅고를 추는 친구들과 함께 카페나 포장마차에 갈 때는, 언제나 가지고 다니던 땅고 CD를 가게 주인에게 주면서 틀어달라고 부탁했다. 그리고 땅고 음악이 나오면 테이블 사이를 비집고 돌아다니며 그 좁은 공간에서 즉흥으로 춤을 췄다. 엘리베이터를 탈 때도 사람이 별로 없으면 땅고 동작을 연습했고, 학교에서 강의하면서도 발로는 스텝을 밟을 정도였다. 거리를 걸을 때는 귀에 이어폰을 꽂고 땅고 음악을 들으며 박자에 맞춰 걸었다. 언제 어디서나 땅고 연습을 했다. 몸이 서서히 땅고에 최적화된 상태로 변하고 있었다.

나는 초급반부터 중급반까지 6개월 동안 매주 2회씩, 그 이후에는 매주 4회씩 땅고 수업에 참여했다. 땅고를 추면서 내 인생의 많은 것들이 변했다. 우선 인간관계가 단순해졌다. 땅고를 추는 것은 자전거를 타고 언덕을 오르는 것과 같아서, 한번 멈췄다 하면 언덕 아래로 미끄러져 다시 출발점으로 되돌아간다. 끊임없이 자전거의 페달을 밟아야만 언덕 하나를 겨우 넘을 수 있다. 땅고를 배우기 시작하고 1년 이내에 멈추면 다시 처음으로 되돌아가게 된다. 작은 언덕 하나라도 넘으려면 1년 이상 쉬지 않고 땅고를 춰야만 했다. 저녁 약속이 줄어들었다. 잠들기 전 혼자서 양말을 신고 벽을 잡고 오쵸 연습을 했다.

한국에 땅고가 보급된 것은 2000년부터다. 많은 사람이 땅고로 알고 있는, 입에 장미꽃 물고 라 꿈빠르시따 같은 음악에 맞춰 남녀가 두 손을 맞잡은 손을 쭉 펴고 걷는 동작은 땅고가 아니다. 댄스 스포츠 안에 포함된 모던 탱고, 즉 스포츠화된 콘티넨탈 탱고이며 정통 아르헨티나 땅고와는 기본자세부터 많이 다르다. 아르헨티나 땅고는 남녀의 상체가 밀착되고 하체에 공간이 있는 A자 형태지만, 모던 탱고는 하체가 밀착되고 상체가 벌어져 있다. 사용하는 음악도 다르다. 콘티넨탈 탱고 음악은 높낮이가 강하지 않고 경쾌하며, 듣기 좋은 대중적인 멜로디지만, 정통 땅고 음악은 매우 드라마틱하거나 비극적인 삶의 정서가 묵직하게 담겨 있다.

전혀 다른 이 두 종류의 춤을 우리는 똑같은 단어인 탱고라고 부르는데 스포츠 댄스의 Tango는 영어식 발음 그대로 탱고로, 아르헨티나 Tango는 스페인어 발음 그대로인 땅고로 구별하는 게 좋다.

한국에 정통 아르헨티나 땅고가 보급되기 시작한 것은 아르헨티나로 이민을 갔던 태권도 사범 공명규 씨가 귀국해서 땅고 공연을 한

1998년 이후다. 아르헨티나 땅고가 가진 강렬한 정서가 한국인들을 사로잡으면서 땅고에 대한 관심이 높아졌다. 그러나 소셜 댄스로서 땅고가 보급된 것은 2000년도부터다. 김성공, 이은주 두 사람이 아르헨티나에서 3개월 동안 땅고를 배워 귀국한 뒤 인터넷 카페 '라틴 속으로'에 솔로 땅고Solo Tango라는 커뮤니티를 만들었다. 이곳을 중심으로 땅고가 대중적으로 보급되기 시작했다.

땅고 음악과 춤은 한국적 정서와 매우 잘 맞는다. 지속적으로 장시간을 투자해야만 어느 수준에 오를 수 있는 땅고의 속성은, 끈질기고 열성적인 노력을 가진 한국 땅게로스를 자극했다. 이후 한국 땅고는 빠른 시간에 아시아 땅고를 대표하는 수준으로 발전하게 되었다.

땅고는 무게중심을 한 발에 싣고 추는 춤이다. 한국 춤의 무게중심은 두 발 가운데 있다. 동래학춤을 제외하고는 한 발로 무게중심을 잡을 필요가 없다. 그래서 한국인들이 한 발에 무게중심을 두고 추는 땅고를 배울 때 대부분 낯설어한다. 무게중심을 한 발에, 그것도 힐이 있는 뒷부분이 아니라 앞부분에 두고 몸의 발란스를 유지해야 한다. 온몸의 무게중심은 오리의 물갈퀴처럼 펴진 한쪽 발 5개의 발가락과 그 밑의 뼈, 발바닥 가운데 있는 뼈라고 해서 이름 붙여진 중족골에 놓아야 한다. 지금까지 나에게 땅고 강습을 들은 3,000여 명 중에서 가장 빠른 시간에 땅고 기초를 습득한 사람은 무형문화재 동래학춤 이수자이신 부산의 한 땅게라였다. 이화여대 무용과에서 한국무용을 전공한 뒤 동래학춤을 전수받은 그분은 평생 한쪽 발에 무게중심을 두고 춤췄기 때문에 불과 15분 만에 땅고의 기초 스텝을 이해하고 흔들림 없이 균형을 잡으며 따라했다.

처음 압구정의 지하 계단을 내려가 땅고 바의 문을 열었을 때, 나는 그곳에 잠복되어 있는 뜨거운 열기에 움찔하며 온몸에 소름이 돋는 것을 느꼈다. 지금까지 전혀 만나지 못했던 신세계였다. 비장미 넘치는 땅고 음악이 흘러나오면 눈빛으로 의사를 교환한 후 홀로 나간다. 처음 만난 두 사람이 함께 춤을 추면서 균형을 잡고 서로의 특징, 힘의 이동 등을 탐지하며 조금씩 호흡을 맞추어간다. 흔히 땅고를 3분 동안의 사랑이라고 부른다. 땅고 한 곡을 추는 그 짧은 순간, 파트너의 마음을 읽고 서로를 지극히 배려하는 마음으로 춤을 추어야만 호흡이 맞는다. 그러나 춤이 끝나면 두 사람은 다시 남남으로 헤어진다.

초급반과 중급반 수업을 마친 6개월 뒤, 나는 아르헨티나에서 온 젊은 마에스트로 알레한드로와 이바나 커플의 수업에 6개월 동안 참여했다. 그들은 정통 땅고를 새롭게 발전시킨 땅고 누에보를 추는 댄서로서, 2003년 세계 최대의 땅고페스티벌이었던 CITA(Congress Internatinal Tango Argentina, 이하 CITA)에 참여한 가장 젊은 댄서였다. 2000년대 초반 CITA는 고탄 프로젝트, 바호폰도 땅고 클럽 등 일렉트로닉스 땅고 음악과 함께 세계적인 트렌드로 급부상한 땅고 누에보를 테마로 워크숍을 진행했고, 극장 무대에서 공연을 했다.

땅고 누에보 수업에 참여했을 때는 이 수업이 내 땅고의 길을 험난하게 만들 것이라고는 미처 상상하지 못했다. 땅고 누에보는 정통 땅고와는 걷기부터 모든 게 많이 다르다. 2000년부터 10여 년 동안은 대단한 위세를 떨쳤으나 2010년을 전후해서 정통 땅고의 영역 안으로 흡수됐다. 나도 2010년부터 내 땅고 스타일을 땅고 누에보에서 살론 땅고로 바꾸는 노력을 했는데, 5년이 넘는 시간이 필요했다. 정통 땅고를 익히지 않고 땅고 누에보를 추는 것은 매우 위험하다는 걸 시작할 때는 몰랐기 때문이다.

2005년 9월, 한국에서 최초로 땅고페스티벌이 개최되었다. 아르헨티나 마에스트로 세 커플이 내한해서 일주일 동안 워크숍을 진행했고, 양재동 서울교육문화회관에서 공연도 했다. 10월에는 영화 「탱고 레슨」의 주인공이었던 베론이 내한해서 워크숍을 진행했다. 또 2박자 땅고 밀롱가의 대가 치체와 마르타, 그리고 3박자의 춤인 발스의 황제 훌리오와 꼬리나 등이 연속적으로 초청되어 한국에서 워크숍과 공연을 진행했다. 나의 일상은 수많은 땅고 워크숍에 참석하고, 연습하고, 밀롱가에 가는 것으로 채워지기 시작했다.

땅고 바, 오나다

2005년 강의를 맡고 있던 대학의 여름방학이 시작되자 나는 7월과 8월 두 달 동안 매일 저녁마다 홍대 앞에 있는 땅고 바 '땅고 오나다^{Tango O Nada}'로 출근하기 시작했다. 그곳은 2003년 12월 13일 서울에서 처음 문을 연 땅고 바다. 영어 All or Nothing의 스페인어인 또도 오 나다^{Todo O Nada}에서 착안한 제목으로, '땅고 아니면 아무것도'라는 뜻을 내포하고 있다. 2016년 하반기에는 연남동에 오나다2가 만들어져서 오나다는 여전히 한국 땅고의 심장부 역할을 하고 있다.

여름방학 두 달 동안 나는 땅고 오나다 근처의 카페에서 빵으로 허기를 달래고 바의 문이 열리기를 기다렸다. 김치찌개나 된장찌개처럼 냄새가 강한 음식을 먹고 땅고 바에 가는 것은 금기다. 삼겹살 등을 구워 먹는 회식 자리에 들렸다가 땅고 바에 가는 것도 실례다. 땅고는 인류 역사에 등장한 모든 춤 중에서 다른 사람과 가장 몸을 가장 밀착해서 추는 춤이다. 냄새가 강한 음식을 먹으면 3~4시간 후에도 그 냄새가 상대에게 전해져 불쾌감을 안겨줄 수 있다. 그래서 냄새가 거의 없는 요구르트나 빵으로 저녁식사를 한 뒤 바의 문을 여는 7시 30분에 제일 먼저 들어가서 밤 12시 문을 닫을 때, 가장 늦게 나왔다.

2005년 땅고 바 오나다의 입장료는 6,000원이었지만 한 달 동안 마음대로 출입할 수 있는 월 정액권은 6만 원에 불과했다. 나는 7월과 8월 두 달 동안 월 정액권을 끊고 매일 밤 오나다로 출근했다. 입장료를 내면 간단한 음료 교환권을 준다. 땅고 바 안에서는 오직 음료와 춤뿐이다. 술이나 음식 등 다른 것은 원칙적으로 허용되지 않는다. 지금은 마포구 조례에 의해 홍대 앞 등에서는 무도장 허가를 받지 않아도 실내에서 춤출 수 있는 클럽이 허용되지만 그 외의 지역에서는 술을 마시고 춤을 추기 위해서는 무도장 허가를 받아야 한다. 대부분의 땅고 바는 법률적으로는 간이음식점 등록이 되어 있어서 음료수만 제공하고 있다. 혹은 문화공간, 북 카페 등으로 등록을 하고 문을 열고 있다.

땅고를 배우기 시작하던 초창기에는 다른 초보자가 그러하듯 나도 무게중심을 잡지 못해 상대에게 의지하거나 비틀거렸다. 그러나 방송국 분장실에서도, 학교 연구실에서도, 틈날 때마다 오쵸, 히로 등 땅고의 기본 동작을 연습했다. 특히 몸의 균형을 잡을 때 매우 중요한 오쵸 아뜨라스^{Ocho Atras}는 하루에 300번 이상을 반복 연습했다. 보통 잠들기 전에 거실에서 양말을 신고 오쵸 아뜨라스를 연습했는데, 300번을 반복해서 연습하면 약 20분이 흐른다. 등에는 땀이 차고 이마에도 땀방울이 송골송골 맺힌다. 그러면 샤워를 하고 침대에 눕는다. 숙면을 취할 수 있고 땅고 연습에도 좋아서 땅고를 배운 후 3년 동안은 거의 매일 오쵸 아뜨라스를 연습하며 무게중심의 균형감각을 찾았다. 3년 차가 되니까 오쵸 아뜨라스 300번을 연습하는 데 10분도 걸리지 않았다.

땅고 용어들은 스페인어로 되어 있기 때문에 스페인어 교재도 샀다. 진도는 느리지만 조금씩 혼자서 공부했다. 멕시코에서 살다 온 한국 교민이나, 한국의 대학으로 유학을 온 스페인 여학생에게 개인 교습도 받았다. 그리고 마에스트로들의 공연 DVD나 동영상을 보면서 그들의 동작을 연구했다. 부분 연습이나 피구라는 습득하는 데 참고하는 것이었고, 춤을 똑같이 흉내 내지는 않았다. 땅고의 매력은 자신의 상상력으로 새로운 세계를 무궁무진하게 만들어 갈 수 있다는 데 있다.

첫 땅고화

처음 땅고를 배울 때는 운동화에 가까운 연습화를 신고 했다. 그러나 밀롱가를 다니기 시작하면서부터는 제대로 된 땅고화가 필요했다. 땅고를 추는 사람들은 보통 좋은 구두를 신으면 훨씬 더 춤을 잘 출 것 같다는 생각을 한다. 나는 땅고 오나다의 주인에게 아르헨티나산 땅고화를 주문했다. 두 달이 지났을 때 내 땅고화가 도착했다는 문자가 왔다. 아르헨티나에서 한국까지 그 먼 길을 날아온 구두를 만날 생각을 하니 조금 흥분되었다. 몸이 가벼워져 공중에 뜨는 것 같은 설렘이 찾아왔다. 부에노스아이레스의 밀롱가 마룻바닥에 비치는 불빛과 반도네온의 흐느낌이 내 땅고화가 오는 동안 함께했기를, 그래서 외롭고 쓸쓸한 여행이 되지 않았기를 기원했다.

땅고화를 받기 전부터 내 몸은 깃털처럼 가벼워져 있었다. 유년시절 설날에 큰집에 가기 전 공장에서 갓 꺼내온 고무 냄새나는 새 신을 신을 때보다 더, 초등학교 때 수학여행 가기 전날 어머니를 졸라 새로 산 가죽 구두를 신을 때보다 더, 서울로 혼자 유학 온 내가 대학 1학년 첫 미팅 전날 종로 2가 국산 브랜드가 모여 있는 구두 가게의 쇼 윈도우 앞에 서있을 때보다 더, 내 피의 모세혈관 속을 굴러다니는 수천만 개의 태양은 뜨거워져 있었다.

낮에 소나기가 쏟아졌음에도 화요일 저녁의 땅고 오나다는 변함없이 불의 열기로 가득했다. 땅고 아니면 아무것도! 그 뜻 그대로 땅고 오나다는 지하 계단 입구부터 화장실 속까지 땅고로만 채워져 있는 공간이었다. 부에노스아이레스 혹은 파리나 뉴욕의 땅고 바에서 춤출 때 내가 한국에서 왔다고 말하면, 땅게로스 상당수가 "나도 서울의 오나다에 가봤다!"라고 말하는 경우가 많았다. 그만큼 땅고 오나다는 세계적으로 알려진 한국을 대표하는 땅고 바다.

땅고 오나다는 홍대 앞 서교동 길가에 있다. 그곳으로 가기 위해 차를 운전하면서 젊은 연인들이 가로수에 등을 기대고 길고 긴 키스를 하는 것을 보았다. 2005년 6월 14일, 키스 데이였다. 그러나 나의 땅고화는 땅고 오나다의 마루와 첫 키스를 할 것이다. 나는 땅고 오나다가 문을 열자마자 안으로 들어갔다. 아직 손님들은 거의 없었다. 나는 블랙 바탕에 발등은 레드로 되어 있는 땅고화를 받아들고 감격했다. 나는 이 구두가 빨리 더러워지기를 기원했다. 고수들의 낡은 땅고화를 볼 때마다 얼마나 부러웠던가. 구두코가 해진 그들의 신발

앞에서 저절로 존경심이 일어났다. 나 또한 저렇게 내 땅고화의 앞부리에 구멍이 나도록 열심히 연습하겠다고 다짐했다.

그날 밤 나와 춤을 췄던 그녀들은 알까. 내가 생애 처음으로 땅고화를 신고 밀롱가 마루 위로 나왔다는 것을. 그날 밤 나는 이름도 모르는 두 명의 땅게라들과 춤을 췄다. 초보자일 때는 땅고 바에 가도 대부분은 벽에 등을 대고 밀롱가에서 춤추는 사람들을 지켜볼 뿐이었다. 문을 열 때 거의 일등으로 들어갔다가 문을 닫을 때 마지막으로 나왔지만, 나와 하루 동안 춤춘 땅게라는 두세 명이 고작이었다. 그러나 여름방학 동안 매일 밤 땅고 바로 출근한 결과 8월 말에는 하루에 대여섯 명의 땅게라와 춤출 수 있었다. 보통 한 명과 춤출 때 한 딴다, 즉 네 곡을 춰도 15분이 넘지 않는다. 땅고 한 곡은 평균 3분을 넘지 않고 다음 곡과의 사이에는 짧은 휴식이 있다. 따라서 하루에 다섯 명과 춤을 춰도 한 시간 정도 춤추는 것에 불과하다. 땅고 바에 머무는 3시간 혹은 4시간 동안 대부분은 의자에 앉아 다른 사람의 춤을 바라볼 수밖에 없다.

그때 나는 기도했다. 지상의 모든 땅게라들이여! 나의 이 아름다운 땅고화가 빨리 해지는 데 동참해주시라. 그리하여 2개의 서로 다른 힘이 부딪치고, 갈등하며, 망설이다가 서로의 존재를 인정하고 마주 보며 함께 가는 땅고, 이 우주의 섭리, 그 운동의 이치를 깨달을 때까지 영원히 함께하시라!

내일은 태양보다 일찍 일어나야겠다고 생각하며 첫 땅고화를 가슴에 품고 나는 잠들었다.

첫 공연

2005년 말, 나는 직접 안무를 짜서 첫 땅고 공연을 했다. 땅고는 즉흥적 상상력으로 추는 춤이기 때문에 공연할 때 반드시 안무가 필요한 것은 아니다. 대략적인 얼개만 짜고 그 안에서 즉흥으로 공연을 하기도 한다. 살론 땅고의 생명은 즉흥성이며 창조적 상상력이기 때문이다. 좀 더 완성도 높은 공연을 보여주고 싶은 사람은 처음부터 끝까지 안무를 짠다. 물론 에세나리오 Escenario 라고 부르는 스테이지 땅고는 완성된 안무로 공연한다.

공연 음악을 분석하고, 거기에 맞는 걸음걸이와 피구라를 연구하며 한 곡을 완성해가는 동안 나는 마치 절대자가 되어 새로운 세계를 창조하는 느낌이 든다. 가령 이것은 시를 쓰거나 소설을 쓸 때와 또 다르다. 땅고는 두 사람이 함께 움직인다. 나와 나의 분신인 또 다른 나, 파트너와 함께 움직이지 않으면 땅고를 출 수가 없다. 두 사람의 에너지가 하나로 연결되어야만 가능한 춤이 땅고다. 기본적으로 시나 소설, 그림, 작곡처럼 홀로 작업해야 하는 것과 연극이나 영화처럼 집단이 함께해야만 가능한 작업의 차이는 분명히 있다. 땅고는 혼자도 아니고 집단도 아니다. 두 사람이다. 나는 또 다른 나, 나의 그림자이며 나의 내면이 투영된 존재와 마주하고 있다. 내가 나와 합일되지 않으면 집단과, 사회와의 소통은 불가능하다. 땅고는 개인적 차원인 나라는 한 사람의 존재를 거대한 세계로 연결해주는 통로다. 두 사람의 커넥션이 원활하지 않으면 아름다운 춤이 만들어지지 않는다.

2006년 봄에는 두 번째 공연을 했고, 그 이후 매년 10여 회 이상의 공연을 지속적으로 하고 있다. 2012년부터는 타이페이국제땅고페스티벌을 시작으로 해외 땅고페스티벌에서 초청이 와서 공연과 워크숍을 다니고 있다. 지금까지 타이페이국제땅고페스티벌을 비롯해서 아일랜드의 더블린, 캐나다의 몬트리올과 오타와, 인도네시아의 자카르타와 발리, 그리고 일본의 도쿄에서 개최된 국제땅고페스티벌 혹은 땅고 마라톤 등에 초청되어 공연했다.

땅고는 다양한 문화가 복합적으로 충돌되면서 형성된 발생 과정 때문에 태생적으로 통섭의 힘을 갖고 있다. 전 세계 어디를 가도 땅고라는 육체의 언어를 통해 마음을 교류할 수 있다.

아트 땅고

2006년부터 나는 포털사이트에 아트 땅고^{Art} Tango라는 카페를 만들어 땅게로스 및 땅고에 매혹된 사람들과 소통하고 있다. 2008년 1월부터 부산과 서울에서 정기적으로 강습을 시작했고 2009년 7월부터는 서울 충무로에 스튜디오를 열고 땅고 강습을 하고 있다. 그동안 국제댄스연맹International Dance Organization (이하 IDO)의 국제심판 자격증을 취득했으며, IDO 월드 아르헨티나 땅고 컵 심사위원과, 서울 메트로폴리탄 챔피언십 심사위원을 역임했다. 그리고 사단법인 한국아르헨티나땅고협회Korea Argentine Tango Association (이하 KATA) 창립 멤버로 현재 이사를 맡고 있다. 2017년에는 코리아땅고협동조합Korea Tango Cooperative (이하 KTC)의 이사장을 맡아 세계땅고대회의 아시아지역 예선을 서울에서 개최하기도 했다. 또 봄에는 땅고 마에스트로들을 초청해서 워크숍과 공연을 진행하는 서울 땅고 까나발 Seoul Tango Carnaval, 가을에는 서울 땅고 캠프Seoul Tango Camp를 열고 있다. 그리고 땅고를 추는 사람들이 금요일 밤부터 일요일 밤까지 사흘 밤낮으로 오직 땅고만을 추는 거대한 땅고 이벤트, 서울 땅고 마라톤Seoul Tango Marathon의 오가나이저로서 활동하고 있다. 또 2015년 봄에 창간된 아시아 유일의 땅고 잡지 「Korea Tango」의 책임편집을 맡고 있다.

특히 문디알 데 땅고라고 불리는 세계땅고대회의 아시아 지역 예선은 지난 2014년부터 서울에서 개최되고 있다. KTC가 주최하는 세계땅고대회의 서울대회 챔피언은 매년 8월 부에노스아이레스시 정부가 주최하는 세계땅고대회의 세미파이널로 직행한다. 지금까지 한국 챔피언 대부분은 파이널 라운드까지 진출해서 우수한 성적을 거두었다. 현재 한국은 아르헨티나 이외의 지역에서 성공적으로 땅고가 보급된 나라에 속한다. 특히 서울의 밀롱가는 아르헨티나 마에스트로들이 입을 모아 극찬할 정도이며, 부에노스아이레스 이외의 지역에서 가장 땅고가 융성한 도시라고 평가받는다.

지금 한국 땅고는 커뮤니티의 아마추어 댄서들이 보급하던 초창기의 혼돈 과정을 극복하고 하나의 문화산업으로 발전하고 있다. 전문 아카데미의 수준 높은 강사들이 진행하는 땅고 수업, 매일 밤 문을 여는 수많은 땅고 바, 땅고 잡지나 신문 등 땅고 언론의 등장, 전문가들이 만드는 땅고 드레스, 구두 등 다양하고 두터운 인프라를 구축하고 있다.

부에노스아이레스
땅고 여행

2009년에 처음 부에노스아이레스를 방문한 이후, 나는 2010년과 2011년, 2012년, 2017년에 부에노스아이레스에 갔다. 강의를 맡았던 대학의 방학인 1월과 2월, 한 달 혹은 두 달씩 부에노스아이레스에 가서 마에스트로의 땅고 수업을 들었고, 밀롱가에서 춤췄다. 고정적으로 하고 있는 일을 다 접고 부에노스아이레스에 가서 한 달 이상을 체류한다는 것은 쉬운 일이 아니다. 많은 것을 포기해야만 한다. 나는 땅고를 내 삶의 우선순위로 올려놓으면서 다른 일들을 조금씩 줄이기 시작했다.

부에노스아이레스에 가면 오직 땅고만 춘다. 서울에서처럼 나를 찾는 전화벨이 자주 울리지도 않고 꼭 나가야 할 모임 자리도 없으며, 땅고 말고는 특별히 할 게 없기 때문이다. 오직 땅고에만 집중할 수 있다. 오전 10시 첫 수업부터 밤 11시 마지막 수업이 끝날 때까지 여기저기 다양한 스튜디오를 전전하며 수많은 마에스트로를 찾아다녔다. 하루 평균 6~7개의 클래스에 참가했다. 수업이 모두 끝나면 밤 12시쯤 밀롱가에 가서 문을 닫는 새벽 3시나 5시까지 땅고를 췄다. 이렇게 하면 보통 동틀 무렵 잠이 들어 한낮에 일어난다. 일어나면 손발이 붓고 걸을 힘도 없어진다. 하지만 부에노스아이레스에 있는 1분 1초가 소중했다. 일반적으로 부에노스아이레스에서 땅고 유학을 하는 사람들이 1년 동안 하는 스케줄을 한 달 혹은 두 달 동안 집중적으로 몰아서 했다.

그렇게 부에노스아이레스에서 두 달을 보내고 한국으로 돌아와서 거기서 배운 것을 열 달 동안 반복해서 복습하고, 다음 해 다시 부에노스아이레스로 가서 수업 받고 밀롱가에서 춤추는 생활을 4년 동안 반복했다. 아르헨티나 관광은 물론 그 흔한 시내 관광도 거의 하지 않았다. 내 일상을 벗어나 세속과의 연을 끊고 부에노스아이레스라는 땅고의 성으로 들어가서 오직 땅고만 생각하고, 땅고만 췄다. 그때의 만족도와 성취도는 한국에서 1년 동안 매일 조금씩 시간을 내어 땅고를 가르치고 밀롱가에서 춤추는 것과는 상당히 달랐다.

땅고는 육체로 쓰는 영혼의 서사시이면서 동시에 지적 분석과 판단, 감성적 교류의 총합이 만나는 정신과 육체의 거대한 용광로다. 시간의 지속적 사용이 필요하다.

•

땅고는 육체로 쓰는 영혼의 서사시이면서 동시에 지적 분석과 판단,
감성적 교류의 총합이 만나는 정신과 육체의 거대한 용광로다.

웨딩 땅고

땅고를 추면서 가장 중요한 문제는 파트너다. 특히 리드를 책임진 땅게로는 수많은 연습 시간을 필요로 한다. 땅고를 배운 이후 나는 여러 명의 땅게라와 파트너십을 갖고 연습을 했다. 매번 각각 다른 문제들에 부딪쳤다. 나의 고민을 누구보다 잘 알고 있던 카이는 어느 날 자신이 땅고를 배워 나의 파트너를 하겠다고 자청했다. 땅고 음악을 좋아하고 땅고 공연을 열심히 본 그녀지만, 스스로 춤추는 일은 없을 것이라 말했기 때문에 깜짝 놀랐다.

카이를 만난 것은 2005년 1월 9일 내 생일이다. 대학시절 나에게서 교양 과목으로 영화의 이해를 들었던 그녀를 졸업 후 우연히 만났다. 2000년대 초반 나는 3개 대학의 겸임교수를 하고 있었고, 한 학교마다 400명의 수강생이 있었으므로 그녀를 기억할 수 없었지만 그녀는 나를 알고 있었다.

그녀를 처음 만날 때 나는 막 땅고를 배우고 있었다. 같이 땅고를 추자고 하니까 자신은 몸치라고 절대 직접 추지는 않겠다고 했다. 그런데 내가 땅고 추는 시간이 늘어나면서 카이는 혼자 있는 시간이 늘어났다. 중요한 땅고페스티벌이나 땅고 공연이 있을 경우는 카이와 함께 참석했지만, 땅고 수업이나 밀롱가에는 나 혼자서 갈 수밖에 없었다. 혼자 있는 시간이 길어지면서 카이도 많은 생각을 했을 것이다. 공연 파트너를 찾지 못해 내가 애를 태울 때도, 거실에서 혼자 오쵸 아뜨라스를 연습할 때도, 카이는 바라보기만 했다.

2010년 초, 카이는 본인이 직접 땅고를 추겠다고 말했다. 땅고가 좋아서가 아니라, 나와 같이 평생 살기 위해서는 본인이 직접 땅고를 출 수밖에 없을 것 같다고 말했다. 그렇게 시작된 카이의 땅고 입문 과정은 다른 사람보다 매우 빠르게 지나갔다. 이해력이 좋아서 땅고의 기본 원리를 금방 터득했고, 뮤지컬리티가 좋아서 항상 음악의 핵심을 파악하고 춤추려 했다.

2012년 1월 26일, 카이와 나는 남산이 보이는 시내 한 호텔의 식당에서 결혼식을 했다. 직계가족과 주변의 가까운 친구들까지 총 20여 명만 참석한 스몰 웨딩이었다. 결혼식에서 우리는 함께 땅고를 췄다. 땅고를 추는 사람들끼리 결혼할 경우는 대부분 첫날밤에 시내의 땅고 바를 빌려 웨딩 밀롱가를 진행한다. 그러나 우리 결혼식은 목요일 저녁이어서, 웨딩 밀롱가는 이틀 뒤인 토요일 밤에 충무로 아트 땅고 스튜디오에서 진행했다.

2011년에도 우리는 함께 아르헨티나에 가서 한 달 넘게 수많은 땅고 수업을 들었다. 아직 초보였던 카이를 위해 시내에서 개최되는 유명 마에스트라 수업을 매일 6~7개 정도 신청했고 두 달 동안 강훈련을 했다. 무리한 일정으로 카이는 발목이 기형적으로 퉁퉁 부었고 길을 걷다가 너무 힘들다며 주저앉아서 울기도 했다. 그러나 어느 면에서는 땅고 선배인 나보다 훨씬 날카로운 눈으로 요점을 파악하면서 점점 훌륭한 땅게라로 성장했다.

카이와 같이 땅고를 추면서 내 땅고 인생도 조금씩 변하기 시작했다. 나의 땅고 역시 뮤지컬리티를 파악하고 춤의 본질에 훨씬 더 가까이 다가갈 수 있게 되었다. 내가 흔들릴 때마다, 혹은 감정에 치우쳐서 극단적인 선택을 하려고 할 때마다, 나를 진정시키고 중용을 지키게 하는 힘도 모두 카이에게서 나왔다.

2012년 1월 웨딩 밀롱가 후 뉴욕을 거쳐 부에노스아이레스로 땅고 신혼여행을 떠났다. 그리고 5년 만인 2017년 다시 부에노스아이레스를 찾아간 것이다. 나는 다섯 번째, 카이는 세 번째 부에노스아이레스 땅고 여행이었다.

제3부

부에노스아이레스의
'좋은 공기'
...

부에노스아이레스에서
아파트 구하기

남미 대륙의 우측 엉덩이 밑 부분을 찢는 라
쁠라따강 하구는, 1516년 2월 솔리스가 이끄는 탐험대에 의해 처음
발견된 후 1536년 스페인의 귀족 출신 정복자이자 탐험가인 멘도사
에 의해 부에노스아이레스, '좋은 공기'라는 이름을 가진 도시로 발
전한다. 멘도사가 도시의 기틀을 만들었지만 원주민 과라니족의 계
속된 공격으로 집과 건축물이 파괴되고 스페인 정복자들은 다른 지
역으로 피신하는 등 고초를 겪었다. 1580년 가라이에 의해 부에노스
아이레스는 다시 도시 형태로 재건된다.

프랑스의 건축가 르 코르뷔지에 Le Corbusier 는 부에노스아이레스를
"욕망의 힘이 넘치는 거대한 도시"라고 말한 바 있는데, 현재 부에노
스아이레스주는 총 46개 지구로 구분된 약 200제곱킬로미터 면적에,

아르헨티나 전체 인구의 3분의 1인 1,600만 명이 거주하는 거대 공간으로 발전했다. 여름에 해당하는 12월부터 3월까지의 4개월 정도는 최고 기온 38도에 육박하는 무더운 날씨를 보여주지만, 후덥지근하지 않고 기분 좋은 더위가 지속되며, 겨울에 해당하는 7월과 8월도 최고 기온 24도, 최저 기온은 8도 정도를 가리키고 있어서 살기 좋은 기후를 갖추고 있다.

스페인어로 좋은 공기라는 뜻을 가진 이 도시에는 100여 개가 넘는 극장, 박물관, 미술관 등이 남미의 문화도시로서 위상을 보여주는데, 남미의 파리라는 별칭답게 아름다운 건축물들이 즐비하다. 하지만 도시계획이 체계적으로 진행되지 않아서 도시의 미학적 구도는 균형 잡혀 있지 않다. 부에노스아이레스시민들은 스페인계와 이탈리아계가 압도적으로 많고 그 다음 독일계, 프랑스계 순이다. 제2차 세계대전 후에는 나치 전범 중 상당수가 연고를 찾아 아르헨티나로 숨어들어와 피신하기도 했다.

남미 대부분의 나라가 백인과 아메리카 원주민의 피가 섞인 메스띠소이거나 혼혈 끄리요오이지만 부에노스아이레스는 지금도 백인이 인구 중 90퍼센트가 넘을 정도로 압도적인 비중을 차지하고 있다. 뽀르떼뇨라고 불리는 그들은 스스로 남미가 아닌 유럽의 시민처럼 생각하는 경우도 많다.

2017년 1월 15일 밤, 파리의 샤를 드골공항을 출발한 비행기는 14시간의 비행 뒤인 1월 16일 오전에 부에노스아이레스의 에세이사공항에 도착했다. 신혼여행차 부에노스아이레스에 갔던 2012년 이후 5년 만의 방문이었다. 공항의 입국 게이트가 열리면 마적 떼처럼 달려들던 습하고 후덥지근한 공기도 이제는 낯익은 일상처럼 반갑고 편안할 정도였고 풍경도 더는 낯설지 않았다.

2012년 1월, 우리가 땅고 신혼여행을 떠났을 때는 뉴욕에서 일주일 동안 체류하면서 수많은 땅고 바를 돌며 춤을 추다가 부에노스아이레스로 향했다. 그런데 이번에는 파리의 밀롱가를 일주일 동안 돌며 땅고를 추다가 부에노스아이레스에 온 것이다.

공항에서 다운타운 중심부까지 택시비는 43달러. EBS「세계테마기행」팀과 함께 갔던 2009년과, CITA의 워크숍에 참석했던 2010년에는 한 달 동안 호텔에 머물렀다. 2009년에는 땅고화 전문 숍 네오땅고 바로 맞은편에 있던 사르미엔또호텔에, 2010년에는 CITA의 메인 스튜디오 근처에 있던 그랜드 바우엔호텔에 머물렀다. 그리고 카이와 함께 간 2011년부터는 아파트를 렌트했다. 패션 디자인에서 요리 연구로 전공을 바꾼 카이는 직접 요리할 수 있는 아파트를 원했다. 사실 부에노스아이레스에 2주 이상 머물 때는 호텔보다 아파트가 훨씬 좋다.

부에노스아이레스에서 처음 아파트를 구할 때는 주변 환경이 깨끗하고 집이 좋은 레꼴레따, 빨레르모 혹은 바리오 노르떼 지역을 선호했지만 밀롱가를 다니기에는 불편했다. 2011년에는 부자 동네라고 알려진 빨레르모 인근의 바리오 노르떼 지역의 아파트를 빌려 살았는데, 주변 환경은 쾌적했지만 밀롱가를 다니는 게 힘들었다. 밀롱가는 거의 밤 10시 이후에 문을 열고 새벽 3시 지나서 끝나기 때문에 언제나 택시를 타고 이동해야 했다. 택시비도 문제였지만, 새벽 시간에 안전한 택시를 잡는다는 일이 쉽지 않았다.

그래서 2012년 신혼여행을 갈 때는 꼬리엔떼스 몬테비데오에 있는 아파트 11층의 전망 좋은 방을 계약했다. 원 베드룸에 거실과 주방 욕실이 각각 따로 있고 베란다도 있는 아파트였다. 아파트가 지하철(숩떼) 우루과이역과 까샤요역 사이에 있어서, 세계 밀롱가 1번지인 꼰피떼리아 이데알부터 엘 베소, 보헤미안 땅고 클럽에서 진행되던 까치룰루, 뽀르떼뇨 바일라린 같은 정상급 밀롱가는 물론이고, 다운타운 핵심에 있는 오벨리스크, 또 다르코스나 프라벨라 혹은 네오 땅고 같은 땅고화 전문 숍도 모두 걸어서 갈 수 있었다. 밤늦게 밀롱가에 갈 때나 혹은 새벽에 집으로 돌아올 때 힘들게 택시를 잡지 않아도 되고, 밀롱가 대부분을 걸어서 다닐 수 있었다.

부에노스아이레스는 물가가 비싸다. 특히 월세가 다른 물가에 비해 월등히 비싸다. 시 외곽 지역의 작은 아파트는 2억 원 미만이면 살수 있는데, 중심부 센뜨로의 월세는 보통 한 달에 150만 원을 넘는다. 가장 부자 동네인 레꼴레따 지역은 빈집도 거의 없을 뿐만 아니라 원베드룸은 월 200만 원 이상을 내야 한다.

부에노스아이레스에서 아파트를 구하는 방법은 두 가지다. 빈집을 렌트해주는 인터넷 사이트를 이용하거나, 아르헨티나 교민이나 지인을 통해 머물 집을 구하는 것이다. 인터넷 사이트로는 에어비앤비(www.airbnb.com)와 byt(www.bytargentina.com)가 대표적이다. 나도

2011년과 2012년에는 byt, 2017년에는 에어비앤비를 통해 아파트를 구했다. byt를 통해 아파트를 렌트할 때는 인터넷 사이트로 계약금을 지불한 후 현장에서 관계자가 입회한 가운데 보증금을 포함한 잔금을 지불한다. 에어비앤비는 사이트를 통해 전액 결제 후 이메일이나 SNS를 통해 집주인과 직접 만날 시간을 정하고 열쇠를 전달받는다. 우편함을 통해 열쇠를 받거나 전자식 잠금장치가 있는 경우 SNS로 비밀번호를 전달 받으면 끝이다. 주인과 얼굴을 마주치지 않고 모든 일이 진행되는 경우도 많다.

2017년 1월, 에세이사공항에서 택시를 타고 빨레르모 소호에 있는 아파트에 도착했을 때, 메이드가 아직 청소를 하고 있었다. 집 주인은 우리를 보고 미안한 표정을 지으며 30분 뒤에 오면 모든 게 준비되어 있을 것이라면서 아파트 열쇠를 주었다. 원래는 체크인이 오후 2시였는데 비행기가 일찍 도착해서 낮 12시 조금 전에 아파트에 도착한 것이다. 트렁크를 맡겨 놓고 카이와 나는 아파트 근처를 산책했다. 주변에 프리미엄 쇼핑몰이 있었다. 와이너리라는 와인 숍에 들어갔는데 내 닉네임과 똑같은 다다DADA라는 와인이 눈에 들어왔다. 서울에도 수입되는 아르헨티나 멘도사 지역의 와이너리에서 생산하는 와인인데, 다다라는 라벨 앞에 1, 2, 3이란 숫자가 적혀 있고 숫자에 따라 브랜딩이 차이가 있어서 맛이 다르다. 한국에는 1과 3만 수입되지만 숍에는 2도 있고 387이라는 정체모를 숫자가 적혀 있는 와인도 있었다. 각각 숫자 별로 한 병씩을 사서 아파트로 돌아갔더니 집은 이미 깨끗하게 치워져 있었다.

부에노스아이레스의 택시와 지하철, 버스

　　　　　　　　　서울도 마찬가지지만, 부에노스아이레스의 택시 기사들도 외국인들에게 결코 친절하지 않다. 부에노스아이레스에서 가장 안전한 택시는 '라디오 택시^{Radio Taxi}'다. 불법 택시도 많고 밤늦은 시간에 기사가 강도로 돌변하는 경우도 있으며, 목적지까지 우회해서 바가지 요금을 내게 하는 경우도 많다. 밀롱가가 끝나는 새벽 3시나 4시경에 택시를 타고 집으로 돌아올 때는, 기사들의 신분이 검증된 라디오 택시를 타는 게 좋다. 라디오 택시는 뉴욕 맨하탄에서 엘로우 택시를 타는 것처럼 안전하다. 새벽 시간에는 빈 택시를 발견하는 것도 어렵기 때문에 밀롱가 매니저에게 택시를 불러달라고 부탁하는 편이 더 빠르다.

　　부에노스아이레스는 남미 국가 중에서도 대중교통 인프라가 가장 잘 구축된 도시다. 동네 구석까지 버스가 다니기 때문에 지하철과 버스를 이용하면 어느 곳이든 갈 수 있다. 지하철보다 버스가 1.5배 비싸기 때문에 서민들은 지하철을 더 많이 이용한다. 한국과 조금 다른 점은 지하철이나 버스는 현금으로는 절대 이용할 수 없고 꼭 교통카드가 있어야만 한다는 것이다. 교통카드는 지하철 입구나 버스 정류장 근처의 가게에서 구입할 수 있다. 교통카드를 파는 곳은 파란색으로 수베SUBE라고 적혀 있기 때문에 쉽게 찾을 수 있다. 교통카드를 살 때는 보증금이 필요하며, 하나의 카드로 여러 명이 이용할 수 있다. 지하철이나 버스 정류장에 있는 충전소에서 금액을 충전해서 계속 사용도 가능하다.

더러운 지하철에 비해 버스는 상대적으로 깨끗하고 24시간 운행된다. 한 번 탈 때 6.5페소, 우리 돈으로 대략 650원이다. 주택가 간선도로까지 다니기 때문에 버스 노선과 시간을 알면 밤늦게까지 편리하게 이용할 수 있다. 보통 밀롱가 끝나면 새벽 3시에서 5시 사이인데 이 시간에는 버스 배차 시간은 뜸하고 지하철은 다니지 않기 때문에 택시를 타고 숙소까지 이동해야 한다. 거리에 따라 다르지만 최소 80페소 전후에서 150페소 넘게까지 택시비를 지출해야 한다. 1만 원에서 2만 원 사이인데 매일 밤 밀롱가를 다닌다고 생각하면 여행자들에게는 적지 않은 부담이다. 부에노스아이레스 버스 노선과 시간표는 시의 홈페이지에 접속하면 찾을 수 있다. 구글 앱에서 검색하는 것처럼 출발지와 목적지를 입력하면 운행하는 버스 번호들이 나온다. 각 정류장의 시간표도 있다.

그래서 부에노스아이레스에 익숙한 여행객이라면 버스를 이용한다. 버스는 배차 시간이 긴 것이 흠이지만 새벽에도 끊임없이 다닌다. 홈페이지에 접속해서 시간표를 출력해서 가지고 있으면 정류장에서 오래 기다리지 않고 수월하게 버스를 탈 수 있다. 더구나 매연과 냄새로 더러운 지하철에 비해 훨씬 쾌적하다. 여름철에는 에어컨도 없이 창문을 열고 지하로 달리는 지하철보다 에어컨이 나오는 쾌적한 버스가 좋다.

나는 라 보까나 산 뗄모에 갈 때는 버스를 이용했는데 편리하고 깨끗해서 좋았다. 더구나 환승이 불가능한 지하철과는 달리 환승도 가능하다. 그래서 최근에는 버스를 이용하는 사람이 늘어나고 있다. 예전에는 버스를 탈 때 꼭 동전으로 요금을 내야 했기 때문에 버스 정류장 주변의 마트에 들어가서 당장 필요도 없는 음료수나 식료품을 구입하는 경우가 많았다. 그래서 부에노스아이레스에서 버스를 타기 위해서는 반드시 동전을 미리 준비해야만 했다. 그런데 2017년 새롭게 변화된 시스템은 버스나 지하철이나 하나의 교통카드로 이용할 수 있었다. 수베라는 교통카드를 20페소에 사서 시내 곳곳에 있는 충전소에서 원하는 금액만큼 충전하면 편리하게 쓸 수 있었다.

그러나 중요한 약속이 있다면 역시 지하철을 이용해야 한다. 시간을 정확하게 지켜주기 때문이다. 1868년 영국 런던에서 세계 최초로 지하철이 건설된 이후 헝가리 부다페스트(1896년) 오스트리아 빈(1898년) 프랑스 파리(1900년) 미국 보스턴(1901년) 독일 베를린(1902년) 미국 뉴욕(1904년) 독일 함부르크(1906년) 등에 이어 남미에서는 최초로 1913년에 건설된 부에노스아이레스의 지하철은 하루 평균 약 150만 명이 이용할 정도로 시민들의 자긍심이 담겨 있다.

지하철은 지금도 부에노스아이레스의 가장 대중적인 교통수단이지만 차량 내부 벽에는 스티커 자국, 볼트 자국으로 여기저기 구멍이 숭숭 뚫려 있다. 차량은 낡고 냉·온방이 되지 않기 때문에 무더운 여름철에 지하 수십 미터의 캄캄한 공간 속을 창문 열어놓고 달린다. 지하철에서 넥타이 메고 정장 입은 사람을 본 기억이 별로 없다. 더구나 밤 10시 40분 전후로 막차가 일찍 끊긴다. 목적지까지의 거리가 멀거나 가깝거나 무조건 1.50페소, 즉 우리 돈으로 대략 500원 정도만 내면 탈 수 있다. A·B·C·D·E·H 모두 6개의 지하철 노선이 있는데 F와 G 라인은 현재 건설 중이다. A라인이 1913년에 착수되었고, 가장 이용객이 많은 레드라인 B라인은 1930년에 건설되었다. 기간이 길어 지하철 차량이 너무 낡은 게 흠이다. 지하철 차량 대부분은 중고 수입품이다. 주로 일본에서 폐기 처분될 지하철을 싼값으로 사온다. 그래서 부에노스아이레스시의 운행되고 있는 상당수의 지하철 차량 내부에는 일본어가 적혀 있는 경우가 많다.

어느 날 지하철 안에서 자세히 보니까 일본 한자로 나고야시 교통국이라고 쓰여 있고 그 밑에 일본어 안내 글이 보였다. 문을 열 때와 닫을 때 주의사항이라든가, 비상시에 유리문을 어떻게 깨고 어떻게 탈출해야 하는지 등이 쓰여 있었다. 그래서 차량 내부를 여기저기 자세히 살펴봤더니 일본어로 승무원실이라고 써진 작은 칸도 있었다.

그러나 1996년 일본에서 수입한 중고 지하철 차량은 지난 2016년에 일본으로 되돌아갔다. 빨간색을 기반으로 하얀 띠와 사인커브가 있는 디자인은 도쿄의 마루노우치선 등에서 운용되던 것이었는데, 양도 기간인 20년이 지나면서 고장이 빈발해지자 부에노스아이레스 시 정부가 스페인 마드리드시와 계약을 맺고 새로운 중고 지하철 차량을 수입하기로 결정했다고 발표한 이후, 일본에서 다시 사들인 것이다. 도쿄메트로에서는 부에노스아이레스에서 다시 들여오는 지하철 차체를 보수한 후 철도 기술 발전을 위한 훈련 교육과 각종 이벤트에 사용할 예정이라고 발표했다.

또 하나의 부에노스아이레스 명물은 나무로 만든 지하철이었다. 나도 직접 타보기 전까지는 믿을 수 없었는데, 진짜 차량 대부분이 나무로 되어 있었다. 지하철을 타고 내릴 때 수동으로 열고 닫아야 하는 출입문부터, 의자와 창문, 내부와 외부의 벽까지 모두 나무였다. 지하철이 도착하면 문이 스르르 열리는 자동문인 줄 알고 기다리는 사람들이 있는데 아무리 오래 기다려도 문은 열리지 않는다. 오래 전에 만들어졌기 때문에 문은 수동이다. 승객이 직접 손으로 힘껏 열어야 한다. 나무의자는 가죽만큼은 아니어도 푹신할 정도로 승차감이 좋았다. 1913년 지하철 개통될 때부터 운행되었다는 나무로 만든 지하철은 최근까지 95량이 운행되면서 부에노스아이레스를 방문하는 관광객의 필수 코스로 상품화되었는데, 아쉽게도 지난 2014년에 폐차되었다. 나무이기 때문에 화재에 취약했고, 충격 흡수에도 문제가 있었으며 고장이 잦아서 24만 킬로미터를 달린 뒤에는 전체를 완전히 분해해서 다시 조립해야 했기 때문에 유지비용이 지나치게 많이 들어갔다는 것이다. 부품도 오래전에 생산이 중단되었기 때문에 교체할 부품이 생기면 수작업으로 공예품 만들듯이 제작해야 했다고 한다.

부에노스아이레스 지하철역 중에서 가장 복잡한 역은 '누에베 데 홀리오⁹ ᵈᵉ ʲᵘˡⁱᵒ' 혹은 '디아고날 노르떼Diagonal norte'역이다. 환승역은 노선에 따라 이름이 달라진다. 우리는 충무로 3호선, 4호선 이렇게 이야기하지만, 환승역일 경우에는 같은 장소라고 해도 레드라인 플랫폼에서는 누에베 데 홀리오, 그린라인 플랫폼에서는 디아고날 노르떼라고 부른다.

2012년 3월, 부에노스아이레스를 떠나기 며칠 전 지하철역의 중심지인 누에베 데 홀리오 플랫폼에 서 있을 때였다. 누에베 데 홀리오 역은 서울의 지하철역과 비교하자면 종로 3가역처럼 몇 개의 노선이 겹쳐지는 환승역이어서 항상 많은 사람이 쉬지 않고 움직이는 가장 번잡한 역 중 하나다. 플랫폼에서 지하철을 기다리고 있었는데 차량이 들어오는 순간, 어떤 남자가 선로 아래로 몸을 던졌다. 분명히 실족은 아니었고 의도된 자살 시도였다. 플랫폼에서 지하철을 기다리던 사람들 전체가 비명을 질렀다. 어떤 사람들은 지하철 차량 기사에게 손짓하며 멈추라고 신호를 보냈다. 다행히도 지하철이 천천히 들어오고 있어서 급정거하며 사고는 아슬아슬하게 막을 수 있었지만, 그 광경을 목격하고 나는 상당히 충격을 받았다. 정말 심장이 벌렁거렸다. 플랫폼에 서 있던 어떤 중년 여성은 너무 놀라서 손을 부르르 떨며 울기도 했다.

2012년에 부에노스아이레스에 갔을 때는 두 번이나 소매치기를 만났다. 두 번 모두 지하철 안에서였다. 부에노스아이레스의 지하철은 민영화되어 있어서 오히려 더럽다. 40도를 오르내리는 한여름에도 창문을 열고 달린다. 계단에서는 오줌 냄새와 쓰레기 냄새로 코를 막아야만 한다. 플랫폼 의자에는 바퀴벌레가 기어 다닌다. 특히 B라인이 그렇다. 그러나 버스는 대부분 에어컨이 설치되어 있고 깨끗하다. 요금도 싸다. 우리는 가능하면 버스를 이용하려고 하지만, 차가 막히면 시간이 오래 걸려서 급하게 이동해야 할 때는 지하철을 타지 않을 수 없었다.

금요일 오후, 부에노스아이레스 중심에 있는 오벨리스꼬 부근의 지하철역인 펠리그리니로 가는 지하철 안에서였다. 우리는 펠리그리니에서 디아그날 노르떼로 갈아탈 생각이었다. 시내 한복판에 도시의 상징탑인 오벨리스꼬가 있고, 그 지하에서 여러 노선이 엇갈린다.

지하철 문 앞에 카이가 서 있고 나는 그 뒤에 서 있었다. 건장한 체격의 남자 한 명이 문을 바라보며 카이 옆으로 다가왔다. 다른 또 한 명의 건장한 남자가 그 뒤, 그러니까 내 옆에 섰다. 내 뒤로는 뚱뚱한 체격의 여자가 다가왔다. 그리고 그 사이드, 즉 카이의 뒤에서 한 남자가 나를 툭 건드리더니 뭐라고 말을 한다.

그러니까 지하철 안에서 네 명의 남녀가 카이와 나를 포위하고 있는 모양새가 됐다. 내가 옆에서 말을 건 남자를 바라보자, 내 뒤에 서 있던 여자가 뭐라고 대답한다. 내가 고개를 돌려 그들을 바라보는 순간, 카이의 왼쪽 옆에 서 있던 남자의 손이 카이가 들고 있던 가방 안으로 빠르게 들어가고 있었다. 그 남자의 손목에는 검은 카디건이 걸쳐져 있어서 손이 가려져 있었지만, 나는 카디건 밑에서 그 남자의 손이 카이의 가방 안으로 들어가는 걸 보았다.

그러나 카이의 가방은 네오땅고 신발주머니였고 그 안에 들어있는 것은 땀이 밴 땅고화뿐이었다. 버스 탈 때 쓰는 동전지갑도 가져오지 않았다. 네 명의 남녀가 우리를 에워쌀 때부터 나는 직감적으로 이들이 소매치기 일당임을 눈치 챘다. 몸을 얼른 뒤로 빼면서 카이에게 내리라고 소리쳤다.

그 순간 지하철이 역에 도착하고 문이 열렸다. 우리가 먼저 내렸고, 소매치기 일당들도 내리는 척 문 앞에서 우리를 에워싸고 있었기 때문에 우리를 따라 같이 내릴 수밖에 없었다. 그러나 그들은 출구 쪽에 있는 에스컬레이터를 향하지 않고 플랫폼에 그대로 모여 있었다. 카이도 그 사람의 손이 자기 가방 속으로 들어오는 것을 눈치 채고 몸을 뺐다고 했다. 소매치기 일당은 4인조였다. 두 명이 바람잡이, 한 명은 직접 돈을 훔치는 기술자이며 다른 한 명은 전체 행동을 지휘하는 보스였다.

그 사건을 겪은 후 우리는 다시는 지하철을 타지 말자고 했다. 그런데 다음 날에도 늦게 일어나서 땅고 수업을 듣기 위해서는 어쩔 수 없이 지하철을 또 타야만 했다. 카이는 지하철을 탈 때마다 덥고, 더럽고, 냄새난다고 불평을 했다. 우리가 플랫폼에 서서 기다리고 있다가 지하철이 도착해서 타는 순간, 내 앞으로 두 명이 섰고, 뒤로 두 명이 섰다. 나는 배낭을 메고 있었다. 그 배낭 안에는 땅고화와 카메라와 휴대폰과 돈이 들어 있었다. 느낌이 이상했다. 앞에 서 있던 녀석이 나보고 먼저 타라고 손짓한다. 나는 등에 와 닿는 어떤 불순한 느낌을 눈치 채고 얼른 몸을 뒤로 뺐다. 그 순간 배낭에 닿던 녀석의 다른 손이 뒤로 사라졌다. 그 녀석의 손목에도 은폐용 카디건이 걸쳐져 있었다.

나는 카이에게 다른 칸으로 타자고 말했다. 배낭을 보니 이미 지퍼가 한 뼘 정도 열려 있었다. 물건을 훔치려는 찰나, 내가 눈치 챈 것이다. 플랫폼을 걸어가면서 지하철 안에 앉아 있는, 어제와는 또 다른 소매치기 일당 네 명의 얼굴을 뚫어지게 바라봤다. 그러자 그중 지휘자로 보이는 녀석의 눈이 나와 마주쳤다. 그런데 그는 오히려 싱긋 웃더니 잘 가라고 고개까지 앞으로 빼서 손을 흔든다. "너, 오늘 운 좋아서 소매치기 안 당한거야"라고 말하는 눈빛이었다. 그리고 서서히 지하철이 출발했다. 전날에는 씨름 선수처럼 체격이 큰 사람들로 멤버가 구성된 혼성팀이었는데, 이번에는 네 명 모두 남자였고, 그들은 선글라스를 끼고 관광객 행세를 하고 있었다.

소매치기들의 천국, 플로리다거리

부에노스아이레스에서 가장 활력이 넘치는 곳이 플로리다거리다. 산 마르틴광장에서 5월대로까지 보행자 전용이기 때문에 언제나 관광객들로 넘쳐난다. 부에노스아이레스 최고의 번화가 중 하나인 플로디다거리의 레스토랑, 부티크, 카페, 갤러리, 서점 등 600개가 넘는 숍은 유럽에서 유행하는 최신 패션이나 아르헨티나 특산물인 고급 가죽제품을 판매한다. 골목 앞에서는 어린 소년들이 "깜비오"를 외친다. 달러를 페소로 교환하라는 뜻이다. 소년들을 따라 골목으로 들어가면 은행의 공식 환율보다 훨씬 좋은 금액으로 달러를 교환하는 불법 환전소가 널려 있다. 아르헨티나 경제가 어려워지면서 페소가 힘을 잃은 지 오래다. 부에노스아이레스 사람들도 페소보다는 달러를 훨씬 더 좋아한다. 매년 조금씩 아르헨티나 경제가 좋아지고는 있지만 풍요로웠던 땅고의 황금시대만큼 좋아지지 않을 것은 분명하다.

오후가 되면 길거리에 땅고 댄서가 등장한다. 대부분 나이 든 중년의 남자와 젊고 육감적인 여자 커플이다. 망사 스타킹을 신고 하체를 거의 드러낸 글래머 땅게라는 매혹적이라는 표현을 넘어 뇌쇄적인 포즈로 땅고를 춘다. 관광객이 대부분을 차지한 관중들이 둥그렇게 그들을 에워싸면, 2박자의 빠른 템포로 밀롱가를 추다가 4박자의 애잔한 땅고를 추기도 하고 뿌글리에쎄 음악을 배경으로 드라마틱한 땅고를 공연하기도 한다. 관객들의 환호성과 박수갈채가 구름까지 올라갈 무렵, 나이 든 남자가 모자를 들고 관중들 사이를 돌아다닌다.

길거리 땅고 댄서들과 같이 사진 찍기를 원한다면 최소 1달러 이상, 5달러 정도를 모자에 넣어야 한다. 그러면 댄서들과 함께 온갖 포즈를 시도하며 멋진 사진을 찍을 수 있다. 때로는 열 살이 채 안 되어 보이는 어린 댄서들이 등장하기도 하는데, 인기 폭발이다. 관광객들의 눈요기로 전락하며 상품화되어가는 땅고를 보면 안타깝고, 땅고를 추며 밥벌이를 하는 거리의 댄서들을 보면 어떤 사연이 있는지 모르지만 마음 한쪽이 짠해진다. 길거리 땅고 댄서들은 플로리다거리와 라 보까의 레스토랑 앞, 그리고 산 뗄모광장에서 영업한다. 그곳은 그들 생계가 달려있는 밥벌이의 현장이다. 관광객을 위해 가장 상품화된 땅고는 호객 행위를 하는 라 보까의 레스토랑 입구이겠지만, 플로디다거리의 댄서들은 노상에 자리를 잡고 땅고를 춘다. 산 뗄모광장에서는 오히려 뮤지션들이 버스킹하는 것처럼, 프로 댄서가 되기를 원하는 사람들이 관객들 앞에서 땅고를 추는 경우도 있다.

플로리다거리는 소매치기 천국이고 위험한 거리다. 관광객들이 집결하는 곳이다 보니까 그들을 노리는 검은 손길이 많다. 두 번째 부에노스아이레스에 갔을 때인 2010년에는 도착한 다음 날 그곳에서 휴대 전화를 잃어버렸다. 아니다. 날치기당했다. 그것도 서울을 떠나기 직전에 구입한 최신 휴대 전화였다.

나는 다운타운 핵심 번화가인 꼬리엔떼스대로에서 플로디다거리로 가기 위해 횡단보도 맨 앞에 서 있었다. 빨간불이어서 신호를 기다리는 동안 휴대 전화를 꺼내 문자를 보내고 있었다. 그런데 갑자기 내 휴대 전화가 서서히 공중으로 떠오르는 것이었다. 마치 슬로우 비디오 화면처럼 휴대 전화가 허공으로 사라지고 있었다. "어어어?" 하면서 바라보았더니 얼굴 전체를 헬멧으로 가린 남자가 오토바이 뒷자리에 거꾸로 앉아서 내 휴대 전화를 낚아채고 있었다. 2인조 오토바이 소매치기였다. 운전자는 핸들을 잡고 앞을 보고 있고, 뒷자리에 앉은 남자는 운전자와 등을 지고 앉아 한 손으로는 걸터앉은 안장 받침대를 굳건하게 잡았는데, 허공으로 올라가는 다른 손에는 내 휴대 전화가 들려 있었다. 두 사람 모두 얼굴 전체를 헬멧으로 푹 가려서 목덜미만 겨우 보였고 오토바이에는 번호판도 없었다. 쫓아갈 틈도 없이 순식간에 그들은 내 눈앞에서 사라져버렸다. 나는 제대로 소리칠 틈도 없었다. 횡단보도 주변에 서 있던 다른 사람들도 힐끗 나를 바라보더니 무심하게 각자 갈 길을 갔다. 나에게는 충격적인 사건이었지만, 그들에게는 너무나 흔한 일이었던 것이다.

오토바이가 사라진 후 나는 그 자리에 얼어붙어 무슨 일이 일어났는지 뒤늦게 깨닫고 있었다. 자동 로밍을 해서 한국과 긴급하게 연락할 수 있는 내 휴대 전화가 사라진 것이다. 내가 일하고 있던 방송국이나 원고를 쓰던 잡지사, 그리고 서울을 떠나기 전 스케줄을 확정한 각종 강연회의 주최측과 연락해야 할 상황이 있었기 때문에 너무나 난감했다. 지금은 와이파이가 되는 곳도 늘어났고 한국에 비하면 형편없이 느린 인터넷도 할 수 있지만, 2010년에는 와이파이가 되는 곳을 찾기는 하늘의 별을 따는 것보다 힘들었고, 인터넷도 연결하려면 너무나 힘든 과정을 겪어야만 했다. 그래서 휴대 전화가 없다면 여러 가지 힘든 상황이 닥칠 수 있는 것이다.

아아 부에노스아이레스. 좋은 공기는 무슨! 여기 올 때마다 가장 신경이 예민해지는 것 중의 하나가 소매치기를 만날 때다. 온 신경이 피아노선처럼 팽팽하게 곤두선다. 그래도 이제는 이 도시의 소매치기들 생리에 어느 정도 익숙해졌다.

가장 참을 수 없는 것은 따로 있다. 쓰레기다. 부유촌인 레꼴레따 거리는 전혀 다른 도시처럼 깨끗하다. 유럽의 가장 아름다운 지역과 비슷하다. 그런데 도시 한복판 센뜨로 지역은 쓰레기로 넘쳐난다. 사람들은 밤이면 검은 쓰레기 봉지를 길가에 내놓는다. 쓰레기 봉지를 길고양이들보다 먼저 파헤치는 범인은 홈리스들이다. 그들은 봉지를 일일이 파헤쳐 돈이 될 만한 것들을 주워간다. 문제는 파헤치는 수준이 완전히 난장판이라는 데 있다. 그래서 한밤중에 센뜨로 지역의 거리를 걸을 때는 난장판으로 널린 쓰레기를 피해 다녀야만 했다.

시에스따,
신들의 휴식 시간

부에노스아이레스에 도착하면 2~3일 정도는 시차 적응 때문에 힘들다. 한국과는 낮과 밤이 완전히 반대이기 때문이다. 시차 적응을 쉽게 하기 위해서는 비행기 안에서 계속 잠자는 수밖에 없다. 그러나 비행기를 타면 기내에서만 서비스되는 최신 영화도 보고 싶고, 중간 중간 나오는 식사와 간식 때문에 마음을 놓고 잘 수 없다. 부에노스아이레스에 도착해서는 해가 떠 있는 동안 자고, 어스름해지면 일어나서 활동하는 박쥐 생활을 해야 한다.

밀롱가가 문을 여는 시간은 대부분 밤 10시다. 그러나 사람들이 들어차는 시간은 밤 12시 전후다. 밀롱가마다 다르기는 하지만 피크 타임은 대부분 새벽 1시다. 처음에는 이해할 수가 없었다. 관광객들이야 그렇다 쳐도, 주말도 아니고 평일 새벽 3시나 4시에 밀롱가를 끝내고 돌아가는 부에노스아이레스 사람들이 신기했다. 여기서 땅고 추는 사람들은 전부 백수인가, 아니면 전부 직업 댄서인가. 내일 아침에 아무도 출근하지 않는지 의문이 들었다. 그런데 이 의문을 해소시켜 준 것은 엉뚱하게도 시에스따였다. 매일 오후 1시경부터 3시경까지 시에스따, 즉 낮잠 자는 시간이 있는 것이다.

사실 시에스따는 최근 남미에서 점차 사라지고 있다. 그래도 점심 먹고 난 뒤인 오후 1시부터 3시까지 자는 뿌리 깊은 풍습은 쉽게 사라지지 않을 것이다. 지역에 따라 시에스따 시간은 조금씩 다른데, 부에노스아이레스 이외의 지역에서는 대부분 1시부터 5시 사이에 시에스따를 갖는다. 그러나 시에스따가 일정한 것은 아니다. 개인이 운영하는 자영업소의 시에스따는 가게마다 다르고, 또 그때그때 다르다. 꼭 해야 할 일이 있으면 오전 12시 전에 하거나 오후 5시 이후에 하는 게 좋다. 브에노스아이레스에서는 저녁 식사 시간이 대부분 저녁 9시에서 11시 사이이다. 레스토랑의 마지막 오더가 밤 11시라고 생각하면 된다.

땅고를 추는 부에노스아이레스의 직장인들은 대부분 저녁 8시쯤 퇴근해서 집에 갔다가 저녁 먹고 샤워하고 밀롱가에 나오면 밤 11시나 12시가 된다. 그때부터 새벽 3시까지 춤추고 노는 것이다. 집에 들어가면 새벽 4시 전후가 된다. 아침 9시에 일어나서 잠깐 일하다가 다시 오후에 낮잠을 잔다. 그리고 오후 5시쯤부터 8시까지 일하고 퇴근한다.

처음에는 시에스따가 있다는 풍습을 모르고 오후 시간에 레스토랑이나 땅고 숍에 갔다가 당황한 적도 있었다. 시에스따는 라틴어 섹스타에서 유래했다고 한다. 여섯 시간이란 뜻인데, 스페인어로도 숫자 6은 세이스^{Seis}로 발음된다. 고대 국가의 시간 개념에서 여섯 번째 시간은 정오부터 오후 3시까지다. 우리나라에서도 24시를 12조각으로 분류해서 자축인묘 진사오미 신유술해, 여기에 시를 붙여 구분했다. 비슷하게 생각하면 된다. 유럽이나 북미에서 온 사람들은 남미 지역의 시에스따를 게으름의 극치, 시간의 낭비라고 비난하기도 한다.

2월이나 3월의 부에노스아이레스의 오후는 정말 덥다. 저절로 눈꺼풀이 내려가기 마련이다. 문화는 그곳에 살고 있는 사람들의 삶을 토대로 해서 발현되는 것이다. 땅고가 그랬던 것처럼 시에스따 역시 남미 특유의 더운 날씨에서 비롯된 문화라고 이해하면 좋을 것 같다. 파티를 즐기는 사람들은 낮에 한두 시간 자는 것이 생체리듬에도, 건강에도 좋다. 밤에 문을 여는 밀롱가에 가기 위해서는 시에스따가 필수적이다.

소통의 마떼 차

이뇨 작용을 돕고 식욕을 억제하며 칼로리
가 낮아 다이어트에 효과가 있는 음료라고 알려지면서 젊은 한국 여
성들도 즐겨 마시기 시작한 마떼 차. 아르헨티나 사람들은 남녀노소
불문하고 하루에도 수십 잔의 마떼 차를 마신다. 밀롱가에서 땅고를
출 때도 테이블 위에는 마떼 차가 놓여 있다. 1년에 1인당 소비하는
마떼 차의 양이 5킬로그램 정도이며, 커피 소비량의 네 배에 이를 정
도로 마떼 차를 즐겨 마신다.

그러나 만약 당신이 부에노스아이레스의 레스토랑에 들어가서 마
떼 차를 주문하려고 메뉴를 아무리 살펴봐도 찾을 수 없을 것이다.
뽀르떼뇨에게 그것은 너무나 일상적인 음료이기 때문에 메뉴판에 들
어 있지 않다. 조그마한 통에 마떼 잎을 넣고 물을 부어 마시는 마떼

차는 단순히 음료의 일종이 아니다. 그것은 사회적 관계를 상징하는 소통의 차다. 하나의 마떼 통과 빨대로 모든 사람들이 돌아가면서 함께 마신다. 한 사람이 빨아 마신 뒤 더운 물을 부어 다음 사람에게 주는데, 빨대를 공유하기 때문에 비위생적이라 생각할 수도 있다. B형 간염 예방을 위해서라면 같이 쓰는 게 좋지 않지만, 적어도 뽀르떼뇨는 그런 걱정을 하지 않는다. 그것보다 사회적·심리적인 측면에서 마떼 차를 함께 마시면서 동질감과 우의를 느낄 수 있는 게 더 중요하다.

아르헨티나와 파라과이, 우루과이, 브라질 남부에서 즐겨 마시는 마떼 차는 남위 10도에서 30도 사이의 고산지대에서 자라는 마떼나무의 건조한 잎과 줄기를 잘게 부숴 만든 것이다. 마떼나무는 연간 1500밀리 이상의 강수량이 필요한 고온·고습의 아열대 식물이다. 완전히 성장하는 데는 약 25년이 걸리고 최고 15미터 높이까지 자란다. 마떼 차는 연간 30만 톤 정도 생산된다.

아르헨티나에서는 손님이 오면 제일 먼저 마떼 차를 내놓는다. 소뿔을 잘라 밑동을 막아서 만든 호리병 모양의 통, 마띠Mathi에 마떼를 꾹꾹 눌러 절반 정도 넣고 커다란 보온병에 들어있는 뜨거운 물을 붓는다. 작은 호박이라는 뜻의 마띠는 원래 케추아 인디언의 언어다. 마떼가 물을 흡수하면 다시 뜨거운 물을 보충해서 붓고 봄비야Bombilla라고 불리는 작은 금속 빨대를 입에 물고 마떼 차를 들이마신다. 각자 기호에 따라 노란 설탕을 넣거나 민트 같은 허브 잎을 첨가하기도 한다. 아이들에게는 뜨거운 물 대신 뜨거운 우유를 넣어서 주기도 한다.

사람이 다섯 명이어도 마떼 통은 하나면 된다. 통을 돌리면서 조금 전 다른 사람이 입에 문 봄비야를 다시 물고 마떼 차를 마신다. 위생적으로는 분명히 끔찍하지만, 아르헨티나 사람들은 마떼 차를 나눠 마시면서 강력한 유대감을 느낀다. 우리는 친구, 우리는 동지라는 인식이 마떼 차를 하나의 찻잔, 하나의 빨대로 함께하는 것이다. 손님에게 마떼 통을 공유한다는 것은 그 사람을 친구로 받아들인다는 뜻이다. 마떼 차를 마시는 시간은 명상의 시간이고 공동체의 일원임을 확인하는 순간이며, 결속력과 우정을 확인하는 시간이다.

마떼는 정확하게 보자면 녹차 같은 차가 아니다. 채소 재배가 힘든 안데스산맥의 고산지대 원주민들에게는 마시는 샐러드라고 불릴 정도로 중요한 영양공급원이다. 칼슘과 마그네슘의 함유량이 많고 특히 철분이 풍부해서 빈혈에 좋다. 안데스산맥에서 자생하는 차나무의 사촌쯤 되는 세르바 마떼Yerba Mate의 건조한 잎과 어린 줄기를 말려서 잘게 부숴 뜨거운 물을 넣어 마시면 마떼, 얼음물을 넣으면 떼레레가 된다. 떼레레는 남미에서도 오직 파라과이 사람들만 마신다.

마떼 차에는 일반 차의 1.5배, 커피의 절반 정도 해당되는 카페인이 들어 있어서 신진대사를 원활하게 하기 때문에 다이어트 차로 불린다. 마떼에 들어 있는 크산틴이라는 성분은 중추신경계를 자극하며 심장혈관을 활성화시켜서 인체에 활력을 준다. 마떼 차는 기본적으로 자극성 음료이며, 피로를 풀어주고 정신적·육체적 활동을 자극하기 때문에 땅고를 출 때도 마시기 좋은 음료다.

낄메스 맥주

나는 맥주를 마시지 않는다. 와인 마니아다. 그런데 아르헨티나의 대표 맥주 낄메스는 예외다. 낄메스 맥주는 스타우트, 크리스탈, 레드 등 네 종류가 있는데 낄메스 스타우트에 나는 '완전 꽂혔다'. 내가 벌컥벌컥 맥주를 들이마시자 카이는 신기해했다. 여기 슈퍼에서는 1리터짜리 낄메스 맥주를 사면 병값으로 3페소를 더 받는다. 맥주를 사러 슈퍼에 갈 때 배낭 속에 다 마신 맥주 빈병을 가지고 가서 돌려주면, 낄메스를 살 때 병값을 따로 지불하지 않고 맥주 가격만큼만 내면 된다. 1리터 낄메스 크리스탈이 6.7페소 정도, 낄메스 레드가 9페소 정도 한다.

카이는 자기 전에 매일 낄메스 한 병을 마시거나 와인 한 병을 비운다. 나도 옆에서 같이 마시거나 마시는 척한다. 온종일 땀 흘리며

아르헨티나의 대표 맥주인 낄메스는 아르헨티나 원주민 중에서
가장 용맹했던 부족의 이름에서 가져온 것이다.
그들은 해발 4,000미터의 고원지대 높은 산을 중심으로
전성기 시절에는 5만 6,000명이 모여 살았다고 한다.
15세기경 스페인 정복자들과 맞서 무려 130여 년을 버티다가 끝내 함락되었다.

땅고를 추고 집에 돌아오면, 냉장고 속의 맥주가 그렇게 시원할 수 없다.

아르헨티나 사람들에게는 맥주 상표로 낯익은 단어지만, 원래 낄메스는 아르헨티나 북부 지역에 살던 용맹한 부족의 이름이다. 나는 2009년 아르헨티나 북부 살타 지역을 여행하다가 우연히 고대 낄메스 부족의 거주지에 간 적이 있다. 그곳은 마치 사라진 잉카제국처럼 장엄한 고대도시였다. 부에노스아이레스에서 비행기를 타고 살타로 이동하면 간단하겠지만, 같이 갔던 EBS의 「세계테마기행」 팀은 차를 렌트해서 비포장도로를 지나 해발 수천 미터의 험준한 안데스산맥을 넘었다. 중간에 차가 고장이 나서 주저앉았다가 겨우 시동을 다시 걸고 출발하기도 했다. 지금 생각하면 어떻게 그 험한 길을 지나왔을까 의심이 들 정도로 힘든 일정이었다. 그러나 가는 길은 아름다웠다. 기묘한 기암괴석들이 지천으로 널려 있었다. 자연 풍광들은 너무나 특이했다. '악마의 목구멍'을 조금 지나면 '원형극장'이라는 곳이 등장한다. 입구의 좁은 통로를 지나 안으로 들어가면 로마 시대의 원형극장처럼 넓은 공간이 나온다. 안데스산맥의 줄기인 이곳에는 안데스 인디오들이 물건을 팔고, 음악을 연주하고 있었다.

그리고 낄메스 유적지를 방문했다. 해발 4,000미터의 고원지대 높은 산을 중심으로 전성기 시절에는 주변에 5만 6,000명이 모여 살았다고 한다. 안내를 맡은 낄메스족의 후예 리까르도 씨는 10만 명 정도라고 말했지만 아르헨티나 정부 책자에는 그렇게 적혀 있었다. 아르헨티나 정부에서 낄메스족을 애써 외면하는 이유가 있다. 낄메스족은 1,000년 전부터 이 산에 터를 잡고 살고 있었는데 15세기 스페인 정복자들과 맞서 무려 130여 년을 버티며 전쟁하다가 끝내 함락되었다. 아르헨티나 교과서에도 낄메스족은 사납고 용맹하다고 적혀 있다. 사진이나 동영상으로 보는 것보다 실제로 현장에 가서 보면 그 규모의 거대함에 훨씬 더 놀라게 된다.

2017년 라 보까의 까미니또거리에 갔을 때, 야외 레스토랑에 테이블에 앉아서 카이와 나는 낄메스 맥주를 마셨다. 한 병을 거의 다 마셨을 때, 바람이 강하게 불었다. 야외 테이블 주위에 쳐놓았던 그늘막이 흔들리면서 우리 테이블 위의 맥주병을 흔들자 술이 바닥만 남서 가벼운 맥주병은 쓰러져 깨져버렸다. 그러자 주인은 미안하다면서 서비스로 다시 한 병을 더 가져다줬다. 우리는 신나게 마셨다. 그리고 집으로 돌아와 뻗어버렸다.

다시 일어나니 밤 9시. 피곤하지만 정신을 차린 뒤 샤워를 하고 밀롱가로 갔다. 라 비루따에서 개최되는 미스테리오땅고페스티벌 페어웰 파티에 참석해서 춤을 추고 새벽 3시에 택시를 타고 집으로 돌아왔다. 부에노스아이레스는 일방통행이 많다. 택시가 일부러 우회해서 빙빙 돌아가는 경우도 자주 있다. 우리를 싣고 심야의 택시 기사는 일반통행 길을 전력 질주했다. 나는 눈을 부릅뜨고 우회하는지 길을 바라봤다. 낄메스 맥주를 많이 마셔서인지 졸음이 왔다. 백밀러로 뒷자리에 앉은 나를 바라보는 택시기사의 눈과 마주쳤다. 내가 잠들면 그는 아마도 시내를 몇 바퀴 빙빙 돌 것이다. 나는 다시 눈을 부릅떴다.

아르헨티나의
소고기 바비큐, 아사도

아르헨티나는 소들의 천국이다. 지금도 소가 사람보다 많다. 아르헨티나 인구는 약 4,500만 명인데 소는 6,000만 두나 된다. 1인당 소고기 소비량이 전 세계에서 1위였던 기록도 갖고 있다. 소의 갈비뼈 부위에 쇠꼬챙이를 끼워 장작불 밑에 세우고 천천히 익히는 바비큐 요리 아사도^Asado^ 는 아르헨티나의 대표적인 음식이다. 말을 타고 며칠을 달려도 인적 하나 없이 펼쳐진 끝없는 평원, 그 넓은 빰빠스에서 유목 생활하며 소를 키우던 가우초 집단은 근대화 정책 때문에 19세기 말 거의 사라졌다.

땅고가 처음 시작되었던 라 보까항구 주변에도 도살장과 피혁공장이 많았다. 지금도 아르헨티나 사람들은 소고기야말로 아르헨티나산이 최고라고 생각한다. 그만큼 육질이 좋다. 소와 관련된 모든 게 최

땅고가 처음 시작되었던 라 보까항구 주변에도 도살장과 피혁공장이 많았다.
지금도 아르헨티나 사람들은 소고기야말로 아르헨티나산이 최고라고 생각한다.
가죽, 우유, 요구르트, 아이스크림 등 소와 관련된 모든 것의 품질도 최고다.

고의 품질을 갖고 있다. 소고기 바비큐 아사도는 물론이고, 우유, 요구르트, 아이스크림, 그리고 가죽 가방 등의 품질은 아주 뛰어나다. 땅고 발생기에 라 보까항구에서 유럽을 오가던 무역선의 냉동 창고에는 고기가 실려 있었고, 화물칸에는 가공된 고급 가죽 제품이 실려 있었다. 소고기와 가죽 제품은 지금도 아르헨티나 수출 품목에서도 앞자리를 차지하고 있다. 만약 당신이 아르헨티나에서 물건을 딱 하나만 구입해야 한다면, 무조건 가죽으로 된 가방을 선택하라. 땅고를 추는 사람이라면 땅고화나 땅고 드레스, 엔리께 깜뽀스^{Enrique Campos}가 노래한 뜨로일로 오르께스따의 CD 등을 선택하겠지만.

세계에서 가장 아름다운 서점,
엘 아테네오

부에노스아이레스 거리를 걷다 보면 여기저기서 수많은 서점과 마주친다. 부에노스아이레스 시민들이 부러운 점 중 하나는, 그들이 세계 어느 도시의 시민들보다도 많은 책을 읽는다는 것이다. 인터넷 서점과 대형서점 몇 개, 그리고 동네서점들은 상권이 거의 죽어 흔적도 찾기 힘든 서울을 생각해보면, 세계 주요 도시 중에서 인구 대비 서점 수가 가장 많은 도시인 부에노스아이레스는 글을 쓰는 사람에게는 정말 부러운 도시다. 현재 700여 개가 넘는 서점이 시내에서 영업하고 있고, 그중에는 대형서점도 상당수 있다.

그 많은 서점 중에서도 가장 유명한 서점이 엘 아테네오다. 지하철 까샤오역 근처에 있는 산타페애비뉴 1860번지에 위치한 이 서점은

엘 아테네오는, 오페라 극장 당시의 실내를 그대로 유지한 인테리어와 그곳에 진열된
서가들로 세계 어느 곳에서도 볼 수 없는 장엄한 서점의 위용을 갖추고 있다.
오페라 공연을 관람하던 높은 천장의 아름다운 그림도 그대로 있으며,
중앙 공간에는 수많은 서가가 진열되어 있다.

원래 1919년에 오페라 하우스로 건축된 건물이다. 1929년부터는 극장으로 사용되다가 2000년부터는 한 기업이 리스해서 전면 개보수를 한 후 현재 서점으로 운영하고 있다.

엘 아테네오는 오페라 극장으로 사용할 당시의 실내를 그대로 유지한 인테리어와 그곳에 진열된 서가들로 세계 어느 곳에서도 볼 수 없는 장엄한 서점의 위용을 갖추고 있다. 오페라 공연을 관람하던 높은 천장의 아름다운 그림도 그대로 있으며, 중앙 공간에는 수많은 서가가 진열되어 있다. 곡선 형태의 다른 3개의 벽에는 책과 CD, DVD 등이 3층 높이로 빼곡하게 채워져 있다.

나는 시미즈 레이나가 쓴 『세상에서 가장 아름다운 서점』이라는 책을 읽으면서 엘 아테네오에 대한 정보를 처음 접했다. 지하 1층 지상 3층 규모인데, 영국의 BBC 방송은 부에노스아이레스의 엘 아테네오 서점을 세계에서 가장 아름다운 서점 2위에 올려놓았지만(1위는 성당을 개조해서 만든 네덜란드의 셀레시즈Selexyz 서점이다) 많은 여행객은 엘 아테네오 서점을 세계 최고의 아름다운 서점으로 꼽는다. 관광객들이 서점의 2층이나 3층에서 찍어 인터넷에 포스팅한 사진만을 보면 규모가 매우 거대할 것 같지만, 실제로는 생각보다는 아담했고, 무엇보다 아름다웠다. 매년 100만 명이 방문하며 70만 권의 책이 팔린다고 한다. 높은 천정에서부터 진홍빛 커튼이 양 옆으로 드리워진 오페라 극장 당시의 중앙 무대는 현재는 카페로 운영 중이다.

지하 공간에는 땅고를 비롯해서 다양한 영화들의 비디오와 수많은 CD 등이 진열되어 있고 어린이를 위한 아동 도서도 진열되어 있다. 카이와 나는 지하까지 모두 살펴본 뒤 카페에 가서 커피를 마셨다. 오페라 극장으로 사용할 때는 무대였던 카페 자리에 앉아 서점 쪽을 바라보면, 입구에서 보이는 것과는 또 다른 아름다운 풍경이 펼쳐진다.

카페 또르또니

포스트 모더니즘의 비조로 꼽히는 작가 보르헤스의 흔적을 더듬으려면, 그리고 가르델이 늘 손에 들고 있던 궐련 향기를 맡으려면, 카페 또르또니에 가면 된다. 카페 또르또니를 단순하게 카페라고만 부를 수 있을까. 그곳은 과거의 전통과 미래의 문화를 연결하는 하나의 통로다. 아르헨티나의 거의 모든 역대 대통령들, 엘리자베스 2세 영국 여왕도, 힐러리도 이곳을 방문한 바 있을 정도로 카페 또르또니는 아르헨티나의 살론문화를 대표하는 공간이다. 아르헨티나의 역사가 살아 숨 쉬는 문화박물관이고, 땅고 공연장이며 뽀르떼뇨의 문화적 긍지와 기품이 살아 있는 공간이다.

카페 또르또니는 부에노스아이레스의 과거이고, 현재이며 지금의 현재는 곧 과거가 되어 부에노스아이레스의 역사를 증명할 것이다.

그 누구도 단순하게 커피만 마시기 위해 카페 또르또니에 가지는 않는다.
1858년에 오픈해서 160년 가까이 역사가 이어져 오는
천장 중앙의 스테인드글라스에서는 황홀한 빛이 흘러나오고
대리석과 가죽으로 장식된 테이블과 의자는 우아한 자태를 드러내고 있다.

그 누구도 단순하게 커피만 마시기 위해 카페 또르또니에 가지는 않는다.

고급 목재로 만들어진 양쪽 벽면에는 높은 천장 가까이 수많은 그림과 액자가 빼곡하게 걸려 있다. 그 자체가 아르헨티나의 역사이고 문화다. 천장 중앙의 스테인드글라스에서는 황홀한 빛이 흘러나오고 대리석과 가죽으로 장식된 테이블과 의자는 우아한 자태를 드러내고 있다. 소란스럽지 않고 편안하면서도 1858년에 오픈해서 160년 가까이 이어져 오고 있는 카페의 역사가 관통하는 공간이다.

카페 또르또니에는 1층에 작은 무대가 있고 좀 더 큰 무대는 지하에 있다. 또 1층 끝에는 가르델과 작가 보르헤스를 비롯해서 아르헨티나의 문화에 등장한 많은 작가·시인·땅고 가수의 흉상이 진열되어 있고, 각종 자료들이 전시되어 있다. 보르헤스는 자신이 좋아한 자리에만 즐겨 앉았는데 지금 그 자리에 보르헤스의 조각이 놓여 있다.

아르헨티나의 문인과 예술인, 정치인과 경제계 인사들, 많은 지식인들이 교류하던 공간이었던 카페 또르또니는 과거형이 아니라 현재진행형이다. 지금은 물론 관광지로 유명세를 떨치고 있지만 태어날 때부터 부모의 손을 잡고 이곳을 드나들던 고객들은 이제 자신의 손자 손녀들을 데리고 이곳을 찾아와 커피를 마시고 대화를 한다.

카페 또르또니의 지하 극장에서는 매일 밤 8시 30분부터 한 시간 동안 관광객을 위한 땅고 공연이 열린다. 사실 부에노스아이레스에서는 매일 밤 수많은 극장과 클럽, 카페에서 땅고 공연이 개최된다.

질적 수준은 천차만별이다. 꼴론극장 같은 대극장이나, 카페 또르또니 같은 유명 장소에서 보는 땅고 공연은 어느 정도 수준을 갖고 있지만, 오직 가벼운 볼거리에만 치중하는 3류 극장 댄서들이 공연하는 곳도 많다. 그런 곳에서 공연되는 땅고 쇼는, 땅고의 스피릿은 사라지고 아크로바틱한 기예들만 난무한다.

카페 또르또니 2층에는 아르헨티나의 국립 땅고 아카데미Academia Nacional del Tango가 있었다. 크지 않은 무대지만 중요한 공연들이 펼쳐진다. 2005년 이후 현재까지 부에노스아이레스에서 체류하면서 땅고 공연을 하고 있는 크리스탈 유와 마리오 모레노가 이끄는 바이레스 땅고Baires Tango 팀이 2011년 5월 이곳에서 공연했으며, 월 1회의 정기 공연을 가진 바 있다.

카페 또르또니는 1898년부터 아직도 그 자리에 있다. 에비타도, 보르헤스도, 2007년부터 2015년까지 아르헨티나를 통치한 이사벨 대통령 이후 두 번째 여성 대통령이었던 크리스티나 페르난데스도 그 카페에서는 한 명의 손님일 뿐이었다. 그곳은 부에노스아이레스가 가장 영화롭던 시절에 지어진 건물이다. 부에노스아이레스 시내에는 아직도 고급 대리석으로 화려하게 장식된 5층 또는 6층 건물들이 많이 있다. 또르또니의 천장도 2층 높이로 시원하게 트여 있다. 벽에는 아름다운 카페 또르또니의 역사를 증명해주는 수많은 사진이나 그림 등이 걸려 있는 액자가 빼곡하게 전시되어 있다. 넓은 홀 안쪽에는 또르또니의 역사만 별도로 전시하는 홀도 있다. 지하로 내려가는 계단 오른쪽 작은 방은 극장식 무대가 설치되어 있고 15개 정도의 테이블이 세 줄로 길게 배치되어 있다. 전체 수용인원이 마흔 명도 안 되는 실내 공간이어서 작은 공연이 펼쳐지는 곳이다.

2017년에는 환전을 하기 위해 카페 또르또니에 갔다. 내부에 환전소가 있는 것은 아니다. 내가 카페에 도착했을 때 다행히 안에 자리가 있어서 밖에서 줄을 서서 기다리지 않아도 되었다. 정부에서 정하는 공식 환율과 암시장 환율 차이가 상당히 커서 많은 여행객들이 플로디다거리 안쪽에 있는 비공식 환전상에서 환전한다. 한때는 공식 환율보다 1.5배 정도 높게 환전할 수 있었지만, 2017년 당시에는 거의 차이가 없었다. 그래도 암시장에서 비공식으로 환전을 하는 게 하지 않는 것보다는 유리해서 나도 현지 지인을 통해 달러를 환전할 사람을 찾았다. 부에노스아이레스에서 미용인으로 일하는 한국인 여성이 환전을 해주겠다고 한다. 나는 그녀를 카페 또르또니에서 만나기로 했다. 은행에서 환전하는 것보다 훨씬 좋은 환율로 달러를 아르헨티나 페소로 바꿔준다는 것이었다.

카페 또르또니는 항상 관광객으로 붐빈다. 입구에서 줄을 서서 기다려야 할 때도 많다. 카페 또르또니의 역사를 알고 이곳까지 찾아온 이들은 문 앞에서 길게 줄을 서 있다가 안에 있던 사람들이 나오는 숫자만큼 입장할 수 있다. 카페 또르또니 입구 문 안쪽으로는 커튼이 쳐 있어서 바깥에서는 실내를 바라볼 수 없다. 입구에 서 있는 도어맨에게 보르헤스 자리가 어디냐고 물어보았더니 모른다고 대답했다. 그가 진짜 보르헤스의 테이블을 몰랐다고 생각하고 싶지는 않다. 영어가 서툴러서 정확하게 뜻을 이해하지 못했을 것이라고 믿는다.

몇 년 전에 아르헨티나로 이민 와서 살고 있다는 그 한국인 여성에게 나는 가지고 간 모든 달러를 환전했다. 그녀는 돈이 모이면 자신이 가지고 있는 페소를 달러로 바꾼다고 했다. 은행에 가서 바꾸면 수수료가 많기 때문에 여행객들로부터 환전하는 게 유리하다고 했다. 바꾸는 사람이나 바꿔주는 사람이나 모두가 좋은 것이다. 돈이 모일 때마다 달러로 바꾸는 이유가 아무래도 국가부도를 선언하며 페소 가치가 휴지조각으로 변했던 IMF 당시의 충격 때문에 아르헨티나 정부를 믿지 못하기 때문일 것이라는 생각이 들었지만, 그녀에게 물어보지 않았다. 아르헨티나의 경제사정이 훨씬 안 좋았던 2010년 이전에는 비공식 환전을 하면 상당한 차액이 발생했다고 한다. 은행에서보다 거의 1.5배로 페소를 바꿀 수 있던 때도 있었지만, 2017년에는 1,000달러를 바꾸면 와인 몇 병 마트에서 살 수 있는 금액 정도가 덤으로 남았다.

7월 9일대로

세계의 거대도시에는 각각 그 도시를 상징하는 대표적인 도로가 있다. 뉴욕에는 5번가^{5th Ave}가 있고 파리에는 샹젤리제거리가 있다. 서울에는 광화문을 가로로 관통하는 세종로가 있다. 부에노스아이레스를 대표하는 거리는 7월 9일대로^{Av. 9 de Julio}다. 7월 9일대로는 세계에서 가장 넓은 도로^{Widest Street in the World}라는 타이틀을 갖고 있다.

사실 아르헨티나 수많은 도시에는 각각 수많은 7월 9일거리가 존재한다. 아르헨티나의 도시 대부분은 도심 한복판에 광장이 있고 그 광장을 중심으로 바둑판 형태의 거리가 뻗어 있는 비슷한 형태를 갖고 있는데 그 광장 이름들이 대부분 7월 9일광장이다. 7월 9일이 아르헨티나 독립기념일이기 때문이다. 1816년 7월 9일 스페인으로부터 독립한 아르헨띠나는 부에노스아이레스를 수도로 확정했다. 프란시스꼬 세베르 시장이 재직할 당시 기획된 7월 9일대로는 1912년 법률로 통과된 후, 건설에 필요한 비용을 모금해서 부에노스아이레스가 가장 영화롭던 1930년대에 건설하기 시작했다. 1937년에 1차 완공되었고, 1980년에 최종 완공되었다.

7월 9일대로는 리오 데 쁠라따^{Rio de Plata}의 서쪽 1킬로미터 되는 곳에서부터 레띠로^{Retiro}의 북부 지역인 컨스티튜션^{Constitucion} 역까지 3킬로미터 이상 뻗어 있다. 각 방향 7차선의 도로와 길가 보도 쪽에 2차선의 도로가 각각 있고 중앙에 넓은 2개의 도로가 있다. 그러니까 전체 무려 22차로, 총 넓이가 144미터에 이르기 때문에 교차로에서 신호등이 바뀔 때 한 번에 건너는 것은 불가능하다. 가운데 형성된 도로에 멈춰 있다가 다시 신호등을 받아야만 건널 수 있다. 북쪽 끝은 고속도로로 연결되고 남쪽 끝은 에세이사공항으로 갈 수 있는 유료도로와 연결된다.

길의 중심에는 높이 67미터의 오벨리스끄⁷⁷가 서 있다. 시멘트로 한 달 만에 만든 이 탑은 다른 도시에 있는 탑들과 큰 차별성도 없고 미학적으로도 밋밋하기 짝이 없지만, 부에노스아이레스를 상징하는 가장 중요한 탑인 것은 분명하다. 탑 안에는 아르헨띠나 각 지역에서 가져온 흙들이 함께 보관되어 있다.

7월 9일대로에는 부에노스아이레스를 남미의 파리라고 부르게 된 우아하고 아름다운 프랑스 대사관 건물이 있고, 꼴론극장, 돈키호테의 라만차 동상 등이 서 있다. 그중에서 부에노스아이레스 도시 건립

400주년을 기념하기 위해 1980년 스페인에서 기증한 돈키호테의 라 만차 동상은 지금은 뽀르떼뇨의 외면을 받고 있다. 왜 돈키호테 동상이 부에노스아이레스에 있어야 되는지 모르겠다는 것이 첫 번째 이유고, 동상의 위치 또한 스페인으로부터의 독립을 뜻하는 7월 9일대로에 있기에는 적절치 않다는 것이다.

7월 9일대로는 부에노스아이레스의 중요한 2개의 거리, 꼬리엔떼스대로와 5월거리Avenida de Mayo가 교차하고 있다. 특히 5월광장Plaza de Mayo에서부터 시작해서 의회를 지나는 5월거리와 7월 9일대로가 교차하는 지점은, 아르헨티나의 모든 정치적 시위의 출발점이 되는 곳이기도 하다.

세계 3대 극장,
꼴론극장

오벨리스끄 근처에 있는 베르디의 「아이다」

를 무대에 올리며 1908년 5월 25일 개관한 꼴론극장$^{Teatro\ colón}$은 이탈

리아의 라 스칼라, 메트로폴리탄극장과 함께 세계 3대 극장으로 손

꼽힌다. 오페라가 일상화된 유럽에서 멀리 떨어졌지만, 아르헨티나

가 가장 부유했던 시절에 20년 동안의 긴 공사 기간을 거쳐 개관한

후 수준 높은 공연들을 무대에 올리면서 문화국가로서의 아르헨티나

의 이미지를 높인 게 바로 이곳, 꼴론극장이다.

19세기말 유럽의 오페라단들에게 부에노스아이레스에서 공연하

는 것이 하나의 패션이 되었다. 특히 유럽과 계절이 정반대이기 때문

에, 유럽에서 시즌 오프한 뒤 남미에서 가장 부유하고 문화적으로 수

준이 높은 부에노스아이레스에 와서 공연했던 것이다. 부에노스아

이레스에서는 19세기 중반부터 오페라 수요가 늘어나자 1889년 꼴론극장의 기공식을 가진 후 공사가 시작되었다. 기공식 2년 후 주설계자가 병으로 세상을 떠났고 3년 후에는 공동 설계자가 불륜을 저질러 상대측에게 피살되었으며, 공사 신축 자금을 대던 이탈리아 출신의 사업가 페라리가 세상을 떠나는 우여곡절 끝에 무려 20년 후인 1908년 벨기에 출신 건축가 훌리오 도르말에 의해 꼴론극장이 개관되었다. 개관 공연인 베르디의 「아이다」를 지휘한 사람은 훗날 거장이 된 토스카니니였다.

부에노스아이레스를 여러 차례 갔었지만, 꼴론극장 내부를 관람한 것은 2017년이 처음이었다. 7월 9일대로 한 블록을 차지하고 있는 거대한 극장의 모퉁이를 따라 돌면, 극장 내부를 관통하는 2차선 도로가 있다. 그 길의 인도를 따라 중앙까지 걸으면 티켓 부스가 나온다. 그곳에서 극장 내부 관람 투어 티켓을 구입할 수 있고, 15분마다 출발하는 가이드와 함께 그룹으로 투어에 참가할 수 있다. 꽤 비싼 금액을 지불해야 투어에 참가할 수 있는데, 극장 내부로 들어가면 비싸다는 생각이 들지 않는다. 부에노스아이레스의 영화로운 시절을 증명해주고 있는 극장 내부의 수많은 조각들과 화려한 조명으로 장식된 기다란 복도와 방들, 그리고 붉은 의자들이 놓여 있는 4층 규모의 꼴론극장은, 세계 3대 극장으로 꼽힐 만한 가치가 있을 정도로 아름답고 화려하다. 특히 극장 내부 투어 중에 2층 정중앙 의자에 앉아서 무대를 바라볼 수 있는 시간도 있다. 공연을 관람할 때 객석 요금은 위치에 따라 많이 차이 나는데 그중에서 가장 비싼 곳이 정중앙에 위치한 방들이다.

꼴론극장의 내부는 매우 화려하다. 거대한 돔 형태의 내부, 대리석과 거대한 샹들리에. 450여 개의 온갖 색이 모여 있는 반구형 샹들리에가 특히 아름답다. 프랑스제 고급 가구들이 있고, 백색의 단아함과 황금색의 화려함이 조화를 이루고 있는 내부 공간은, 유럽식 고급 살롱 분위기를 자아낸다. 7층까지 이어지는 발코니석과 3,000석이 넘는 객석은 그 화려함을 자랑하는 데 모자람이 없다.

꼴론극장은 음향 상태가 매우 뛰어나서 연주가들이 가장 선호하는 극장으로 손꼽는다. 베를린의 콘체르트하우스나 오스트리아 빈의 무직페라인, 그리고 미국의 보스턴 심포니홀보다도 음향 상태가 좋은, 세계 최고라고 알려져 있다. 무대에는 복잡하고 정교한 기계장치가 설치되어 있는데, 120명의 연주자들을 무대 바닥에서 2미터까지 들어 올릴 수 있는 리프트 장치도 있다. 이 무대 위에서 소련의 발레리노 니진스키, 로돌프 누례에프 등 세계 일급 무용수들이 춤췄고, 공연했다.

부에노스아이레스를 관통하는 7월 9일대로와 산타페애비뉴가 만나는 곳에 위치한 꼴론극장의 이름은 콜롬버스에서 유래되었다. 2,487석의 좌석과 1,000석의 입석까지 포함하여 최대 3,500석을 수용할 수 있다. 2006년 10월에 다시 보수공사를 시작해서 개관 100주년이 되는 2008년 5월 25일 차이코프스키의 「백조의 호수」2막과 푸치니의 「라 보엠」의 갈라 공연으로 재개관한 후 지금에 이르고 있다.

산 뗄모광장의 길거리 땅고와
장국영의 수르 바

부에노스아이레스의 대표적인 관광지 중 하나가 산 뗄모$^{San\ Telmo}$ 지역이다. 산 뗄모광장을 중심으로 중세 유럽의 어느 도시처럼 바닥에 수없이 작은 돌이 박혀서 형성된 도로와 고색창연하며 예스러운 건물들은 부에노스아이레스에서도 산 뗄모만이 갖고 있는 독특한 풍경을 펼쳐놓는다. 수백 년 된 집을 개조해서 만든 갤러리나 앤티크 숍에서는 도자기나 수동 카메라, 타자기 등 오래된 골동품을 진열해놓고 관광객들의 발길을 잡는다.

당신이 만약 부에노스아이레스에 간다면 일요일 오후의 산 뗄모는 반드시 가봐야 한다. 일요일의 산 뗄모는 차 없는 거리로 보행자의 천국이다. 산 뗄모광장을 중심으로 벼룩시장이 펼쳐져 있다. 특히 길게 뻗은 데펜사거리 양쪽에는 수많은 아티스트가 자신이 만든 소품들을 들고 노천시장을 연다. 거리 곳곳에서 수많은 퍼포먼서들이 다양한 즉흥 공연을 펼친다. 바르셀로나, 파리, 런던, 로마 등 관광객들이 몰리는 세계의 대도시에서도 항상 이런 야외 노천시장이 열리고 퍼포먼서들의 공연을 볼 수 있지만, 산 뗄모의 노천시장 규모는 매우 크고 퍼포먼서들의 수도 셀 수 없을 만큼 많다. 낮 12시부터 어스름해지는 저녁 7시 무렵까지 온종일 발품 팔며 걸어도 다 못 볼 정도로 규모가 크다.

특히 산 뗄모에서는 땅고와 관련된 각종 생활 소품을 다양하게 구입할 수 있다. 그 종류도 1930년대 출반된 땅고 레코드부터 그 당시 땅고 바에 붙어 있던 포스터, 각종 땅고 영화의 스틸 사진, 땅고 그림, 지갑, 성냥, 라이터 등 헤아릴 수 없이 많다.

내가 처음 부에노스아이레스에 갔던 2009년에는 아침 일찍 산 뗄모를 찾았다. 일요일 오전 10시, 아직 노점상들이 좌판을 펼치기 전의 이른 시간이었다. 산 뗄모를 가는 도중 이상한 광경을 목격했다. 부에노스아이레스에서 흔히 볼 수 있는 풍경 중 하나는 한 사람이 여러 마리의 개들, 많게는 십여 마리 이상의 개들을 한꺼번에 데리고 다니는 장면이다. 내가 본 것 중 가장 많은 수는 열두 마리였다. 개를 너무나 사랑해서 이렇게 많이 키우는 것은 아니다. 이것은 아르바이트다. 개 주인들이 너무나 바빠서 개를 산책시킬 시간이 없는 것이다. 그래서 아르바이트를 고용해서 일정 시간 주인 대신 개를 데리고 산책하게 한다. 시내 여기저기서 자주 볼 수 있는 이 풍경은 여러 번 봐도 여전히 낯설었다. 혼자서 여러 마리의 개들을 힘껏 끌고 다니는

부에노스아이레스에서 흔히 볼 수 있는 풍경 중 하나는 한 사람이 여러 마리의 개들,
많게는 십여 마리 이상의 개들을 한꺼번에 데리고 다니는 장면이다.
내가 본 것 중 가장 많은 수는 열두 마리였다.
개 주인들이 너무나 바빠서 개를 산책시킬 시간이 없는 것이다.
그래서 아르바이트를 고용해서 일정 시간 주인 대신 개를 산책하게 한다.

사람은 오히려 개들에게 끌려 다니는 것처럼 보였지만, 아르바이트로 받는 비용이 꽤 괜찮다고 알려져 있다.

산 뗄모의 거리는 서서히 깨어나기 시작하고 있었고 가게를 준비하는 상인들과 아티스트들, 그리고 이른 아침 일찍 거리에 나온 관광객들이 뒤엉키면서 조금씩 분위기가 달아오르기 시작했다. 먼저 눈에 띈 것은 길거리 아티스트들이 그린 땅고 그림들이었다. 땅고만 전문적으로 그리는 화가들도 많았고 화풍도 각각 다른 특색이 있었는데 그중에서 수채화로 그린 땅고 그림이 나를 사로잡았다. 그림만 있는 게 아니라 다양한 땅고 사진들도 판매용으로 전시되고 있었다.

산 뗄모의 중심지인 데펜사거리에서 그림을 한 장 구입했는데 가격이 조금 비쌌다. 작은 크기의 그림이 70페소 내외 큰 그림은 150페소 정도고 잘 그려진 것은 200페소를 받았다. 환율 변동이 워낙 심해 오락가락했지만 우리 돈으로 대략 2만 8,000원에서 6만원 사이다. 관광객들을 상대로 하니까 다른 지역보다 조금 비싸긴 했다.

한쪽에서는 길거리 즉흥 공연이 펼쳐지고 있었다. 머리부터 발끝까지 흰 옷을 입고 하얗게 분장한 커플이 땅고를 추고 있었고 그 옆에서 검정 옷을 입고 마녀 분장을 한 퍼포먼서도 있었다. 그러나 내 주머니에는 잔돈이 없었다. 은행도 주위에 보이지 않았다. 정말 돈을 기부하고 싶었는데 100달러 지폐뿐이었다. 미안한 마음으로 지나갔더니 검정 옷을 입고 퍼포먼스를 준비하던 흑인이 사진만 찍고 그냥 간다고 크게 욕을 한다. 그래, 미안하다 미안해. 잠시 후 가게에서 물건을 사고 잔돈으로 바꿔 길거리 땅고 댄서들의 모자에 돈을 넣자,

왕가위 감독의 영화「해피 투게더」속에서 장국영이 일하던
수르 바 앞은 지금도 그대로였다.
수르 바 앞 길가 테이블에는 혼자 커피를 마시며 신문을 읽고 있는 중년의 손님뿐이었다.
만우절에 거짓말처럼 세상을 떠난 장국영은 이 세상에 남아 있지 않다.

마치 자판기 인형처럼 땅고 음악이 울리며 두 명의 댄서가 땅고를 추기 시작했다.

길거리 땅고 댄서들은 관광객들이 모자에 돈을 넣으면 30초 정도 땅고를 추다가 멈췄다. 많은 돈을 넣으면 춤추는 시간이 조금 더 길어진다. 보통은 1페소 혹은 2페소다. 나는 1달러를 넣었다. 그랬더니 1분 정도 땅고를 쳤다. 뛰어난 실력은 아니다. 바닥도 울퉁불퉁해서 춤을 추기도 힘들다. 그러나 힘들게 노력하는 그들을 보니 마음이 아팠다. 관광객들 중에서 땅고를 출 수 있는 사람은 두 퍼포먼스 중 한 명과 홀딩하고 땅고를 추기도 한다. 나는 다시 모자 속에 1달러를 넣고 여자 퍼포먼서와 땅고를 쳤다.

유럽인 중에서 처음으로 부에노스아이레스에 도착한 솔리스 일행은 대부분 원주민들에게 죽임을 당했다고 전해진다. 이후 부에노스아이레스를 찾아온 두 번째 유럽의 정복자 멘도사가 1536년 군사기지를 설치한 곳이 바로 레사마공원이다. 공원에는 정복자이자 탐험가였던 멘도사를 기념하는 동상이 서 있고, 동상 뒷면에는 멘도사와 함께 이곳에 온 여성 여덟 명을 포함한 스물일곱 명의 대원들 이름과 그들이 함께 타고 온 함선 막달레나La Magdalena의 부조가 새겨져 있다. 공원 바깥에는 양파 모양의 파란색 돔 지붕이 눈에 띄는, 1904년 세워진 러시아정교회Iglesia Ortodoxa Rusa가 있다. 그곳에서 5월광장까지 약 2킬로미터가 데펜사거리다. 지난 2014년 서울에서 개최된 세계땅고대회 아시아 지역 예선의 심사위원으로 내한했던 땅고 안무가 마리오 모랄레스의 땅고 스튜디오가 데펜사거리 한복판에 있다. 마리오의 스튜디오에서 2012년 에세나리오 부문 챔피언을 차지한 마리오의 부인 마리아 스킬피토를 비롯한 여러 명의 챔피언이 배출된 후, 그곳은 부에노스아이레스를 찾는 땅게로스가 반드시 들려야 할 스튜디오로 떠올랐다.

데펜사거리는 평일에는 평범하지만 일요일이 되면 수천 개의 작은 노점상들이 수많은 물품을 늘어놓는 벼룩시장이 열린다. 말 그대로 여기에는 없는 것 빼고 다 있다. 그 많은 노점상들의 물건을 하나씩 살펴볼 수는 없다. 온종일 봐도 볼 수 없을 정도로 노점상들이 많기 때문이다. 세계 각지에서 몰려든 수많은 관광객들로 일요일 데펜사거리는 항상 북적댄다. 그리고 그 중심에 도레고광장^{Plaza Coronel Dorrego}이 있다. 이 광장 주변의 노점상들은 골동품만을 전시한다. 라 보까와 함께 부에노스아이레스를 상징하는 곳이 바로 일요일의 산 뗄모, 도레고광장과 데펜사거리다.

2011년과 2012년에는 카이와 함께 마리오 스튜디오에서 다양한 레슨에 참여했기 때문에 자주 산 뗄모에 갔었다. 하지만 일요일에는 수업이 없어서 벼룩시장을 보기 위해서는 일부러 산 뗄모에 나가야 했다.

바리오 노르떼 지역의 아파트에서 살았던 2011년에는 하우스키퍼가 일주일에 한 번씩 와서 침대보와 베갯잇, 수건 등을 세탁해주었는데, 2012년에 살았던 쎈뜨로 지역의 아파트에서는 세탁 서비스가 없었다. 카이는 항의 메일을 보내겠다고 했다. 일요일 아침부터 비가 내렸다. 나는 밀린 빨래를 하고 카이는 고기를 구웠다. 음식은 카이가, 설거지와 청소는 내가, 빨래는 각자 자기 걸 했다. 한국음식이 그리운 카이를 위해 한국식당에 가서 김치찌개를 먹을까 생각하며 버스 노선을 확인하고 있는데 비가 그쳤다. 우리는 산 뗄모로 갔다.

비가 그친 산 뗄모거리에는 수백 개의 노점상들이 좌판을 펼치고 있었다. 수많은 관광객이 기나긴 도로 사이를 꽉 메우고 있다. 지난해와 노점 배치까지 똑같다. 어디에 뭐가 있는지 다 외울 정도다. 카이와 나는 천천히 산 뗄모거리를 걸었다. 비가 와서 다른 때보다 노점상들이 조금 적게 나왔다. 인파도 다른 일요일보다 적었다. 그래도 산 뗄모다. 길거리 땅고 공연이 없을 수 없다. 기타 연주자를 대동하고 여성 보컬이 거리 공연을 하고 있었다. 한쪽에는 그녀의 앨범이 쌓여 있다. 거리에서 직접 라이브를 들어보고 괜찮으면 사라는 것이다. 2011년 이곳에 왔을 때 카이가 맛있게 먹었던 빵가게를 찾아 산 뗄모 시장 안으로 들어갔다. 비슷비슷한 좌판들과 가게였기 때문에 찾는데 조금 시간이 걸렸지만, 우리는 다시 찾은 빵가게에서 나비 모양의 페스투치를 네 개 샀고, 부근에 있는 레스토랑에 앉아 샌드위치를 시켜 먹었다. 카이는 잉카의 돌로 만든 귀걸이에 집착해서 이것저것 매달아 보았지만 결국 액세서리는 하나도 사지 못하고 초록색 반바지만 샀다.

식민지 시대의 분위기가 물씬 풍기는 산 뗄모시장은 역사적으로 유서가 깊은 빌딩이 줄지어선 좁은 돌길 옆에 서 있다. 일요일마다

도레고광장에서는 '페리아 데 산뻬드로^{Feria de San Pedro}'라고 하는 예술품 시장이 열린다. 다양한 골동품과 지역 토산품이 판매되며, 오전 10시에 열어 오후 5시에 닫는다. 거리에서는 땅고 공연이 열리곤 한다. 광장을 둘러싼 많은 카페나 바에 앉아 땅고를 구경하며 쉴 수도 있다. 또한 골동품상이나 연기학원들도 매우 많다.

2017년에는 일요일 오후에 산 뗄모에 갔다. 서울 돌아갈 때까지 일요일이 한 번밖에 남지 않았었는데 만약 그날 비가 오면 이번 여행에서는 산 뗄모를 갈 수 없으므로 날이 갠 것을 보고 아파트를 나섰다. 숙소인 빨레르모부터 산 뗄모 입구인 벨그라노역까지 지하철 D라인으로 이동한 뒤 지상으로 나왔는데, 몇 년 만에 왔더니 방향을 잘못 잡아 조금 헤맸다. 몇 블록을 더 걸어서 산 뗄모로 가는 데펜 사거리에 접어들었다. 거리 양쪽은 수많은 벼룩시장 부스들로 가득했다. 처음 올 땐 신기해서 하나씩 들여다보다가 몇 시간이 흘러갔는데 이제는 쓰윽 훑어보고 지나갈 정도다. 특별히 사고 싶은 것도, 필요한 것도 없다. 라 보까에도 산 뗄모에도 거리의 땅고 화가들이 넘쳐 나고 그중 몇몇은 미학적으로도 뛰어난 수준의 그림을 그리고 있다. 산 뗄모 한적한 거리에 이젤을 세워 놓고 물감을 푸는 화가가 있었다. 땅고 악보가 그려진 종이 위에 춤추는 땅고 댄서들을 검정색으로 페인팅하는 것을 보다가 그의 그림 두 점을 샀다.

그때 코믹 땅고의 세계 1인자 에두아르도 카푸시가 어슬렁거리며 지나가는 것을 카이가 발견하고 알려줬다. 나는 얼른 달려가서 사진을 찍었다. 지난 2012년에 왔을 때도 그와 찍은 사진이 있는데 데펜

땅고 보컬은 네 종류로 나눌 수 있다.
처음에는 목소리도 땅고 오르께스따에 포함되는 하나의 악기처럼 생각되었으나,
점차 가수들의 노래가 대중적 인기를 얻으면서 지휘자와 같은 반열에 오르게 되었고,
나중에는 독립해서 솔리스트로 활동하기 시작했다.

사거리를 고독하게 휘적거리며 걷는 그를 보니 반가웠다. 산 뗄모공원에 오니 공원 나무 밑에 모여서 땅고를 추는 그룹들이 역시 오늘도 땅고를 추며 놀고 있었다. 리더 격의 나이 든 할아버지와 이십 대의 젊은 땅게로스 십여 명이 교대로 춤을 추는데, 카이가 보더니 그 리더는 며칠 전 밀롱가 까치룰로에서 춤을 췄던 할아버지라고 했다. 자세히 보니 몇 달 전 충무로 아트탱고 스튜디오에서 탱고 카페 초청으로 수업했던 루이스도 있었다. 카페에 앉아 나는 낄메스 스타우트, 카이는 아메리카노를 마시며 호흡조절을 했다. 밤에는 비바 라 뻬빠와 라 비루따 두 군데의 밀롱가를 새벽 5시까지 다녀야 한다.

산 뗄모광장 한쪽에서 펼쳐지는 거리 땅고 공연을 보고 있는데 한 남자가 다가와서 놀러오라고 전단지를 나눠주었다. 수르 바 광고지였다. 그전에도 수르 바를 찾아가고 싶었는데 정확한 위치를 알지 못해서 가지 못했다. 나와 카이는 광고지에 있는 약도를 보고 몇 블록을 걸어 수르 바 앞에 도착했다.

부에노스아이레스를 배경으로 촬영된 왕가위 감독의 「해피투게더」에는 홍콩의 지구 반대편에 있는 부에노스아이레스까지 흘러온 세 남자의 사랑 이야기가 펼쳐진다. 그중에서 4월 1일 만우절에 거짓말처럼 생을 버린 고 장국영이 땅고 바의 도어맨으로 일하는 장면이 있다. 왕가위 감독의 「해피투게더」는 원래 제목이 부에노스아이레스였다. 대만과 홍콩의 세 남자들이 아르헨티나에서 겪는 사랑의 격렬한 파고를 다루고 있다. 왕가위 감독이 동성애자인 주인공들을 아르헨티나까지 배치한 것은, 억압적 현실에서 버림받은 그들의 소외를 극단적으로 보여주기 위해서다. 영화의 첫 장면은 아르헨티나 남단의 땅끝 마을에 갔다가 돌아오는 길에 서로 다투는 아휘(양조위 분)와 보영(장국영 분)의 모습이다. 크리스토퍼 도일의 카메라는 화면의 모서리에 각각 서 있는 인물을 날카롭게 대립된 구도로 보여준다. 자기가 살던 나라에서 지구 반대편의 그 먼 나라까지 가서 다시 또 땅끝까지 갔다니!

땅고 바 수르에서 도어맨으로 일하고 있는 아휘와 그의 연인이었던 보영, 그리고 순수한 청년 장(정진 분). 그들이 겪는 사랑의 갈등은 수직으로 떨어지는 이과수 폭포의 거대한 물줄기만큼이나 거세지만, 안개로 피어오르는 폭포의 물보라처럼 세계와의 불협화음 앞에서는 인생의 모든 것이 불확실해진다. 모든 갈등의 근원은 외적인 힘에 있는 게 아니라 서로와의 내적 관계에서 비롯된다.

영화 속에서 장국영이 서 있던 수르 바 앞은 지금도 그대로였다. 바 입구 양쪽 벽에는 이곳을 방문한 명사들이 찍은 많은 사진들과, 수르 바에서 촬영된 영화의 스틸 컷, 신문 기사 등이 액자에 걸려 있다. 액자들을 천천히 보고 있는데 하얀 와이셔츠에 보타이를 맨 오십대의 웨이터가 다가와서 저녁 8시부터 땅고 공연이 있다고 알려주었다. 수르 바 앞 길가 테이블에는 혼자 커피를 마시며 신문을 읽고 있는 중년의 손님뿐이었다. 만우절에 거짓말처럼 세상을 떠난 장국영은 이 세상에 남아 있지 않다. 카이와 나는 오늘 밤 가야 할 밀롱가가 있었다. 수르 바는 장국영의 쓸쓸한 흔적을 더듬으며 그의 외로움을 느끼는 것으로 만족해야만 했다.

부에노스아이레스의
재즈 바

금요일 밤이었다. 땅고 수업을 마치고 살론 까닝에 갈까, 아니면 밀롱가 발도사에 가서 뱃살이 출렁거리는 뚱뚱한 땅게로 아오니켄 퀴로하와 알레한드라 만티난의 기가 막힌 공연을 볼까 고민하다가, 놀러 가자는 카이의 유혹에 빠져 집 근처에 있는 재즈 바에 갔다. 재즈 연주는 좋았지만, 지하 창고의 벽과 천장 냄새가 너무 퀴퀴해서 금방 나왔다. 그리고 다시 들어간 바 마퀴아벨로. 밖에서는 1층인데 내부는 지하 2층까지 한 공간으로 터져 있고 중앙에 무대가 설치되어 있었다. 12시 전에는 록을 연주하더니 12시가 넘어가자 리듬앤드블루스, 재즈 넘버를 연주하기 시작했다. 나는 특히 하모니카 연주에 넋이 나갔다. 중앙의 메인 보컬 노래도 좋았지만, 하모니카 연주는 와인 기운 때문이 아니더라도 땅고 하모니카 뮤

지션인 우고 디아쓰에 필적할 만큼 최고였다.

갈리아노의 재즈 감성 짙은 연주에 디아쓰가 하모니카로 협연한 땅고 앨범은 내가 갖고 있는 최고의 명품 땅고 CD 중 하나인데, 그 수준에 비교할 만큼 뛰어난 하모니카 연주를 들을 수 있었다. 행복했다. 밀롱가를 하루 빠진 게 아쉽지 않았다. 하모니카를 부는 연주자는 상체는 아담한데 카이가 말 근육이라고 표현할 정도로 근육질의 아름답고 단단한 하체를 갖고 있었다. 첫 번째 연주를 끝내고 지인을 찾아 홀에 있는 테이블로 내려왔는데 우리 바로 앞자리에 그 연주자가 앉았다. 카이는 내가 연주가 좋다고 계속 감탄하자 같이 사진을 찍으라고 한다. 나는 사양했다. 그건 좀, 부끄러웠다.

아름답고 애절한 춤,
아르헨티나 삼바

아르헨티나에는 수많은 춤이 있다. 정확하게 표현하자면, 땅고는 아르헨티나의 춤이라기보다는 부에노스아이레스의 춤이다. 즉 뽀르떼뇨가 즐기는 춤이 아르헨티나로, 남미로, 그리고 세계로 뻗어나간 것이다.

그런데 아르헨티나에서 인상 깊게 마주친 또 다른 춤이, 아르헨티나 삼바였다. 삼바 춤이라고 하면 브라질의 삼바를 생각하겠지만, 브라질의 삼바와는 또 다른 매력을 아르헨티나 삼바 춤이 갖고 있었다. 아르헨티나 삼바가 브라질 삼바와 가장 크게 다른 점은, 그것이 표출하는 비극적 한의 무게였다. 땅고도 그렇고 삼바도 그렇고, 왜 이렇게 아르헨티나 사람들의 춤에는 슬픔이 깊게 묻어나는지, 다시 한번 그들이 겪었던 역사를 들여다보게 된다. 그러나 외부 사람인 내가 아르헨티나 역사를 이해하는 것과 직접 그 땅에서 비극적 사건을 겪으며 살아온 사람이 체감한 한의 깊이를 비교할 수는 없다.

애수 어린 낭만의 춤, 아르헨티나 삼바를 처음 본 것은 2009년 처음 부에노스아이레스에 갔을 때, 금요일 밤의 밀롱가 라 비루따에서였다. 밀롱가의 열기가 최고로 고조된 새벽 3시쯤, 갑자기 땅고가 아닌 살사, 차카레라, 삼바 등의 음악이 차례로 흘러나왔다. 조금 전까지 땅고를 추던 사람들은 음악에 따라 살사를 추거나 차카레라, 그리고 아르헨티나 삼바를 추었다. 살사나 차카레라는 이미 수없이 봤던 춤이었지만, 아르헨티나 삼바를 처음 본 것은 그때가 처음이었다. 남녀가 여기 저기 서서 하얀 손수건을 늘어뜨린 뒤 음악에 맞춰 손수건을 흔들며 멀어졌다 가까워졌다 추는 아르헨티나 삼바 춤은 매우 애절했다.

며칠 뒤 나는 EBS의 「세계테마기행」 촬영차 목장에서 열린 파티에 참석했다. 관광객들을 위한 목장 체험 프로그램이 있었는데, 식탁에는 아사도가 놓여 있고, 춤과 음악이 끊이지 않았다. 젊은 아르헨티나 남녀가 삼바를 출 때 특히 서로의 얼굴을 맞닿을 듯 비스듬히 기울며 손바닥을 한쪽 뺨 모서리에 대고 추는 동작은 정말 매혹적이었다.

부에노스아이레스에서 방송 촬영할 때는 현지 코디의 차를 타고 이동했다. 이동 중에 발견한 특이한 현상 중의 하나는 도시의 거리 신호등에 설치된 '새로운 물결'이었다. 일요일 오후 가우초들의 축제가 열린다는 외곽 지역으로 이동하던 중이었다. 신호등에 걸려 차가 멈췄다. 그런데 신호등 위에 '여기서부터 새로운 물결이 시작된다'라고 쓰여 있었다. 궁금해서 현지 코디네이터에게 물어보았더니 차가 달리는 속도로 신호등이 파란불로 계속 바뀐다는 것이다. 시속 60킬로미터의 속도로 부에노스아이레스 도심 한복판을 질주하며 시 외곽까지 20킬로미터 구간 넘게 이동하는 동안 정말 빨간불 한 번 걸리지 않았다. 서울로 말하자면 수유리에서 봉천동까지 갈 때 미아리, 종로, 시청 앞, 서울역, 용산 등 도심 한복판을 통과하면서 단 한 번의 신호도 걸리지 않았다고 생각하면 된다. 정말 신기했다.

방법은 이렇다. 새로운 물결 표지판이 걸린 신호등부터 차례로 시속 60킬로미터 정도에 맞춰 파란불로 바뀌는 것이다. 그동안 새로운 물결로 바뀌는 신호등을 차가 쫓아가지 못하면 빨간불에 걸리게 된다. 물론 신호등이 걸려 있는 구간은 일정하지는 않았다. 그런데 운이 좋게도 다른 블록의 새로운 물결과 계속 만나면서 기적처럼 수십 킬로미터를 이동하는 중에 단 한 번도 빨간불에 걸리지 않았다. 멀리 앞에 있던 빨간불이 차가 도착할 무렵에는 계속 파란불로 파도치는 것처럼 바뀌었다. 정말 새로운 물결이었다.

그렇게 새로운 물결을 타고 부에노스아이레스 외곽의 동네에서 열린 길거리 축제에 참가했다. 삼바 음악이 흘러나오자 시민 중 상당수의 남녀가 길 한복판으로 나가더니 두 줄로 서서 손수건을 늘어뜨리며 삼바 춤을 추기 시작했다. 목장에서 젊은 남녀들이 추던 아르헨티나 삼바만큼 미학적이지는 못했지만, 이곳 사람들 속에 탱고나 차카레라 못지않게 아르헨티나 삼바 춤이 얼마나 깊숙이 스며들어 있는지 보여주는 장면이었다.

땅고가 어려우면서도 매력적인 이유는 이미 완성된 기존의 춤 형태를
앵무새처럼 반복해서 복사하는 죽은 춤이 아니라,
매 순간 창의적 상상력으로 새롭게 만들어가는 춤이기 때문이다.
땅고의 생명력은 즉흥성에 있다.

아르헨티나로 간
한국의 농업이민 세대들

아르헨티나에 여의도 면적 79배가 되는 한국 국유지가 있다는 사실을 아는 사람은 많지 않다. 박정희 정권 당시 정부는 인구 분산 및 식량자원의 원활한 확보를 위해 이민을 적극 장려했다. 박정희 정권이 눈을 돌린 곳은 비공산권 국가 중에서, 땅은 넓고 인구는 상대적으로 적은 남미였다. 대한민국 정부가 수립된 후 가난을 탈피하려는 목적으로 부족한 땅과 넘치는 인구문제를 해결하기 위해 해외이민법이 개정되고 정부 차원에서 이민 신청자를 모집해서 남미로 농업이민을 보내기 시작했다.

기록에 따르면 이미 1930년대부터 아르헨티나에 거주한 한국인들이 있었다. 조선총독부는 1935년 일본의 재외기관을 통해서 해외 거주 조선인을 파악했다. 1939년 1월 4일자 동아일보에는 「5대양 6대주 가는 곳마다 조선인」이라는 기사에 "(조선총독부의) 외무부에서 재외 각 기관을 통하야 조사·집계한 재외 조선인의 분포 상황은 대략 다음과 같은데 일본 내지에 거주하는 조선인이 65만 명 이외에……큐바 370, 묵서가(멕시코) 52, 알젠틴 2, 영국 23……"등이 있다고 나온다. 1935년에 이미 아르헨티나에 한국인 두 명이 거주하고 있었다는 것인데, 이들이 어떤 경로를 통해 아르헨티나까지 갔는지는 정확히 기록되어 있지 않지만, 구한 말 멕시코 사탕수수 농장으로 떠난 한인 이민 세대들이 쿠바와 남미 각지로 뿔뿔이 흩어졌고, 그중 일부가 아르헨티나까지 오게 된 것이 아닌가 추측된다. 그 후에는 한국전쟁 종전과 함께 반공포로를 석방했을 당시에 남북 어디로도 가지 않고 제3국을 선택한 사람 중에서 일곱 명이 아르헨티나를 선택했다.

박정희 정권은 1960대 중반부터 정책적으로 남미 농업이민을 대대적으로 홍보했으며, 각 도별로 농업이민을 희망하는 사람들을 선발해서 투자금을 받고 기초 농업교육을 실시한 후, 1965년 일흔여덟 명의 영농이민단을 처음 보냈다. 이후 총 582세대가 남미로 떠났다. 사실 남미 이민 1세대들은 한국 정부로부터 방치된 이민자들이었다. 정부에서는 남미로 영농이민단을 보내기만 했을 뿐 사후관리를 거의 하지 않았다.

아르헨티나의 부에노스아이레스에서 남서쪽으로 1,150킬로미터 떨어진 리오 네그로주의 라마르께에 가면 당시 한인 이민자들의 첫 번째 정착지인 은하수농장이 있다. 부에노스아이레스에서 차로 꼬박 11시간을 달려야 하는 거리다. 리오네그로 강가의 은하수농장에는 지난 2000년 한인들이 세운 '한국 이민 최초 정착지'라는 거대한 나무 푯말이 있다. 라마르께시에서 이민자들에게 땅을 주기 전까지 임시 숙소로 거주하던 2층의 경찰서 건물은 지금 한인농업이민역사 전시관으로 변모해서, 황무지를 힘들게 개척했던 한인들의 발자취를 더듬어볼 수 있다. 은하수농장의 후계자인 은명희 씨는, 리오 네그로 주 정부로부터 400헥타르의 토지를 무상으로 제공받은 한인 1세대 이민자들 중에서 유일하게 이 지역에 남아 아직도 은하수농장을 운영하고 있다. 은하수농장에서는 사과를 비롯해서 체리, 포도, 복숭아 등을 생산해서 부에노스아이레스에 판매한다. 은명희 씨는 초등학교 때인 1966년 가족과 함께 2차 영농이민단으로 2개월 동안 화물선을 타고 항해한 끝에 아르헨티나로 이민을 왔다고 한다. 라마르께시에 서는 한인학교도 지어주었는데 이 학교를 졸업한 한인은 총 서른두 명으로 집계된다. 그러나 적지 않은 전 재산을 투자해서 부푼 꿈을 안고 남미에 도착한 그들을 기다린 것은 한 여름 50도 가까이 육박하는 뜨거운 기온과 염분이 많아 농업 재배를 할 수 없는 땅이었다.

1970년대 후반, 한국 정부는 당시 국가 예산 80억 달러를 들여서 남미의 여러 곳을 사들였다. 타국 정부의 영토 취득에 제한이 있어서 영구임대 형식으로 3개국에서 4개의 농장을 사들였다. 칠레의 페노, 파라과이의 산뻬드로농장과 함께 아르헨티나의 야따마우까와 북쪽에 있는 산하비엘농장을 샀는데, 그래도 한국과 가장 기후가 비슷한 곳이 야따마우까농장이었다. 남미 3개국 4개 농장 중에서 가장 토양이 비옥했던 곳은 칠레의 페노농장이었지만, 한국 정부가 땅을 사들이고 난 뒤에야 칠레 정부가 농업이민을 받아들이지 않는다는 사실을 알게 되어 이민 자체가 불가능했다. 철저한 사전 조사 없이 추진된 사업이었다.

그리고 곧 10·26이 일어나 박정희 대통령이 사망하자 남미 농업이민 자체가 추진력을 잃고 시들해졌다. 이어 전두환 정권이 들어선후 1983년에 다시 추진되어 몇백 세대가 이민길에 올랐다. 파라과이의 산뻬드로농장은 결국 매각되었고 칠레의 페노농장은 현지인에게임대를 주었다. 그래서 1980년대 초 남미로 농업이민을 떠난 사람들은 주로 아르헨티나의 야따마우까농장으로 갔다.

당시 한국에서는 아르헨티나나 파라과이 등 남미에 대한 정보가너무나 부족했다. 한국인 이민자들은 농업이민이라고 해서 호미 등을 가지고 갔는데, 현지에 도착해보니 이미 트랙터로 밭을 갈고 탈곡기로 수확하는 기계 시스템이 정착되어 있어서 한국에서 가져간 호미나 괭이, 낫 등은 무용지물이 되었다. 한국의 농업이민 희망자 중에서 실제로 농사를 지어본 경험자는 얼마 되지 않았다. 농업이민을위한 투자 자본 자체가 적지 않은 금액이어서 주로 도시 중산층이 남미 농업이민을 희망해서 떠났기 때문이다. 그들은 열악한 토지 환경과 기후에 적응하지 못하고 곧 대도시로 이주했다.

야따마우까농장은 겨울철엔 서리가 심해서 작물이 죽어버리고 여름철엔 최고 45도에서 50도까지 이르는 살인적인 더위 때문에 농사를 짓거나 적응하기 힘들었다. 연평균 강우량이 60밀리미터밖에 되지 않아 목축업을 하기 위한 풀도 부족했고, 농장 바로 옆을 흐르는 강은 염분과 광물질이 대량 함유되어 있어서 농업용수로 활용하기 힘들었다. 즉 영농업이나 목축업을 위한 환경이 되지 못하는 것이다. 또 한국에서 농사를 해본 사람도 소규모로 농사만 지어봤지 기계를 사용하는 거대농장 경영은 전혀 경험이 없어서 시행착오가 반복되었다.

아르헨티나 산티아고 델 에스떼로주 이바라에 있는 야따마우까농장은 20,894헥타르, 여의도 면적의 79배에 달하며, 외무부에서 구입한 농장 가격은 1978년 당시 211만 5,000달러, 약 25억 원이니 현재 가치로 환산하면 약 600억 원에 이른다. 이 땅은 그 후 수십 년 동안 방치되어 있다가 정부에서 각 분야 전문가로 구성된 조사단을 여러 차례 현지에 파견해서 실사를 진행했다. 2008년 파견된 조사단은 혹시 지하수를 발견할 수 있지 않을까 생각해서 지하 400미터까지 땅을 팠지만, 마땅한 물을 발견하지 못해 수포로 돌아갔다. 오랫동안 땅이 방치된 데다가 농업이민 당시 지어진 집에 노숙자들 서른여섯 명이 불법으로 점거까지 하고 있어서 상태가 심각했다.

현재도 매년 이 땅을 관리하는 데 지출되는 돈이 매년 2억 5,000만 달러에 이른다. 2016년부터 농장의 소유권을 한국국제협력단KOICA (이하 KOICA)에서 이어받아 농장개발을 본격적으로 착수했으며, 2017년 3월 현재 전체 면적의 절반 이상인 1만 3,000헥타르 정도를 개간해서 영농사업을 실시하고 있다. KOICA는 여기에 농작물을 재배한 후 현지에 판매해서 수익을 거두는 것뿐만 아니라 농지 개발을 통해 한국산 농기계 등을 판매하는 것을 목표로 해서 아르헨티나 정부와 계속해서 협의하고 있다.

천막을 쳐서 거주하면서 거의 맨주먹으로 척박한 황무지를 개척해야 했던 이민 1세대는 농업으로 새로운 삶을 살기 위해 힘겹게 투쟁하다가 몇 년 지나지 않아 미국 등으로 재이주하거나 다른 도시로 떠났다. 부에노스아이레스 북쪽 바호 플로레스Bajo Flores의 한인촌 백구는, 야따마우까농장 경영에서 실패한 한국 농업이민 세대가 만든 곳이다. 109번 버스 종점이어서 아르헨티나의 한인들, 즉 꼬르헨띠노가 백구라고 불렀던 초기 한인 정착촌은 부에노스아이레스의 외곽의 까라보보 지역에 있다. 지금은 페루나 볼리비아 이민자들이 많은 빈민촌이지만, 아직도 까라보보에는 한인들이 남아 있으며 거리는 1970년대 한국과 비슷할 정도로 낙후된 모습이다.

백구촌 정착 초기, 이민 1세대 중에서 편물 기술을 갖고 있던 조화숙 씨가 한인을 대상으로 편물 강습을 해주었고, 기술을 익힌 한인들은 백구촌의 빈민을 고용해서 가내수공업 단계의 봉제업으로 조금씩 돈을 모아 시내 중심부로 진출하기 시작했다. 한인들은 처음에는 부에노스아이레스 서부에 있는 온세 상업 지역의 의류 등 섬유산업과 잡화시장을 잠식해나가다가 이제는 남미 최대 규모의 도매시장인 부에노스아이레스의 아베쟈네다 상권을 쥐고 있다. 이곳의 의류시장은 원래 유대인이 상권을 갖고 있었으나 현재는 한인들이 거의 절반을 차지할 정도이며 예전처럼 가내수공업 단계가 아니라 기업형 구조를 갖추고, 거대한 남미 전체를 대상으로 활발하게 영업하면서 1,500여 개의 가게에서 연매출 42억 달러의 소득을 올리고 있다.

짧은 이민 역사에도 불구하고 한인들은 특유의 근면함과 성실함으로 빠르게 아르헨티나에서 자리를 잡았다. 그러나 1994년 4월, 한인들의 봉제공장에서 일하는 볼리비아 이민 여성들이 노예노동에 가까울 정도로 열악한 환경에 처해 있다고 알려지면서 한인 청년들과 인접국 이민자들 사이에 총격전 직전까지 가는 사태가 일어났다. '4월 사태'라고 부르는 이 사건은, 아르헨티나의 한인 이민사에 중요한 분수령이 된다. 서로의 문화에 대한 몰이해가 비극적 대치를 가져왔다는 사실을 절감한 한인들은 그 이후부터 아르헨티나에 우리문화를 알리려는 다양한 노력을 했다. 한편으로는 아르헨티나문화를 적극적으로 받아들이려고 시도했으며, 이러한 시각의 다변화로 먹고 사는 것에만 매달렸던 한인들 중에서 땅고를 배우는 사람들도 조금씩 생겨났다.

아르헨티나 한인 이민자들 중에서 땅게로스를 대표하는 사람은 태권도 사범 출신의 공명규 씨다. 그는 1998년 한국에 와서 처음으로 아르헨티나 땅고를 공연했다. 그 후 20년도 안 되어서 한국 땅고는 전 세계 최고 수준으로 도약했다. 아르헨티나 프로페셔널 댄서들을 포함해서 많은 외국의 땅게로스가 부에노스아이레스 이외의 지역에서 아르헨티나 땅고가 가장 높은 수준으로 활기차게 보급되고 있는 성공한 지역으로, 서울, 그리고 한국을 꼽는 데 일치된 의견을 보이고 있다.

현재 아르헨티나에 거주하는 총 3만여 명이 한인 중 대부분은 부에노스아이레스에서 살고 있다. 그중 95퍼센트가 의류업에 종사하고 있으며 부지런함과 성실함, 그리고 빼어난 디자인 감각으로 유대인이 장악하던 남미 의류시장의 대부분을 차지하고 있다. 그 외에도 정치, 문화, 과학, 종교 등에서 활발하게 진출하고 있다. 29세의 젊은 나이에 아르헨티나 문화부 차관보에 오른 변겨레[Antonio kyore Beun] 씨는 자신이 보좌했던 이반 페트렐라 시의원이 문화부차관에 임명되면서 지난 2016년 1월 차관보에 발탁됐다. 국민 대부분이 가톨릭교를 믿는 아르헨티나에서 한인 이민자로는 최초로 주교가 된 문한림 신부도 있다. 그는 2014년 2월 프란시스꼬 교황으로부터 산 마르틴교구의 보좌신부로 임명받았다.

이민 1세대들이 1980년대 출범시킨 누리패 사물놀이단은 1990년대부터는 이민 2세대들이 중심이 되어 활발한 활동을 이어가고 있다. 땅고 댄서 중에서는 2004년부터 부에노스아이레스에 살고 있는 크리스탈 유도 있고, 땅고가 좋아 일부러 부에노스아이레스에 있는 직장을 찾아 온 사람도 있고, 해외 지사 근무를 자청해서 온 땅게로스도 있다. 매년 50~100명에 이르는 한국의 땅게로스가 오직 땅고를 추기 위해 부에노스아이레스를 방문하고 있다.

부에노스아이레스의 한국인 거리, 까라보보

2009년부터 2012년까지 부에노스아이레스를 갈 때마다 나는 미친 듯이 땅고 수업을 찾아다녔다. 오전 시간에 열리는 수업은 대부분 초보 대상이지만, 시간이 아까워서 눈뜨자마자 준비를 하고 여기저기 레슨을 찾아다녔다. 하루 일과를 마치면 대략 밤 11시, 보통은 하루에 5개, 많을 때는 하루에 7개의 레슨을 들었다. 지금 생각해보면 미친 짓이었다. 레슨이 끝나고 나면 다시 집으로 들어와 얼른 샤워를 하고 밀롱가에 간다. 밤 12시 전후부터 새벽 3시까지 밀롱가를 하고 집으로 돌아왔다. 다시 샤워를 하고 잠자리에 들면 보통 4시 전후, 그리고 6시간을 잔 뒤 오전 10시쯤 일어나 다시 하루 일과를 시작했다. 대부분 땅고 첫 수업은 11시에 시작한다.

이렇게 강훈련을 하다보면 체력이 필수적이다. 그런데 카이는 신혼여행으로 부에노스아이레스에 갈 때까지만 해도 채식주의자였다. 그래서 식당에 갈 때 우리가 선택할 수 있는 메뉴는 제한되어 있다. 내가 고기가 먹고 싶을 때는 카이가 마트에서 고기를 사서 집에서 요리해주었다.

우리가 살던 아파트 근처 꼬리엔떼스대로변에 3층으로 된 커다란 식당이 있었다. 새벽까지 영업했기 때문에 밀롱가에 가기 전, 밤 11시쯤 들려도 식사할 수 있어서 그 식당을 자주 애용했다. 1인당 50페소만 내면 에피타이저부터 메인 요리에 음료수, 디저트, 레몬보드카 한 잔까지 서비스로 나오는 기가 막히는 식당이었다. 우리는 언제나 전망 좋은 3층 자리에 앉아서 식사를 했는데 어느 일요일 오전, 수업을 들으러 가기 전에 먼저 식사를 하기로 했다. 일요일이었고 낮 시간이어서 한산했다. 그래서 우리는 1층 홀에 있는 테이블에 마주 앉았다. 잠시 후 카이가 나에게 물었다.

"내 발 찼어?"

"아니, 꼼짝도 안 했는데?"

카이는 두리번거렸다. 나도 같이 두리번거렸다. 그때 2층 계단으로 올라가는 한 마리 작은 쥐와 눈이 마주쳤다. 녀석은 놀라고 당황한 눈빛이었다.

일요일 낮 1시쯤이었다. 뽀르떼뇨는 토요일 밤에는 새벽까지 미친 듯이 놀기 때문에 일요일 그 시간에는 거리에 사람이 거의 없다. 식당도 한가했다. 1층 맞은편 자리에 앉은 관광객 부부가 손가락으로 우리 쪽을 가리키며 뭐라고 하고 있었다. 그 쥐가 관광객 있는 쪽을 지나 우리 테이블로 와서 카이의 발을 툭 치고 놀라서는 2층 계단에서 허둥대고 있었던 것이다. 그날 우리의 단골 식당 하나가 줄어들었다.

어느 날 밀롱가를 마치고 새벽에 집에 들어와서 샤워를 한 뒤, 원형 테이블에 앉아 요일별로 땅고 수업 시간표가 나와 있는 땅고 잡지를 뒤적이며 스케줄 정리를 하고 있을 때였다. 갑자기 가라앉은 목소리가 들렸다.

"두부 먹고 싶어."

"어?"

"집에 가고 싶어. 칸트랑 아나이스가 보고 싶어."

집 떠난 지 한 달이 될 때였다. 드디어 카이에게 향수병이 찾아온 것이다. 역마살이 있는 난, 지상을 떠도는 집시 기질이 있어서 어디를 가든, 무엇을 먹든, 잘 견딘다. 그러나 한국음식이 그리운 카이는 집에서 가져온 라면을 끓여 먹으며, 혹은 슈퍼에서 산 컵라면이나 고춧가루로 양념을 한 한국식 리조또를 먹으며 향수병을 달랬지만 드디어 한계에 달한 것이었다.

카이는 혼자서 컵라면을 먹다가, 한 젓가락 먹어보라고 나에게 권했다. 내가 괜찮다고 하자 컵라면을 다 먹고 난 뒤 국물이라도 먹어보라고 다시 권했다. 카이는 자기 전에 먹어도 몸이 그대로지만 나는 자기 전에 조금만 먹어도 아침에 얼굴이 붓고 손발이 팅팅 부어오른다. 더구나 염분이 많은 라면 국물이다. 나는 괜찮다고 하면서 계속 스케줄을 짜고 있는데, 카이가 다시 물었다.

"한국사람 아닌가 봐. 김치찌개 안 먹고 싶어?

"어, 괜찮아."

"두부찌개 안 먹고 싶어?"

"어."

"도가니탕 안 먹고 싶어?"

나는 잠깐 멈칫했다. 도가니탕은 내가 몸이 아플 때 먹는 비장의 처방전이다. 이상하게 땀 흘리며 도가니탕만 먹으면 아픈 게 싹 낫는다.

"음, 먹으면 좋지."

"칸트랑 노는 꿈 꿨어."

"내일 까라보보에 있는 한국식당에 가서 두부찌개라도 먹을까?"

"괜찮아. 시간도 없는데 거기까지 언제 가."

1970년대 아르헨티나 농업이민으로 온 한국의 이민 1세대들이 아르헨티나의 황량한 개척지에서 부에노스아이레스로 진출했을 때, 처음 모여서 산 곳이 까라보보다. 한국인 타운인 까라보보는 다운타운 중심지에서 가기에는 상당히 먼 거리다. 버스를 타고 1시간 반 정도를 가야 한다. 부에노스아이레스의 한국인들은 이곳을 까라보보라고 부르지 않는다. 까라보보에 갈 때는 백구에 간다고 말한다.

카이가 음식 타령을 한 주말, 결국 까라보보의 한국식당에 갔다. 버스를 타고 가려고 했지만 일요일이어서 기다려도 차가 잘 오지 않았다. 택시를 탔는데 50페소 정도 나왔으니, 부에노스아이레스 중심지인 센뜨로의 우루과이역에서도 상당히 먼 거리다.

백두산 가는 길에 연변을 들린 경험이 있는 카이의 표현에 의하면, 까라보보의 한국인 거리는 딱 연변이라고 한다. 낙후되고 누추한 건물과 1970년대 지방 중소도시의 풍경이 펼쳐지고 북한식 레터링의 간판이 보였다. 우리는 주위에서 추천받은 한국관을 찾아갔다. 한국관은 그중 맛있는 집이라고 했는데 메뉴를 달라고 하니까 스페인어 쓰는 종업원이 갑자기 주방을 향해서 우리말로 "아줌마"라고 부른다. 잠시 후 아주머니가 나왔다. 메뉴는 없고, 한정식 하나뿐이라는 것이다. 1인당 70페소 정도의 한정식에는 불고기가 함께 나온다. 고기를 못 먹는다고 말하니까 밖으로 나가면 조선족들이 사는 동네가 있고, 한국식당이 많다고 했다.

카이는 아주머니의 말을 곧이곧대로 받아들여, 진짜 연변에서 온 조선족이 사는 줄 알았다고 했다. 물론 아주머니가 말한 조선족은 한국인을 뜻한다. 한국인 거리는 이제 많이 쇠퇴했지만 그래도 한국어로 쓰인 간판과 한국음식을 파는 식당들이 눈에 띄면서, 조선족 분위기를 연출하고 있었다.

카이가 먹고 싶어 하는 한국음식 전문 식당은 여럿 있었다. 김밥과 떡볶이를 파는 분식집도 있었지만 우리는 밥을 먹고 싶어서 본가라는 한식당에 들어갔다. 카이는 메뉴를 훑어보더니 순두부찌개를 주문했다. 하지만 서빙하는 청년이 잠깐 주방에 들어갔다 나오더니, 주방 아줌마가 오늘 휴가라고 안 된다고 했다. 하지만 김치찌개는 주문 가능하다고 말했다. 그래서 카이는 김치찌개, 나는 육개장을 먹었다. 주방 아주머니가 없을 때 왜 순두부찌개는 안 되고 김치찌개는 되는지 궁금했지만 물어보지는 않았다.

식당 안에는 전부 한국인 손님뿐이었다. 한 테이블만 중년의 한국 남자 세 사람이 식사하고 있었고, 다른 테이블은 전부 가족 단위 손님들이었다. 대화를 들어보았더니, 일요일이어서 교회에 갔다가 식당에 들렀거나 가족 모임이 있는 경우였다. 텔레비전에서는 한국의 케이블 프로그램이 나오고 있었다. 2012년 당시, 레꼴레따나 빨레르모 등 부촌 지역 이외의 식당에서는 구형 텔레비전이 대부분이고 평면 텔레비전은 찾아볼 수 없었는데 그곳에는 평면 와이드 텔레비전이 있었다. 손님들은 한국 예능 프로그램을 보고 있었다.

식당의 밥값은 대략 한국의 2배 수준이다. 계산하고 나와서 천천히 까라보보거리를 걸었다. 거리 모퉁이에 조악한 글씨체로 태극당 제과라는 간판이 보였다. 그 안에는 한국의 동네 제과점에서 파는 것과 똑같은 빵이 있다. 나는 단팥빵, 카이는 피자빵을 샀다. 이상했다. 타임머신을 타고 1970년대, 1980년대로 다시 되돌아간 느낌이 들었다. 우리는 지금 30~40년 전의 한국 중소도시의 어느 한적한 길을 걷고 있는 것이다. 이민자들에게는 그들이 살고 있는 공간만 변했을 뿐, 시간은 한국을 떠난 그 순간에 머물러 있었다.

아르헨티나의 역사가 잠든
레꼴레따묘지

형형색색으로 화려한 외양을 가진 라 보까 지구와, 즐비한 앤티크 가게들로 고색창연한 산 뗄모는 밤이 되고 여행객이 돌아간 후에 썰렁하게 변한다. 하지만 레꼴레타 지구는 다르다. 부에노스아이레스의 청담동인 레꼴레타 지구에는 알베히르라는 명품 거리가 조성되어 있고 펠리스호텔 등 고급 호텔이 주변에 자리 잡고 있다. 그중에서도 가장 눈에 띄는 것은 레꼴레따묘지^{Cementerio de la Recoleta}다.

부에노스아이레스의 중요한 공동묘지는 시내 한복판에 있다. 가르델이 잠들어 있는 차카리타묘지, 플로레스묘지, 그리고 레꼴레따묘지는 부에노스아이레스의 대표적인 3대 공동묘지에 속한다. 그중에서도 가장 값비싸고 화려한 최고급 묘지가 레골레따다. 레꼴레따묘지는 원래 수도승들이 채소를 기르던 정원이었는데, 1822년에 국가를 대표하는 묘지로 변신한다. 현재 레꼴레따묘지에는 아르헨티나의 독립영웅들과 열세 명의 전직 대통령, 군의 고위 장성, 사회적 명사들의 묘를 비롯해서 약 6,400여 개의 호화 장묘가 안치되어 있다. 이 중에서 70여 개의 묘지가 아르헨티나 국가문화재로 지정되어 있다.

부에노스아이레스에서의 가장 특별한 경험 중 하나가 묘지 관광이다. 산 자들은 죽은 자들이 거주할 집을 위해 많은 돈을 들여 정성스럽게 묘지를 만들고 장식한다. 저마다의 설계와 디자인으로 특색 있게 조성된 묘지들은 그 자체가 하나의 예술품이다. 묘지에 설치된 조각 중에는 칸딘스키의 작품도 있다. 고급 대리석과 화려한 조각품들로 장식된 묘지들과는 달리 어떤 묘지는 폐가처럼 거미줄이 쳐져 있고 무너져 있는 곳도 있다. 레꼴레따에 묘지를 조성할 때는 가문이 융성했으나 이제는 관리 자체가 힘들 정도로 가문이 몰락했거나 후손의 연고가 끊어졌기 때문이다. 그런 묘지들은 신흥 부호가 새로 사들여서 자신의 가문의 묘지를 조성하기도 한다. 레꼴레따묘지에 조상이 잠들어 있다는 사실 하나만으로도 부와 권력을 자랑할 수 있기 때문이다. 또 연고가 없는 어떤 묘지들은 시에서 관리하기도 한다.

죽어서 이곳에 작은 터라도 얻으려면 최소한 수억 원의 비용이 필요하다. 레꼴레따묘지에 가족이 안치되어 있다는 그 자체가 부와 권위의 상징이 된다. 묘지는 죽은 자들이 안식하는 처소이자 산자들이 그들을 기념하는 예배당이며, 성스러운 장소이고, 뛰어난 미적 가치를 갖는 예술품이기도 하다. 고급 대리석과 스테인드글라스로 장식된 뛰어난 예술적 가치를 가진 많은 조각품들이 묘지를 화려하게 장식하고 있다. 그래서 레꼴레따묘지 근처의 아파트는 부에노스아이레스의 어느 지역보다도 훨씬 값이 비싸다. 레꼴레따의 아파트 중에서도 묘지 전체가 한눈에 보이는 전망 좋은 곳일수록 집값이 더욱 비싸다. 부에노스아이레스의 최상류층이 거주하는 곳이 바로 레꼴레따다.

레꼴레따묘지로 들어가는 문은 마치 그리스의 파르테논 신전처럼 하늘을 찌르는 커다란 흰색 대리석 기둥 4개가 받치고 있다. 묘지 안으로 들어가서 정면에 있는 피에타 상의 오른쪽으로 향하면 아르헨티나의 국가적 인물들을 모아놓은 판테온Panteon이 있다.

묘지에는 언제나 고양이들이 빠지지 않는다. 묘지는 화장한 유골을 안치한 납골당 형식이 대부분이지만, 시신을 그대로 관에 넣고 그 관을 안장한 곳도 많다. 묘지 내부를 들여다보면 시신이 들어 있는 관들을 볼 수 있다. 후손들이 제대로 관리를 하지 않은 묘지도 많았는데, 유리창이 깨지고 관 뚜껑이 조금 열려 있기도 한다. 고양이들은 묘지의 지붕과 조각품들 사이를 날렵하게 돌아다닌다.

각 블록마다 빼곡하게 조성된 개인 묘지들. 망자의 후손들은 유명한 건축가에게 묘지의 설계를 의뢰해서 산 자를 위한 집을 짓듯 죽은 자를 위한 집을 짓는다. 그래서 각각의 묘지는 저마다의 특성이 있고 디자인이 다르다. 하지만 값비싼 대리석과 돌로 치장된 것은 비슷하다. 1920년대까지 지어진 납골당이나 묘지들은 대부분 파리와 밀라노에서 수입한 대리석들로 만들어져 있다. 수많은 납골당과 조각상으로 이루어진 레꼴레따묘지는 묘지 투어를 하는 관광객들로 항상 붐빈다.

레꼴레따묘지는 1822년 부에노스아이레스시의 명령으로 공동묘지가 되었다. 아르헨티나 역대 대통령을 비롯해서 작가, 과학자 등 국가적 인물들이 주로 묻혀 있는 곳이다. 그중에서 관광객들에게 가장 인기 있는 묘지는 에비타, 에바 페론의 묘지다. 레꼴레따묘지는 값이 워낙 비싸기 때문에 대부분 가문의 묘지가 조성되면 그곳에 가족들을 합장한다. 에비타는 친정 가문의 묘지에 묻혀 있다. 그곳은 레꼴레따묘지 중에서도 매우 작은 편이다. 소박한 에비타의 묘지에는 그녀를 추억하는 여러 개의 동판 부조가 장식되어 있다. 가로 세로 각각 2미터 정도의 작은 묘지 크기지만 그래도 그 땅값만 약 5억 원에 이른다고 한다.

2017년 레꼴레따묘지에 갔다 나왔을 때는 날이 너무 더워서 바로 앞에 있는 카페에 들어갔다. 카페 콘셉트가 분홍색으로 꾸며져 있었는데, 카이가 그날 분홍색 옷을 입고 있었다. 분홍색 의자에 분홍색 옷을 입은 카이가 앉아 있고, 그 뒤로 분홍색 벽이 보여서 마치 그 속에 묻혀 있는 것처럼 보였다. 그런데 카이 뒤에 앉은 여자도 분홍색 옷을 입고 있었다.

●

레꼴레따묘지는 1822년 부에노스아이레스시의 명령으로 공동묘지가 되었다.
아르헨티나 역대 대통령을 비롯해서 작가, 과학자 등
국가적 인물이 주로 묻혀 있는 곳이다.
그중에서 관광객들에게 가장 인기 있는 묘지는 에비타, 에바 페론의 묘지다.

아르헨티나여, 나를 위해 울지 마세요, 영원한 성녀 에비타

에바 페론. 본명은 마리아 에바 두아르테 데 페론María Eva Duarte de Perón이며, 작은 에바라는 뜻의 '에비타'라는 애칭으로 유명하다. 아르헨티나 대통령 페론의 두 번째 부인이다.

1919년 5월 7일 부에노스아이레스의 작은 마을에서 태어난 에바는, 어렸을 때 아버지에게서 버림받고 가난한 생활을 하며 살면서도 영화배우라는 꿈을 이루기 위해 노력했고, 1935년에 연예인이 된다. 특히 호소력 있는 슬픈 목소리를 갖고 있어서 라디오 DJ를 할 때 많은 팬이 생겼다. 1944년 일어난 대지진으로 많은 이재민이 생기자 에바는 구호 기금을 마련하던 중 당시 노동부장관이던 페론을 만나게 된다. 첫 부인을 잃고 독신으로 살던 페론은 에바에게 첫눈에 반했고, 두 사람은 1945년 정식으로 결혼한다. 대통령 선거 당시 페론을 위해 적극적으로 선거운동에 나섰던 에바는 1946년 그가 대통령에 취임한 이후에는 영부인으로서 에바 페론 재단을 설립해서 가난한 사람들과 노동자 농민 계층을 위한 자선활동을 했다. 페론 대통령은 1951년 선거에서 에비타를 부통령 후보로 세우지만 군사 정부의 반대로 하차시켜야만 했다. 이후 페론은 재선에 성공하지만, 자궁암 투병을 하던 에바는 1952년 7월 26일, 불과 33세의 젊은 나이로 세상을 떠난다.

가난한 빈곤층과 사회적 약자를 위해 노력한 에바, 즉 에비타는 이후 아르헨티나의 전설이 되었다. 복지와 분배에 관심을 기울인 페론 대통령을 대중들의 인기에 영합하는 포퓔리슴으로 몰아 추출하고 쿠데타로 정권을 장악한 군부 세력은, 에비타 신화에 대한 국민의 관심을 돌리기 위해 미라로 방부 처리된 에비타의 시신을 이탈리아로 빼돌린다. 그러나 페론의 세 번째 부인 이사벨이 훗날 정치적 이미지 메이킹을 위해 그녀의 시신을 아르헨티나로 돌아오게 했지만, 페론 집안의 반대로 가족 납골당에 묻히지 못하고 레꼴레따묘지의 친정집 납골당에 함께 묻혔다.

아르헨티나의 국민 영웅 에비타를 세계적 인물로 만든 것은 뮤지컬 「에비타」다. 앤드루 로이드 웨버가 작곡하고 팀 라이스가 작사해서 1978년 영국 런던의 웨스트 엔드에서 초연된 이 뮤지컬은 비록 에비타를 시니컬하게 묘사하고 있지만, 그녀가 세계적 인물로 거듭나게 하는데 결정적으로 기여했다. 모든 대사가 노래로 만들어져 일상적 대사는 거의 없으며, 쉬지 않고 음악이 연주되고 노래로 대사가 전달되는 성스루Sung-Through 뮤지컬이다. 땅고를 비롯해서 룸바·록·팝·라틴성가 등 다양한 장르의 음악이 들어 있다. 특히 대통령 선거에서 승리한 후 집 앞으로 몰려드는 지지자들을 향해, 분홍빛으로 칠해진 까사 로사다Casa Rosada 대통령궁 2층 베란다에서 에비타가 부르는 돈 크라이 포 미 아르헨티나Don't cry for me Argentina는 뮤지컬 「에비타」의 백미로 꼽힌다.

뮤지컬 「에비타」의 뒤를 이어 마돈나와 안토니오 반데라스가 주연하고 알란 파커가 감독한 영화 「에비타」까지 세계적으로 흥행에 성공하면서, 에바라는 아르헨티나의 국민적 영웅은 에비타라는 이름으로 세계인에게 알려졌다. 영화 「에비타」에서 에비타 역에 마돈나가 캐스팅되자, 아르헨티나 내부에서는 어떻게 성녀를 창녀가 연기하느냐라는 비난과 항의가 쇄도했다. 그러나 마돈나는 기존의 반항적인 이미지를 버리고 가난한 노동자와 농민을 위해 희생하는 에바를 성공적으로 연기해서 성스러운 에비타를 만들어냈다. 아직도 많은 아르헨티나 국민들은 레꼴레따묘지에 있는 에비타의 묘지에 꽃을 바친다. 내가 처음 방문했던 2009년이나 카이와 함께 다시 갔던 2011년, 2012년, 2017년에도 그녀의 묘지 앞에는 변함없이 수북하게 꽃이 쌓여 있었다.

세계 최초의 여성 대통령, 이사벨 페론

페론 대통령의 세 번째 부인은 이사벨으로 알려져 있다. 1952년 에바가 33세의 젊은 나이에 세상을 떠난 후, 쿠데타로 대통령직에서 물러나 해외로 망명한 페론은 1956년 이사벨을 만난다. 1931년생인 이사벨이 25세 때였다. 페론은 무용수로 활동하던 이사벨을 자신의 비서로 일하게 했고 1960년 스페인으로 망명지를 옮긴 직후인 1961년, 두 사람은 35세의 나이 차이를 극복하고 결혼한다. 1973년 아르헨티나 대통령 선거에서 페론주의를 내세운 엑트로 후안 깜쁘르가 당선되자 오랜 망명 생활 끝에 아르헨티나로 돌아온 페론은, 깜쁘르의 사임으로 공석이 된 대통령 선거에서 이사벨을 부통령으로 지목해서 승리하고, 1973년 10월 12일 대통령에 취임한다. 그러나 대통령 취임 직후부터 건강이 악화된 페론은 1974년 세상을 떠나고, 부통령이던 이사벨이 6월 29일 대통령직을 승계받아 세계 최초의 여성 대통령이 된다. 그러나 살인적인 인플레이션, 페소화의 평가절하에 따른 혼란 등 총체적인 경제정책의 실패로 국민들의 불만이 고조되자 1976년 다시 군사 쿠데타가 발생한다. 대통령직에서 쫓겨난 이사벨은 5년 동안의 가택연금 끝에 해외망명을 떠났다.

아르헨티나 법원이 대통령 재임 당시 일어난 여러 의문사 사건에 관련된 혐의로 이사벨의 체포영장을 발부했지만, 스페인 법원은 아르헨티나로 송환을 거부해서 현재까지 이사벨 전 대통령은 스페인에 머무르고 있다. 이사벨의 재임 당시인 1973년부터 쿠데타가 일어난 1976년까지 아르헨티나의 극우 조직인 아르헨티나 반공주의자 동맹 AAA은 비공식적으로 약 1,500명의 좌파 인사들을 살해한 것으로 알려져 있다.

5월광장의 어머니들

매주 수요일 낮 12시, 대한민국 서울의 일본 대사관 앞에서는 '위안부' 할머니들의 수요집회가 열린다. 그리고 매주 목요일 오후 3시, 아르헨티나 부에노스아이레스의 5월광장에서는 5월광장 어머니회가 주최하는 집회가 개최된다.

대통령궁 바로 앞에 있는 5월광장은 아르헨티나를 역사를 간직한 소중한 공간이다. 1810년 5월 25일, 아르헨티나를 통치하던 리오 데 라플라타 부왕의 퇴위와 자치정부의 설치를 내우고 스페인으로부터의 독립을 선언하는 아르헨티나인들의 외침이 바로 그곳에서 있었다. 처음에는 요새광장, 총리광장 등으로 불렸지만 독립 선언 이후에는 5월광장으로 불리고 있는데, 공간 자체는 그렇게 넓지는 않다. 광장에는 하늘색·흰색·하늘색으로 되어 있는 아르헨티나 국기를 창안한 벨그라노 장군의 기마상이 서 있다. 대통령궁의 위병 교대식이 매일 벨그라노 장군의 기마상 앞에서 이루어진다. 그리고 광장 중심에는 5월혁명 1주년을 기념하며 세워진 5월 탑이 있다. 하늘을 향해 뾰족하게 올라간 흰색의 탑 아랫부분에는 25 Mayo 1810(1810년 5월 25일)이라고 적혀 있다. 이 탑 안에는 아르헨티나 전 지역에서 모은 흙이 담겨 있다. 그래서 아르헨티나의 국가적 중요한 행사가 있을 때 시민들은 항상 이곳에 집결한다.

1977년 4월 13일 오후 3시, 아기의 기저귀 천으로 만든 흰색 스카프를 머리에 쓴 한 어머니가 아무 말 없이 광장을 돌고 또 돌았다. '살아서 돌아와'라고 적힌 피켓을 들고 있던 그 어머니는 군사 정권 하에서 실종된 자신의 아들을 찾아달라는 침묵시위를 벌였다. 그 다음 날 다른 실종자의 어머니들이 하나둘 광장에 모여서 침묵시위에 동참했다. 4월 14일은 목요일이었고, 그렇게 열네 명의 어머니들이 5월광장에서 매주 목요일 오후 3시마다 펼친 침묵시위는 그 무서운 공포 정치 속에서도 굴하지 않고 끝까지 이어졌다.

1976년 이사벨 정권을 몰아낸 호르헤 비델라의 군사 정부는 1983년까지 무서운 공포 정치를 펼쳤다. 좌익세력을 척결한다는 명분 아래 반체제 지식인, 학생 등 반정부세력들을 영장 없이 체포하고 고문·구금·살해했다. 이때 희생된 사람은 공식적으로 1만 2,000여 명, 비공식적으로는 3만여 명이 넘는 것으로 알려져 있다. 군사 정권 하에서 실종된 자식을 찾고 있던 어머니 열네 명이 모여서 만든 5월광장 어머니회는 한때 8,000명까지 늘어났다. 5월광장 어머니회는 아르헨티나의 공포 정치에 저항하다 실종된 자식을 찾는 활동 이외에도 국제적으로 활발한 인권운동을 펼쳤고, 참가했으며 그 공로로 1992년 유럽의회가 주는 '사하로프 양심의 자유상'을 수상했다.

5월광장 어머니회 강령

첫째, 우리의 자식들은 죽은 것이 아니라 현재의 민주화운동 속에 살아 있다. 따라서 우리는 사체 발굴을 거부한다. 민주화운동에 참여하고 있는 젊은이 모두 우리의 자식이다.

둘째, 우리는 어떠한 기념물 건립에도 반대한다. 기념물 건립은 우리 자식들의 민주화 투쟁 정신을 화석화시켜서 건축물과 돌 속에 가두는 것이다. 우리 자식들의 정신은 기념물이 아니라 현재의 투쟁을 통해 기념되고 계승되어야 한다.

셋째, 우리는 어떠한 금전적 보상도 거부한다. 생명은 오직 생명 그 자체로 가치가 있는 것이지 어떠한 재물로도 대치될 수 없다. 금전적 보상은 오히려 인간의 생명을 재물로 격하시킨다. 이것은 있을 수 없는 일이다.

여자는 약할지 몰라도, 어머니의 힘은 위대하다. 정부를 비판했다가 쥐도 새도 모르게 잡혀가고, 고문당하고 개죽음을 당하던 살벌하고 무서운 군사 정권하에서도 자식을 찾으려는 어머니들의 뜨거운 사랑은 억누를 수가 없었다. 아르헨티나의 민주화운동은 많은 부분이 우리와 비슷한데, 실제로 유신 정권하에서 반체제운동을 하거나, 광주민주화운동 중에 가족을 잃은 한국의 민주화실천가족운동협의회 회원들과 아르헨티나의 5월광장 어머니회 회원들은 1994년에 함께 만나기도 했다.

아르헨티나의 현대사는 한국의 현대사와 마치 평행이론처럼 흡사하다. 우리가 일제에게서 독립한 것처럼 아르헨티나는 스페인에게서 독립했다. 아르헨티나에서 쿠데타를 통해 1970년대 중후반 군사 정권하에서 공포 정치가 자행되었다면, 한국에서는 1960년 5월 군사 쿠데타로 정권을 잡은 세력이 1970년대 중후반 경찰과 정보부를 앞세운 유신 정권으로 억압적인 공포 정치를 했다. 아르헨티나가 1983년 민간으로 정권 이양되면서 문민정부가 들어섰다면, 한국은 1993년에 김영삼 정부가 열리면서 박정희-전두환-노태우에 이르는 수십 년의 군사 정권이 종식되고 문민정부가 시작되었다. 한국이 1997년 말 외환위기를 겪으며 IMF의 지원으로 경제적 위기를 극복했고, 아르헨티나는 1998년 IMF의 기금을 받았으니 시기적으로 거의 일치한다. 그러나 아르헨티나는 경제위기를 극복하지 못하고 국가부도 선언으로 몰락의 길에 접어들었다는 차이가 있다.

영국과의 포클랜드섬 영유권 전쟁에서 패한 아르헨티나의 군사 정부는, 폭발하는 국민들의 항의에 굴복해서 정권을 민간으로 이양했다. 하지만 그 이후에도 실종자들은 집으로 돌아오지 못했고, 진실 규명은 더디게 진행되었다. 그래서 5월광장 어머니회는 집으로 돌아오지 않는 자식들을 찾아달라고, 진실을 밝혀달라고 30년 동안 매주 목요일 집회를 하고 있는 것이다. 민간으로 정권이 이양된 이후 5월광장 바닥에는 어머니들이 걸치고 있었던 흰 수건이 그려졌다.

　내가 처음 부에노스아이레스에 갔을 때는 5월광장의 존재를 몰랐다. 어느 날 밤늦게 지하철을 타고 이동하다가 지하철을 갈아타기 위해 내렸는데, 그 지하철이 막차였다. 할 수 없이 택시를 타고 집으로 가기 위해 출구로 나갔는데 저 앞에 아르헨티나 국기가 중앙에서 펄럭이는 대통령궁이 보였고, 어두운 광장이 내 앞에 펼쳐져 있었다. 미국 대통령 집무실은 화이트 하우스, 우리나라는 청색 기와지붕이 있다고 해서 청와대로 불리듯이 아르헨티나 대통령궁은 분홍빛 집이라는 뜻의 까사 로사다로 불린다. 역대 아르헨티나 대통령 중에서도 지금도 높은 인기를 유지하고 있는 사르미엔또 대통령 시절, 정치적 평화와 화합을 위해 자유당의 상징색인 붉은색과 연합당의 상징색인 흰색을 섞어 대통령궁 외부를 칠했기 때문에 까사 로사다가 된 것이다.

　까사 로사다 앞을 여러 번 지나간 적이 있었으므로 야간 조명을 받은 모습만 봐도 대통령궁인지는 알 수 있었지만 5월 광장은 낯설었다. 밤의 5월광장은 적막하고 을씨년스러웠다. 지나다니는 사람들도 거의 없다. 갑자기 소름이 돋았다. 5월광장 한쪽에는 낮은 천막이 쳐져 있었다. 나는 노숙자가 그곳에 불법으로 기거하는 줄만 알았다. 강도를 당할까봐 두려워서 빠른 걸음으로 지나쳐 택시를 잡고 숙소로 돌아왔는데 나중에 알고 보니 5월광장이었다.

　2017년 부에노스아이레스에 갔을 때는 일부러 목요일 오후에 까사 로사다와 5월광장을 방문했다. 분홍색의 까사 로사다를 향해 걸어가면서 오른쪽 작은 공원에 박힌 수십 개의 하얀 십자가들과 누워 있는 소녀상을 지나 모퉁이를 돌자 머리에 하얀 스카프를 쓴 할머니 두 분이 보였다. 할머니들의 목에는 끈이 걸려 있고 거기에는 각각 실종된 할머니들의 딸 사진이 들어 있었다. 할머니들 주변에는 수많은 여성들이 모여 두 할머니를 위로하고 있었다. 아직도 돌아오지 못하고 생사도 모르는 할머니들의 딸을 위해 많은 여성이 함께 눈물지으며, 기도를 올리며 할머니들을 위로하고 있었다.

지구 반대편에 있는 나라이고 정치적 사정도 다르지만, 내 머릿속에서는 그 순간 망월동의 십자가들이 떠올랐고 5월 광주의 아픔을 안고 살아가는 광주민주화운동 유족들의 모습이 겹쳐 보였다. 국민들을 불행하게 만드는 잘못된 권력은 끝났어도 그 상처는 아직 남아 있었다.

제4부

땅고 댄서,
DJ
…

땅고 누에보의 황제,
치초와 후아나

마리아노 프룸불리^{Mariano Frumbuli}, 세계의 많은 땅게로스는 그를 '치초^{Chicho}'라고 부른다. 치초는 전통 땅고의 춤을 계승하면서도 독창적 상상력으로 새로운 땅고를 만들어가는 땅고 춤의 혁명아다. 과장되게 표현하자면 그동안 치초는, 가령 땅고 음악에서 피아졸라가 했던 역할을 춤을 통해 하려 했다고 말할 수 있다. 피아졸라가 저잣거리의 대중 속에 흘러 다니는 땅고 음악에 뛰어난 미학성을 부여해서 현대 음악의 중요한 위치로 끌어 올렸다면, 치초는 대중이 즐기는 밀롱가의 춤 땅고를 미학적으로 가장 높은 단계로 격상시키고 있다.

머스 커닝햄^{Merce Cunningham} 이후 신체의 자연스러운 움직임을 역동적으로 표현하면서 관념으로부터 더욱 자유로워진 현대 춤은, 일상적

치초의 상체에서 발생한 에너지는 끊이지 않고 부드럽게 땅게라에게 이어져서
그 에너지를 따라 출렁이며 몸을 움직이다 보면
저절로 치초의 마법 같은 세계 속으로 빠져들게 된다.

삶과 밀착되면서 본능적 욕망을 표현하는 땅고 등 대중적인 춤의 양식을 적극적으로 도입해서 새로운 변화를 모색하고 있다. 리우 올림픽 개막식에도 등장했고 LG 아트센터에서 공연을 했던 브라질의 그루뽀 꼬루뽀Grupo Corupo는, 땅고의 양식을 현대 춤에 접목시켜 뛰어난 완성도를 보여준 대표적인 현대 무용단이다. 브라질 출신의 안무가 로드리고 뻬데르네이라스Rodrigo Pederneiras가 이끄는 이 무용단은, 브라질의 대중음악가 아르날도 안뚜네스Arnaldo Antunes의 곡을 바탕으로 한 「오 꼬르보O Corpo」를 비롯 「레꾸에나Lecuona」 등 많은 작품에 땅고 음악과 춤을 도입해서 현대 무용에 새로운 바람을 불어넣은 바 있다. 이외에도 우리 시대 최고의 안무가 중 한 사람으로 꼽히는 나초 두아토가 이끄는 스페인 국립현대 무용단은 2001년 초연한 까스뜨라띠Castrati 같은 작품에서 땅고 피구라를 응용한 동작들을 선보인 바 있고, 이리 킬리안이 이끄는 네덜란드 국립무용단의 작품에서도 낯익은 땅고 동작을 손쉽게 찾아볼 수 있다.

새로운 출구를 모색하려는 현대 무용에서 21세기 대중문화의 중요한 트렌드로 급부상한 땅고의 양식을 적극적으로 흡수한 것처럼, 땅고 춤을 예술적 경지로 상승시키려는 움직임은 피아졸라의 땅고 누에보 이후 나베이라, 살라스, 베론, 치초 등을 중심으로 활발하게 펼쳐졌다. 2000년대 이후 땅고 춤의 흐름을 보면, 밀롱가에서 즐기는 소셜 댄스로서의 땅고뿐만 아니라 무대 공연으로서 탁월한 미학적 성취도를 이뤄내기 위한 시도가 있었음을 알 수 있다. 그것은 땅고에 대한 끊임없는 실험정신과 미학적 탐구의 결과이며, 이런 모든 움직임의 중심에 치초가 있다.

치초는 그의 선배 세대인 베론과 나베이라, 살라스 등이 초석을 다진 땅고 누에보를 본격적으로 완성시킨 인물이다. 물론 지금도 선배 세대들 역시 활발하게 활동하고 있고 끊임없이 새로운 모색을 하고 있지만, 치초의 상상력과 실험정신은 이미 그들이 이룬 업적을 초월해서 독창적인 미학적 경지에 다다르고 있다.

2005년 CITA 무대에서 치초는 반도네오니스트 한 명의 라이브 연주만으로 걷고 움직이며, 때로는 아무 소리도 들리지 않는 무음을 배경으로 적막한 무대에서 새로운 공간을 창조하며 춤췄다. 청각적 상상력을 극대화해서 파격적이며 독보적 경지에 이른 땅고를 보여준 2005년 공연과는 달리 2006년 CITA에서 치초는 불안한 모습을 노출시켰다. 다운타운의 밀롱가 라 비루따La Viruta에서 에우제니아 빠리야Eugenia Parrilla와 함께 앵콜까지 포함해서 두 곡을 췄고, 무대 공연에서는 2005년 서울땅고페스티벌에 참여하기도 했던 다미안 로젠딸Damaian Rosenthal의 파트너 셀린느와 호흡을 맞춰 공연했지만, 2005년의 새로움에는 미치지 못한 실망스러운 춤이었다.

특히 밀롱가 라 비루따의 공연에서 에우제니아는 치초의 강렬한 기를 받기에는 너무 약한 모습을 노출했다. 치초의 춤은 최고의 테크니션이 이룰 수 있는 경지, 무기교의 기교, 즉 테크닉이 없는 테크닉을 구사한다. 자세히 보면 테크닉이 없는 것은 아닌데 그 어떤 테크닉도 치초에게 오면 테크닉으로 느껴지지 않는다. 치초는 온몸의 세포를 활짝 열고 음악을 흡수해서 형성된 충만한 내적 정서를 그대로 몸 밖으로 내뿜으며 걷는다. 최상의 테크닉을 화려하게 구사하는 외형적 춤보다, 깊고 무서운 마력으로 걷는 내적 정서의 걸음이 훨씬 더 유혹적이다.

치초가 뛰어난 것은 단지 테크닉에만 의지하는 테크니션이 아니라, 영혼을 울리는 음악과의 합일을 통해 자신이 획득한 정서적 깊이를 탁월하게 육체적으로 표현하기 때문이다. 그는 테크니션이 아니라 아티스트다. 진짜 춤꾼은 기교를 버린다. 그러나 라 비루따에서 파트너였던 에우제니아는 치초의 기를 제대로 받지 못하고, 영혼의 교감 없이 테크닉만으로 춤을 췄다. 치초가 무대 공연에서 다미안의 파트너인 셀린느와 춤춘 것은 차라리 잘된 일이었다. 치초와 에우제니아의 파트너십이 깨어지면서 일어난 현상이라고 볼 수 있는데, 두 사람 사이의 내밀한 정서적 교류가 땅고에서 얼마나 중요한가를 보여준 사례라 할 수 있다.

치초는 전통 땅고에서 출발했지만 독창적 상상력과 실험정신으로 전통에 안주하지 않고 새로운 땅고를 연구하며 발전시켰다. 그의 춤은 선배 세대 영향에서 벗어나 현대 땅고가 다다를 수 있는 최고의 경지에 접근하고 있는 것으로 보인다. 유럽으로 건너가 파리를 중심으로 활동하고 있는 그의 행동반경도 땅고에 현대적 감각을 예민하게 받아들이는 데 기여했을 것이다. 다른 장르, 특히 현대 무용과 발레의 뛰어난 성과를 흡수하고 있다는 것을 치초의 땅고에서 확인할 수 있다.

2007년 3월 13일 CITA페스티벌이 진행된 아스트랄극장에서 치초는 무대에 두 번 등장한다. 첫 번째는 전통적 아브라쏘를 하고 살론 땅고를 깔끔하게 소화했다. 그의 스텝은 단호하고 예리하다. 한 치의 망설임도 없이 선명하게 치초는 땅게라(루시아 마제르)를 향해서 밀고 들어갔다가 빠져나온다. 그리고 순간적인 무게중심의 급격한 이동을 빈번하게 활용하면서도 땅게라의 무게중심을 전혀 흐트러뜨리지 않고 다양한 변화를 시도한다. 아주 짧은 순간, 치초는 무게중심을 왼발과 오른발로 급격하게 이동하면서 미묘한 에너지를 발생시킨다. 그의 무게중심의 이동은 너무나 순식간에 흔적도 없이 일어나서 주의 깊게 보지 않으면 눈치 채지 못할 정도다. 그래서 얼핏 그의 춤은 평범해 보이기도 한다. 최고의 경지에 오른 상태에서나 가능한 테크닉과 예술적 표현의 완벽한 조화가 이루어진다.

두 번째 스테이지의 마지막 무대. 우측에 푸른색 조명이 들어왔다. 두 남녀가 앞뒤로 나란히 서 있다. 객석에서는 등을 돌리고 서 있는 치초만 보였다. 그의 단단한 등 뒤에서 마제르가 서서히 움직인다. 처음에는 다리가, 그 다음에는 팔이 치초의 몸 밖으로 빠져나온다. 그러다가 두 사람이 분리된다. 마제르는 푸른색 조명 영역의 가장자리까지 나간다. 치초는 그녀를 갈망한다. 두 사람은 서로 가까워졌다 멀어지고 함께 손을 잡았다가 놓는다. 스쳐 지나갔다 다시 돌아서서 서로를 바라보기를 반복하면서 동작의 변형이 이루어진다. 전통 땅고를 출 때와는 다르게 치초는 청바지 끝단을 접은 상태로 등장한다. 옷과 신발은 치초의 샤머니즘이다. 그는 전통 땅고에서 벗어날 때는 청바지 등의 옷이나 스니커즈 등의 신발로 전통과 거리가 두고 있음을 의식적으로 드러낸다.

아브라쏘를 해체한 솔따다 상태에서 두 사람은 거울에 비치는 것처럼 좌우 반대로 서로 똑같은 동작을 하는 미러 포즈나, 아니면 서로의 그림자가 되어 혼연일체로 움직이는 쉐도우 포즈로 동작을 이어간다. 그들의 움직임은 너무 자연스러워서 한 덩어리로 보인다. 두 사람이 움직이고 있다는 생각이 들지 않는다. 자세히 보면 그들은 음악과 혼연일체가 되어 움직였다가 정지하고 다시 움직인다. 외형적 표현과 내면적 정서 사이에 단단한 연결고리를 형성하는 치초답게 무기교의 기교를 구사하며 음의 하나하나를 몸의 움직임으로 표현했다. 치초가 강하게 잡자 마제르는 머리끈을 던지고 푸른색 조명 밖으로 나간다. 무대 좌측에 붉은색 조명이 들어온다. 강렬한 음악에 따라 두 사람은 격렬한 동작을 한다. 루시아는 치초의 겉옷을 벗기고 셔츠의 소매까지 뜯어낸다. 치초 역시 마제르의 치마를 벗겨서 던져버린다. 마제르는 팬티만 입은 채, 치초는 두 팔의 맨살을 드러낸 채, 몸을 밀착해서 서로의 육체를 탐닉하고 섹스하는 모습을 충격적으로 형상화한다. 그 움직임이 소멸될 때 마제르와 치초는 서로를 뿌리친 채 푸른색 조명 안으로 들어와서 우뚝, 처음과 같은 모습으로 객석을 향하여 선다.

2007년 3월 CITA의 마지막 무대에서 치초의 춤은, 현대 땅고가 닿을 수 있는 절정의 경지를 보여주었다. 나는 온몸에 소름이 돋았다. 이렇게 아름다운 춤을 본 적이 없다. 3월 12일 밤, 밀롱가 라 비루 따에서 청바지에 운동화를 신고 등장한 치초가 일렉트로닉스 음악에 맞춰 춤을 출 때가 가장 치초다웠지만, CITA의 마지막 무대를 장식한 치초의 공연은 당분간 그 어디에서도 만나볼 수 없는 최고의 무대라고 생각했다.

2007년 12월 처음으로 한국을 방문한 치초는 워크숍과 공연을 제자이자 파트너인 후아나와 함께 진행했다. 치초는 그때부터 후아나와 호흡을 맞춰 현재까지 파트너십을 유지하면서 세계를 돌며 땅고 투어를 하고 있다.

2010년 CITA의 웰컴 밀롱가가 열린 부에노스아이레스의 니뇨비엔, 나는 밀롱가에서 춤을 추다가 화장실에 가기 위해 로비로 나왔다. 로비는 매우 혼잡했다. 걷기 힘들 정도로 너무너무 사람이 많았다. 나는 땀을 식히려고 베란다로 나갔는데 구석에서는 유럽피안 커플이 깊은 포옹을 하며 뜨거운 장면을 연출하고 있었다. 공기는 시원했다. 최고의 땅고 밴드인 섹스떼또 밀롱게로의 라이브 연주와 함께 춤추는 수백 명의 뜨거운 열기도 베란다까지는 미치지 못하고 있었다. 2층 베란다는 좁고 아늑했으며 조용했다. 한 남자가 내 옆에서 담배를 피우기 시작했다. 치초였다. 그는 귀, 눈썹, 코에 피어싱을 하고 푸른색 양복과 커다란 무늬가 그려진 청바지를 입고 푸른색과 흰색이 섞인 구두를 신고 있었다. 나는 인사를 했다. 나를 기억하겠느냐고, 2007년 겨울, 서울에서 당신이 공연하기 직전에 오프닝 공연을 했었다고. 그는 반갑게 인사하며 그때 내 흰 와이셔츠에 사인을 해주었다고 기억하고 있었다. 다시 서울에 올 계획이 없느냐고 물었더니 너무 바빠서 아직은 계획이 없다고 했다. 그는 나에게 언제 부에노스아이레스에 왔는지, CITA만 참가하고 가는지, 이것저것 물어보았다. 그렇게 한참을 이야기하는데 공연 준비를 알리는 사회자의 멘트가 시작되자 이제 들어가 봐야 한다고 작별인사를 했다.

땅고 누에보라는 장르가 형성된 데는 나베이라나 살라스 등 선구자들의 노력이 있었지만 그것을 완성시킨 사람이 치초라는 데 이의를 제기할 사람은 별로 없을 것이다. 치초는 가장 창의적으로 새로운 춤을 추었으며 미학적으로 음악과 한 몸이 된 춤의 높은 경지를 보여주었다. 치초의 춤은 많은 사람에게 자극을 주었고, 그가 만든 피구라는 밀롱가에서 곧바로 모방의 대상이 되었다. 치초의 춤은, 음악을 완벽하게 이해하고 그것을 파트너와 함께 혼연일체가 되어 육체적 움직임으로 표현하면서 감동을 준다. 그의 춤은 물 흐르듯 자연스럽다. 음의 강약과 완급은 물론 높낮이까지도 표현한다! 특히 2010년 CITA의 페어웰 밀롱가에서 보여준 치초의 춤은 너무나 아름다웠다.

어떤 사람은 치초의 리드는 힘으로 하는 리드라고 설명하기도 하는데, 그의 동영상을 보고 모방하면 겉으로는 쉽고 너무나 편안하게 리드하는 것처럼 보여도 실제로 해보면 엄청난 에너지가 필요하기 때문이다. 하지만 치초의 워크숍에서 깨달은 것은 가장 자연스러운 에너지의 흐름을 이용하는 데서 치초의 미학이 발생한다는 것이다. 마르까라고 부르는 땅게로의 리드를, 그는 너무나 자연스럽게 펼쳐서 파트너인 후아나는 바늘 끝의 실처럼 마법에 홀린 듯 치초와 함께 움직인다. 치초의 걸음을 보면 파트너보다 조금 먼저 에너지를 만들어서 리드하는 것을 알 수 있다. 치초의 상체에서 발생한 에너지는 끊이지 않고 부드럽게 땅게라에게 이어져서 그 에너지를 따라 출렁이며 몸을 움직이다 보면 저절로 치초의 마법 같은 세계 속으로 빠져들게 된다. 치초의 상체는 바늘이고 후아나의 하체는 실이 되어 꼬리에 꼬리를 무는 뱀처럼 부드럽게 움직이며 춤춘다. 지금 치초는 자신의 땅고 인생 절정기를 맞고 있는 것처럼 보인다. 치초의 황금시대, 그러나 흐르는 물처럼 땅고의 흐름도 변한다. 황금시대는 영원하지 않다.

땅고 살롱으로 회귀한 황태자
세바스띠안 아르쎄와 마리아나 몬테스

세바스띠안과 마리아나는 2000년대 초반, 그들이 이십 대였던 시절부터 두각을 나타낸 인기 댄서다. 2002년 처음 한국을 방문해서 공연과 워크숍을 했고, 2007년 12월 14일부터 20일까지 치초와 후아나 커플과 함께 다시 서울을 방문해서 공연과 워크숍을 진행했다. 나는 서울교육문화회관에서 진행된 그랜드 밀롱가에서 그들의 공연 직전 오프닝 공연을 했다. 치초는 회사원처럼 머리를 단정하고 짧게 잘랐으며 세바스띠안은 마치 몇 년 전의 치초처럼 사자머리를 나풀거렸다. 멀리서 보면 세바스띠안이 치초처럼 보였다.

세바스띠안은 친구이자 한때는 연인이기도 했던 마리아나와 함께 내한했지만, 그는 내한 직전인 2007년 11월초 부에노스아이레스에서 소피아라는 러시아 여자와 결혼했다. 서울 워크숍은 그들의 신혼여행이었다. 세바스띠안은 치초의 후배이자 동지이지만, 치초에게서 독립해서 자신만의 미학을 세우려는 야망과 열정으로 가득했다. 그들은 십 대 후반부터 파트너이자 연인으로 땅고를 추다가 이제는 각자 다른 연인과 만나 결혼해서 아이도 낳았으며, 세바스띠안은 모스크바에서, 마리아나는 이탈리아에서 각각 살고 있지만 여전히 최고의 땅고 파트너십은 유지하고 있다. 그들은 지난 2017년 1월 12일부터 16일까지 부에노스아이레스 밀롱가에서 아르헨티나 땅고 살론페스티벌도 개최했다.

그들은 정통 땅고 스타일로 시작해서 2000년대 초반 당시 세계적으로 크게 유행했던 땅고 누에보를 거쳐 이제는 다시 땅고 살론으로 귀환했다. 세바스띠안과 마리아나 커플이 땅고 살론페스티벌을 개최했다는 것은 그러므로 매우 상징적인 의미가 있다. 그것은 땅고 살론이라는 거대한 축을 중심으로 땅고 누에보 등 다양한 스타일이 흡수되고 있다는 것을 뜻했다.

내가 2010년 부에노스아이레스에서 개최된 CITA 워크숍에 참가했을 때 세바스띠안은 땅고 세미나에서 자신만의 독특한 역동적 에너지 시스템을 발표했다. 나는 그의 세미나 6시간을 모두 들었는데 기본적인 에너지의 발생과정은 치초와 비슷하지만 치초가 자연스러운 움직임을 선호하고 음악과 혼연일체가 되어 미학적 완벽을 추구한다면, 세바스찬은 훨씬 더 역동적인 강렬한 에너지를 만들고 새로운 세계를 구축하고 싶어 했다.

세바스띠안은 특히 히로를 이용한 역동적 에너지의 창출을 다양하게 모색하고 있었다. 남자의 상체에서 시작되는 땅고 에너지의 발생은 같지만 치초가 그것을 물 흐르듯 자연스럽게 끌고 가는 데 비해서 세바스띠안은 그 에너지를 파워풀하게 흡입, 수축, 폭발한다. 그의 오랜 파트너인 마리아나는 그 과정에서 세바스띠안의 조력자가 아니라 한 몸이 되어 에너지를 서로 공유하며 폭발시키고, 분출시킬 때 자신의 에너지를 보태서 더 엄청나게 확장시킨다.

2010년 CITA의 무대에서 그들은 땅고와 밀롱가 등 두 곡을, 라 비루따 밀롱가에서도 두 곡을 췄다. 라 비루따 공연에서 세바스띠안은 얼기설기 기운 힙합 청바지에 바지 밖으로 셔츠를 흘러내린 차림으로 등장했다. 밀롱가 공연에서는 무대 공연 때보다 훨씬 더 파격적인 춤을 췄는데, 허리 높이로 올린 땅게라의 구두를 손으로 잡고 빙그르르 턴하는 아방가르드한 동작도 있었고, 땅게라는 구두 끝으로 땅게로의 무릎을 강하게 딛고 올라서는 동작까지 선보였다.

세바스띠안과 마리아나의 무대 공연 첫 번째 곡은 스토리를 강렬하게 노출시킨 공연이었다. 그들은 갈등 관계에 있는 남녀의 모습을 연기하면서 춤췄다. 무대 중앙 의자에 앉아 있는 마리아나, 우측에서 사자 머리에 머리띠까지 두른 세바스띠안이 가방을 메고 선글라스를 낀 채 등장한다. 힙합 청바지 차림이다. 마리아나는 그런 그가 못마땅하다. 잔소리를 퍼붓자 세바스띠안은 무대 안에 가방을 놓고 나온다. 그들은 아브라쏘를 하지만 곧 손을 놓는다. 다시 무대 안으로 들어간 세바스띠안은 이번에는 선글라스를 벗고 등장한다. 아브라쏘를 하고 조금 전보다 약간 더 길게 걷는 두 사람, 그러나 마리아나는 또다시 그의 손을 놓는다. 무대 안으로 들어갔다가 나오면서 세바스띠안은 몸에 남아 있던 마지막 장식인 머리띠를 바닥에 팽개친다. 이제 비로소 마리아나는 세바스띠안과 아브라쏘를 하고 춤추기 시작한다.

땅고를 추는 데는 춤 이외의 다른 어떤 것도 필요하지 않다는 테마를 보여주는 공연은 재미있기는 하지만 댄서들이 콘셉트를 완벽하게 흡수해서 뛰어난 내면연기를 보여주지 못하면 어설픈 동작이 되기 쉽다. 마리아나의 동작은 과장되어 있으며 세바스띠안 역시 무대 안으로 들어갔다 나오는 동작을 반복하면서 불필요한 액션을 노출했다. 가방이나 선글라스, 머리띠 등으로 상징되는 모든 욕망을 버린 뒤에야 진정으로 땅고를 출 수 있다는 콘셉트는 재미있었지만, 그 과정이 지나치게 길고 단순 반복되면서 지루함을 주었다.

2012년을 전후로 치초와 세바스띠안의 동지적 관계는 끝난다. 세바스띠안은 치초의 영향에서 벗어나 자신의 땅고를 추기 시작했다. 지금은 부인의 고향인 러시아 모스크바에 땅고 스튜디오를 만들어 그곳에서 거주하며 강습하고 있다. 이제 세바스띠안과 마리아나 커플의 땅고를 예전만큼 보기는 힘들 것이다. 내가 만난 아르헨티나 땅게로스 중에서도 세바스띠안은 가장 영민한 땅게로였다. 뛰어난 테크니션 이전에 땅고의 길에 대한 깊은 정신적 모색을 하면서 춤추는 흔치 않은 땅게로였다.

세바스띠안의 상체에서 생성되는 에너지가 파워풀하게
파트너인 마리아나에게 전달되면
그녀는 세바스띠안과 한 몸이 되어 에너지를 서로 공유하고 분출시키면서
자신의 에너지를 더 포함시켜 엄청나게 확장시킨다.

「탱고레슨」의 주인공, 파블로 베론

나는 그가 온다는 소식을 듣고 잠을 못 잤다. 어느 정도 과장된 표현이지만, 그를 만날 생각을 하니까 마음이 설렌 건 사실이다. 살아 있는 땅고의 전설이라 불리는, 영화 「탱고레슨」의 주인공 베론이 부산국제영화제가 개막하던 2005년 10월 6일 한국에 온 것이다.

베론의 2005년 한국 워크숍은 아시아에서는 최초였다. 그는 그때까지 일본도, 중국도 가지 않았다고 한다. 그는 영화에서 볼 때보다 훨씬 야윈 몸매였고 얼굴 살도 많이 빠졌다. 원래는 한 강습 시간이 1시간 20분인데, 열정적으로 강습해서 2시간을 했다. 그는 소문과는 달리 매우 성실했고, 편한 사람이었다. 강습이 끝나고 수강생들이 촬영을 요구하자 싫은 표정도 내지 않고 모두 들어주었다. 힘든 강습

뒤에는 누구나 쉬고 싶어 한다. 그 많은 사람의 요구를 일일이 받아 주는 것은 힘든 일이다.

그가 한국에 온 다음 날부터 사흘 동안 나는 매일 그를 만났다. 10월 9일 일요일 밤 강습이 끝났을 때 밤 11시가 넘었지만 뒤풀이를 가자고 했다. 우리는 압구정의 한 식당으로 자리를 옮겼다. 그리고 새벽까지 술을 마셨다. 그는 한국 소주를 좋았다. 매운 맛의 오징어 무침도 잘 먹었다. 게다가 한국식으로 술자리에서 노래 한 곡도 불렀다. 겸손하고, 소탈하고, 친절했으며 매우 따뜻한 사람이었다. 땅고의 뛰어난 기술자가 아닌 아티스트로서의 창조력이 넘치는 사람이었다. 땅고를 출 때는 무서운 카리스마가 그를 휘감았다. 춤을 출 때는 그의 주변에서 번개의 하얀 칼이 번뜩거렸고 천둥이 치면서 말들이 구름 위를 달려갔다.

지난 1997년, 소설 『올란도』를 영상으로 뛰어나게 형상화한 포터 감독의 「탱고레슨」을 보기 위해 대한극장에 들어갈 때만 해도 영화 「올란도」를 만든 감독의 신작 영화라는 생각 외에는 아무것도 없었다. 그러나 영화 「탱고레슨」을 본 사람이라면 누구나 다 그렇듯이, 나는 그 영화를 본 순간부터 땅고에 매혹당했다. 흑백과 칼라가 혼용되어 만들어진 「탱고레슨」에서는 포터 감독 자신이 직접 주인공으로 등장한다.

신작 영화를 만들기 위해 시나리오를 쓰고 있던 포터는, 우연히 베론의 땅고 공연을 보고 땅고에 매료되어 그에게 개인 교습을 받는다. 파블로는 자신의 공연 파트너로 포터를 정해서 같이 무대에 오르지만, 아직 땅고가 서투른 그녀에게 불만을 퍼붓는다. 그들은 땅고를 가르치고 배우면서 연인 관계로 발전하지만, 곧 파블로에게 새로운 여자가 생긴다. 한편 포터의 시나리오를 본 할리우드 제작자들은 상업성이 없다는 이유로 영화화를 망설인다. 그녀는 집수리를 위해 몇 주 동안 집을 비워야 할 처지가 되자 베론과 함께 아르헨티나의 부에노스아이레스를 찾는다. 그리고 그곳에서 그들은 땅고를 추며 다시 좋은 친구 관계로 변화된다.

국내에도 소개된 스페인 출신의 거장 카를로스 사우라 감독의 「땅고」가 쇼를 만드는 무대를 중심으로 땅고를 소개하고 있다면, 「탱고 레슨」은 1990년대 이후 등장한 땅고 누에보, 즉 새로운 땅고를 보여주고 있다. 영화 속에서 베론은 포터 감독에게 땅고를 가르쳐주다가 이성 관계로 발전하고 갈등한다. 나는 뒤풀이 자리에서 베론에게 돌직구로 물어보았다.

"그 영화는 포터 감독이 땅고를 배운 자전적 이야기인데, 그렇다면 그녀가 당신과 사랑에 빠진 것도 사실인가?"

"아니다. 포터 감독에게 땅고를 가르쳐준 것은 사실이지만, 그녀는 나의 어머니뻘이다."

베론을 만날 때까지, 그에게 나이를 물어볼 때까지 나는 그가 나와 비슷하거나 나보다 많은 줄 알았다. 우선 그는 더부룩하게 구레나룻과 턱수염을 길렀다. 그래서 실제보다 훨씬 나이가 들어 보인다. 영화 속에서도 그의 상대역이 포터였기 때문에 그는 실제보다 더 성숙해 보일 수 있다. 그런데 놀랍게도 그는 1970년 10월 17일생이었다.

베론의 마지막 강습이 끝난 후 뒤풀이에서 그에게 종교가 무엇인가 물어보았다.

"몇 년 전 달라이 라마를 만난 적이 있다. 달라이 라마와 일주일 정도를 함께 보내면서 많은 깨달음을 얻었다. 그때부터 불교에 관심이 많다. 언제나 조그만 불상도 몸에 가지고 다닌다."

그는 호신불이라고 부르는 작은 불상을 지니고 다닌다고 했다. 또 정통 채식주의자는 아니었지만 식사도 채식 위주로 했다. 그래서 살짝 데친 오징어무침을 권할 때는 못 먹을 줄 알았는데 의외로 그것은 좋아했다.

베론의 땅고 수업을 같이 받았던 한 땅게라는 그가 바람둥이일 것이라고 말했다. 여자에게 친절한데, 그냥 친절한 게 아니라 바람둥이 특유의 제스처가 있다는 것이다. 그게 사실인지는 모르겠지만 그는 예상보다 훨씬 성실했고 친절했다. 모든 강습이 예정 시간보다 30분을 넘겨서 끝났다. 그에게 개런티를 지불해야 할 오가나이저는 불안해했지만, 그는 괜찮다고 답했다.

2005년 10월 8일 토요일 밤 11시 30분, 대한토탈댄스협회에서 베론의 공연이 있었다. 부산국제영화제 때 공연하기로 되어 있었지만, 일정 관계로 영화제 공연은 무산되었고 스튜디오에서 수강생을 대상으로 공연했다. 그의 공연은 정말 숨을 멎게 만들 정도로 아름다웠다. 원래는 두 곡만 추기로 되어 있었지만, 관객들의 이어지는 환호성과 기립 박수로 한 곡을 더 췄고, 계속 오뜨라(앙코르, '다시 청한다는 의미'의 스페인어)가 이어지자 한 곡을 더 추어서 모두 네 곡을 공연했다. 공연 뒤에는 가쁜 숨을 몰아쉬면서도 그 많은 관객들의 사진 촬영에 일일이 응해주었다. "베론 정도면 거만을 떨어도 되는데 매우 친절하다"고 누군가 말했다. 모두들 동의했다. 그는 땅고의 신이었으니까. 그는 관객들의 박수에 답례하면서 두 손을 모아 가슴에 대고 고개를 가볍게 숙였다. 우리에게는 익숙한 불교식 인사였다.

그는 1986년부터 1987년 사이에 부에노스아이레스에서 뮤지컬「에비타」「캬바레」 등에 출연했으며, 아메리카 대륙의 많은 페스티벌에 초청되었고, 텔레비전 방송에 출연했다. 1989년에는 파리에서 공연된 땅고쇼 「땅고 아르헨띠노」에도 출연했다. 이 쇼는 오랫동안 세계 순회공연을 하면서 대성공을 거두었다.

그의 첫 영화는 조지 포시야 감독의 「사이파요스Cipayos」였다. 그리고 그의 제자인 영국 출신의 포터 감독과 「탱고레슨」을 찍었다. 「탱고레슨」의 성공은 그를 국제적 인사로 만들었다. 아르헨티나국제영화제에서 수상했으며 백악관에 초대되어 땅고 공연을 했다. 그리고 2001년에는 뛰어난 배우이며 「지옥의 묵시록」에서의 인상적인 연기로 아카데미 조연상을 수상한 로버트 듀발이 프로듀서한 「더 컵」에 출연했고, 포터 감독의 「더 맨 후 크라이드」에 조니 뎁과 함께 출연하기도 했다.

또 2002년에는 로버트 듀발이 직접 각본을 쓰고 주연·감독까지 한 「어쎄서네이션 탱고Assassination Tango」에 출연했다. 이 영화의 엔딩 크레디트가 올라올 때 베론은 유명한 땅고 댄서인 제랄딘 로드리게스와 땅고를 춘다. 베론은 뒤풀이 자리에서 영화 후일담을 이렇게 털어놓았다.

"사실 그 장면은 즉흥적인 것이었다. 촬영하기 전 바로 그 자리에서 세 번 정도 호흡을 맞추고 즉흥적으로 안무해서 춤을 춘 것이다. 제랄딘은 밀롱게로 스타일이어서 나와 잘 맞지는 않는다. 그녀가 여섯 살 때부터 나는 그녀와 춤을 추었는데 그때도 춤을 잘 췄다. 그리고 영화 속에서 춤을 춘 장소는 낡은 공장이었고, 시멘트 바닥이었다. 거의 자갈밭 수준이었다. 춤을 출 수 없는 장소였지만, 촬영을 위해서 최선을 다해 춤췄다."

당시 베론에게는 아들이 있고, 이혼한 상태였다. 그가 한국을 떠나기 하루 전날인 10월 17일, 압구정에 있는 땅고 바에 들어왔을 때 실내는 깜깜하게 불이 꺼져 있었다. 우리는 그날이 그의 생일이라는 것을 기억해내고 깜짝 생일 파티를 열어주었다. 이 자리에서도 그는 두 손을 모으고 감사의 표시를 했으며 영화에도 등장했던 그 유명한 탭댄스를 췄다.

2016년 7월에 베론은 다시 혼자 한국에 와서 워크숍을 진행했다. 파트너가 없었기 때문에 공연은 하지 않았다. 오랜만에 스튜디오에서 다시 만난 그를 보고 나는 깜짝 놀랐다. 나란히 서서 사무적인 대화를 나누었는데 키가 생각보다 작았기 때문이다. 2005년에 볼 때는 왜 그가 키가 작다는 생각을 하지 못했을까. 역시 댄서는 춤을 출 때가 가장 아름답다.

모라 고도이와
땅고를추다

　　지난 2009년 부에노스아이레스 방문에서 가
장 인상 깊은 순간 중의 하나는 살아 있는 땅게라의 전설 모라 고도
이[Mora Godoy]를 만났을 때였다. 「뿌에르또 부에노스아이레스[Puerto Buenos
Aires]」라는 땅고 쇼를 보기 위해 극장을 찾은 것은 연출자와의 인연 때
문이었다. 2008년 서울 장충동 국립극장에서 공연된 뮤지컬 「지붕
위의 바이올린」의 연출자였던 구스타보 사학[Gustavo Zajac]은 아르헨티나
인이었고, 그가 부에노스아이레스로 돌아가서 연출한 또 다른 뮤지
컬이 「뿌에르또 부에노스아이레스」였다. 이 땅고 쇼는 다른 장르의
춤과 음악을 뒤섞은 퓨전 스타일의 땅고 쇼였다. 그러나 땅고 쇼보다
더 내 눈에 띄었던 것은 고도이의 이름이었다. 고도이는 이미 땅고의
살아 있는 전설이며 영화 「라스트 땅고」의 주인공 니에베스의 뒤를

모라 고도이 스튜디오 내부.

잇는 땅게라들의 차세대 대모다.

나는 연출자에게 부탁해서 공연 직전 분장실로 찾아갔다. 분장실은 비좁았다. 그녀의 국제적 명성에 걸맞지 않게 작고 초라한 분장실에서 그녀는 공연을 앞두고 스스로 분장하고 있었다. 유튜브에는 그녀가 쏘또와 함께 땅고 강습한 동영상이 떠 있다. 한국의 많은 땅게로스도 초창기에 그 동영상을 보며 땅고 공부를 했다. 그 고도이가 내 눈 앞에 있다. 가슴이 뛰었다. 고도이는 생각보다 키가 작았다. 그녀가 무대에 섰을 때는 커다란 무대가 꽉 차 보였었는데 눈앞에 있는 고도이는 나보다 작았다.

"당신의 강렬한 기와 위대한 공연 정신이 당신을 실제보다 훨씬 크게 보이게 하는 것 같다."

내 말을 들으면서 고도이는 좁은 복도로 나와 스트레칭을 하기 시작했다. 그리고 이렇게 말했다.

"나는 피아졸라가 만든 땅고 음악을 굉장히 좋아한다. 내가 어렸을 때는 이런 땅고 음악이 없었다. 그의 음악은 나의 땅고에 변화를 줄 수 있는 계기가 되었다."

땅고 쇼 「뿌에르또 부에노스아이레스」에는 아르헨티나가 사랑하는 또 하나의 위대한 춤꾼 발레리노 막시밀리안 겔라가 출연한다. 사실 겔라는 아르헨티나에서는 고도이 못지않게 유명한 스타다. 게다가 그는 브로드웨이에 진출해서 국제적 명성을 쌓은 춤꾼이다. 그런 겔라도 "고도이가 출연한다고 해서 이 작품에 참여하게 되었다"고 말했다. '모라 고도이'는 이미 하나의 브랜드다.

나는 며칠 뒤 고도이의 스튜디오를 찾았다. 그녀의 스튜디오에서는 매일 여러 클래스의 땅고 강습이 실시되고 있었지만 특강을 제외하고는 그녀가 직접 가르치지는 않는다. 그날도 고도이는 스튜디오에 없었다. 다음 해 다시 부에노스아이레스에 갔을 때 나는 그녀의 스튜디오에서 한 달 동안 고급 클래스를 들었다. 지하철을 갈아타고 조금 걸어야 했기 때문에 교통이 불편했지만 그래도 빠지지 않고 다녔다.

고도이의 스튜디오는 유럽 중산층 가정의 실내처럼 잘 단장되어 있다. 안으로 들어간 뒤 손으로 접혀진 철제문을 닫아야 작동되는 엘리베이터를 타고 위층으로 올라가면, 입구에 접수를 받는 데스크가 있다. 복도에는 「땅게라」를 비롯해서 고도이가 출연한 수많은 땅고 쇼의 포스터가 걸려 있다. 오른쪽 방으로 들어가면 마루가 깔린 넓은 스튜디오가 있다. 창문을 열면 거리가 보인다. 많은 한국인이 모여서 일하고 있는 의류시장 아베쟈네다가 가까이 있다. 스튜디오에는 분장실과 탈의실 등이 갖춰져 있고, 고도이의 각종 자료들이 액자와 함께 전시되어 있다. 스튜디오의 수업은 대부분 그녀의 제자인 공연단의 수석 무용수들이 진행하고 있다. 그래서 무대 공연, 에세나리오에 가까운 피구라들과 원리를 가르친다.

밀롱가의 신,
엘 쁠라꼬 다니

사실 나는 엘 쁠라꼬 다니^{El Placo Dany}를 잘 모른다. 부에노스아이레스의 중요한 밀롱가에는 항상 그가 있었다. 여러 번 마주치기는 했지만 밀롱가에 자주 오는 할아버지 정도로 생각했다. 그런데 밀롱가 뽀르떼뇨 바일라린에서 그가 공연하는 것을 보고 반해버렸다. 너무나 멋진 공연이었다. 그는 부에노스아이레스 밀롱가의 여신으로 등극한 이탈리아 출신의 젊은 땅게라와 밀롱가를 췄는데 그걸 보고 입이 쩍 벌어졌다. 내가 본 최고의 밀롱가 공연이었다. 그의 공연 파트너인 이탈리안 땅게라는 어깨 부분부터 왼쪽 엉덩이 아래까지 커다란 넝쿨 장미 문신을 했다. 그녀는 밀롱가에서 춤을 출 때 노출된 드레스를 입거나, 때로는 상의에 탑만 걸치는 경우도 있어서 등의 문신이 그대로 노출되어 자신의 존재를 드러냈다. 매우 아름답고 화려한 장미

나는 이 할아버지의 레슨이 좋았다.
50년 동안 밀롱가 바닥에서 산전수전 수많은 풍상을 겪으며 성장한 세월의 흔적이
그의 깊게 파인 주름살 속에 숨어 있었다.

문신이었다. 장미 한두 송이가 아니라 푸른 잎을 늘어뜨리며 엉덩이에서 어깨 쪽으로 꿈틀거리며 올라가는 붉은 넝쿨장미였다.

다니의 밀롱가 데뷔 50주년을 축하하는 특별 밀롱가 워크숍이 지금은 사라진 아바스또백화점 근처의 까를로스 꼬뻬쇼^{Carlos Copello} 스튜디오에서 개최되었다. 우리는 주저 없이 수업을 신청했다. 그런데 이 할아버지 레슨은 완전 꽝이었다. 스페인어 말고는 할 줄 몰라서 꼭 영어 통역이 있어야 했다. 게다가 기본 티칭도 안 되고, 이론도 없다. "그냥 눈으로 나하는 거 보고 따라 해"이거였다. 그래도 나는 그가 좋았다. 50년 동안 산전수전 밀롱가 바닥에서 수많은 풍상을 다 겪으며 성장한 세월의 흔적이 그의 깊게 파인 주름살 속에 숨어 있기 때문이었다.

꼬뻬쇼 스튜디오에서 개최된 워크숍 첫날 강습을 마치고 사진을 찍었다. 강습 파트너는 매일 바뀌었고, 첫날은 파트너와 통역을 소피아가 맡았다. 사실 소피아의 공연을 본 것은 뽀르떼뇨 바일라린이 처음이었다. 다니의 밀롱가 데뷔 50주년 기념식이 열린 순덜란드클럽에서 그녀의 공연을 두 번째로 보았는데, 소피아가 그렇게 밀롱가를 잘 추는 댄서일 줄은 강습할 때는 미처 몰랐다.

비샤 우르끼샤 지역에 있는 순덜란드클럽에서 개최된 다니의 밀롱가 데뷔 50주년 축하 파티에서는 많은 커플이 공연했다. 이날 내가 놀란 것은 소피아의 밀롱가 공연이었다. 혀를 내두를 정도의 최고의 공연이었다. 나는 언제 저런 밀롱가 공연을 할 수 있을지 좌절감을 느낄 정도였다. 현장에서 뿜어져 나오는 강렬한 기와 분위기, 섬세한 테크닉과 좌중을 압도하는 포스는 최고였다.

꽃보다 밀롱게로 할배,
오스발도와 꼬까

2002년, 2003년의 CITA를 보다가 넋을 잃었던 순간이 이 할아버지가 무대에 등장했을 때였다. 밀롱게로스의 진정한 지존, 오스발도. 이분이 무대에서 춤추는 것을 보면, 크게 배운 것 없고, 거대한 부를 축적하지도 못했으며, 명예로운 지위나 권세를 누린 적도 없지만 평생을 밀롱가에서 보낸 전형적인 밀롱게로의 모습이 떠오른다. 땅고 음악과 땅고 춤에 사로잡혀 단 하루도 밀롱가를 떠나지 못하고, 정말 흔하디흔한 표현대로 비가 오나 눈이 오나, 슬플 때나 기쁠 때나, 백구두 휘날리며 아브라쏘를 하고 한 걸음 두 걸음 걷기 시작하면서 온갖 사연을 만들어간 그 많은 날의 수많은 발자국이 보이는 것 같았다.

아픈 상처와 분노로 가득한 삶의 거대한 고통을, 아주 가끔 찾아오는 삶의 환희를, 춤으로 다스리며 물 위를 걷듯 경쾌한 보폭으로 밀롱가 바닥을 스쳐 지나가는 그의 스텝에는 진정한 장인의 빼어난 경지가 담겨 있다. 나와는 스타일도 많이 다르지만 오랜 기간 내공을 쌓아야만 터득할 수 있는 깊은 연륜에서 우러나오는 스텝 하나하나의 황홀한 느낌이 오래도록 마음속에 남아 있다. 아직도 그 향기가 눈에 선하다.

2004년 세계땅고대회의 땅고 살론 챔피언인 오스발도와 부인 꼬까는 부에노스아이레스 밀롱가의 상징이다. 그들이 없는 부에노스아이레스의 밀롱가는 상상할 수 없을 정도다. 단 하루도 쉬지 않고 춤을 추는 이 노부부는 부에노스아이레스 밀롱가를 방문하는 사람들이라면 어디서나 쉽게 만나볼 수 있었다. 그들의 춤은 아주 작은 스텝과 섬세한 변주, 무엇보다 음악과 하나가 되어 뒹굴며 노는 것처럼 구름 위의 신선의 경지를 보여준다.

2017년 우리가 부에노스아이레스에 갔을 때 오스발도와 꼬까는 더는 어느 밀롱가에도 나타나지 않았다. 지난 2015년 10월 9일 오스발도가 세상을 떠났기 때문이다. 항상, 언제 어느 때나 하루도 쉬지 않고 부에노스아이레스를 지키던 진정한 밀롱게로 오스발도가 세상을 떠난 이후 밀롱가에서는 꼬까의 모습도 더는 찾아볼 수 없게 되었다.

땅고의 시인,
아드리안과 아만다 코스타

카이와 나는 지난 2012년 자카르타에서 개최된 인터내셔널 땅고페스티벌의 공연자로 초대되었다. 우리는 그때 아드리안과 아만다 커플을 처음 만났다. 비샤 우르끼사 스타일의 중심축인 호르헤 디스빠리 사단이 공연과 워크숍을 주도하고 있었는데, 호르헤와 우리 시대 최고의 땅게라 중 한 사람인 제랄딘 로하스의 친모인 마리아, 그리고 그들의 직계 제자인 아드리안과 아만다 커플, 가브리엘 미쎄 커플이 워크숍을 했고, 우리는 유일하게 공연자로 초대되었다.

자카르타는 따뜻했고, 가난한 하층민의 춤으로 출발했던 땅고가 그곳에서는 최상류층의 문화로 자리 잡고 있었다. 땅게라 대부분은 기업 회장의 부인이거나 인도네시아 정계, 재계 등 최상류층 사람이

었다. 그들의 파트너인 땅게로들은 부에노스아이레스나 마닐라, 싱가포르 등에서 온 택시 댄서들이었다. 자카르타만의 독특한 땅고문화는 나에게 충격으로 다가왔다. 내가 공연한 웰컴 밀롱가를 비롯해서 그랜드 밀롱가와 페어웰 밀롱가 모두 자카르타의 5성급 호텔 대연회장에서 개최되었다. 밀롱가 입장료는 자카르타 중산층 한 달 월급의 3분의 1을 웃돌았다.

그렇게 처음 만난 아드리안과 아만다 커플은 아르헨티나의 다른 땅고 마에스트로와 많이 달랐다. 그들은 땅고 투어를 하는 많은 댄서가 현실적으로 돈을 쫓아 움직이는 것과는 전혀 다른 자세를 갖고 있었다. 클래스를 진행하면서도 단순한 테크닉을 가르치기보다는 땅고의 가장 중요한 본질을 전달하려고 노력했다. 특히 아드리안은 땅고의 시인이었고, 철학자였다. 클래스 도중 한마디 한마디 내뱉는 그의 언어는 그대로 옮겨적어도 훌륭한 강연집이 될 정도로 비유가 뛰어났고, 철학적 깊이가 있었다. 나는 그와 대화하면서 기록했다.

- **밀롱가란 무엇인가.**

밀롱가는 하나의 커다란 방이다. 밀롱가에서는 3분 동안 춤을 추며 한 바퀴를 돈다. 내가 생각하는 좋은 밀롱가의 기준은 한 곡이 흐르는 동안 밀롱가 한 바퀴를 도는 것이다. 밀롱가를 즐길 때 테크닉보다 중요한 것은 함께 춤추고 있다는 마인드를 갖는 것이다. 실력이 좋은 사람들과 초보들이 밀롱가의 공간을 함께 공유하기 때문에, 밀롱가에서 춤출 때는 그룹의 유기적 연결을 위해 자기를 희생할 줄 알아야 한다. 춤추는 내 앞에 공간이 있을 때는 항상 앞으로 나가야만 한다. 앞에 공간이 있는데도 진행하지 않고 멈춰 있거나 턴을 해서는 안 된다. 뒤의 댄서는 앞의 댄서에게서 영향을 받는다. 론다에서 앞의 커플을 신경 쓰지 않고 추면 그것은 소셜 댄스가 아니다. 땅고는 커플 댄스이기 이전에 그룹 댄스다. 커플 댄스에서는 많은 것을 표현할 수 있지만 그룹 댄스에서는 여러 가지가 제한될 수밖에 없다. 그래서 밀롱가에서는 때때로 타협이 필요하다. 내가 빠우사의 순간을 느끼고 그것을 표현하고 싶은데 만약 앞의 커플이 진행한다면, 아무리 빠우사를 하고 싶어도 그 뒤를 따라가야 한다. 그룹을 따라 움직이는 것이 우선이다. 스테이지가 아닌 밀롱가에서 춤을 출 때는 다른 사람과 함께 춤추고 있다는 생각을 갖고 있어야 한다.

밀롱가에서 앞으로 가는 것보다 멈추는 것에 신경 쓰면 모든 게 달라진다. 문제는 스텝이 아니다. 어떻게 움직여야 하는가를 이해하는 것이다. 턴을 할 때도 어느 방향으로 갈 것인지 생각하고 움직여야 한다. 불가피하게 백 스텝이 필요하다면, 중앙 혹은 땅게로의 오른쪽 방향으로 가야 한다. 사이드 스텝도 안쪽으로 하지 말고 방향을 조금 틀어서 밀롱가의 벽 쪽을 보고 해야 한다.

개인적인 성향의 차이지만, 과시적인 춤을 추는 것은 다른 사람에게 방해가 된다. 밀롱가는 전체 그룹이 같이 춤추는 곳이다. 만약 밀롱가에 우리 한 커플만 있다면 지루할 것이다. 밀롱가의 기쁨 중에는 그룹이 같이 춤출 때 공유하는 즐거움이 있다. 밀롱가는 서로가 음악을 공유하면서 함께 춤추는 곳이다. 만약 커플끼리 춤추는 것에만 신경 쓴다면, 밀롱가의 즐거움은 아주 작게 제한될 것이다. 밀롱가라는 전체 그룹 안에서 많은 사람이 함께 춤춘다는 것을 깨닫는다면, 땅고에 대한 새로운 시각이 생겨난다. 그래서 커플끼리 개인적으로 춤을 추는 것과는 전혀 다른 차원의 즐거움을 느낄 수 있다. 전체 그룹이 유기적으로 움직이는 것이야말로 땅고의 진정한 즐거움이다.

• 당신이 생각하는 아브라쏘는 무엇인가.

땅고는 안기다. 커플끼리 서로 안아야 춤을 출 수 있지만, 밀롱가 전체의 차원에서 생각해보면 그 자체가 또 하나의 안기일 수도 있다. 그러니까 땅고에서의 아브라쏘는 크게 세 가지다. 춤추는 사람들 전체를 껴안는 밀롱가 그 자체가 하나의 거대한 아브라쏘이고, 또 커플끼리 공유하는 아브라쏘, 마지막으로 춤추는 사람과 음악 사이의 아브라쏘가 있다.

• 땅고의 뮤지컬리티에서 프레이즈와 빠우사를 설명해달라.

프레이즈는 음악적인 것으로 만들어진다. 모든 순간의 피구라 혹은 모든 순간의 걷기는 음악적 프레이즈에 맞춰 진행되어야 한다. 프레이즈를 걷기로 시작했으면 걷기로, 히로로 시작했으면 히로로 끝내야 한다. 땅고에서는, 적게 히는 것이 오히려 많이 하는 것이다. 동작을 적게 해라. 감정을 끌고 가다가 꼭지점에서 폭발시켜라. 먼저 단순하게 춤추는 것을 배운 뒤 그 단순함을 복잡하게 만드는 방법을 배워야 한다. 그때 땅고의 깊이를 느낄 수 있다.

움직임에서는 중간 중간의 빠우사가 중요하다. 그것을 다른 것과 연결해야 한다. 띠엠뽀가 땅고에서 중요하다면, 빠우사는 더 중요하다. 오히려 빠우사에 가장 많은 땅고의 정보가 숨겨져 있다. 커플끼리 혹은 음악과 밸런스가 맞지 않을 때, 사람들은 여러 가지 스텝을 시도한다. 다른 시각으로 분석해보면, 여러 가지 스텝을 시도한다는 것은 밸런스를 맞추지 못했기 때문이다. 땅고의 스피릿에 맞추지 않는 기교는 독이다. 기교가 중요한 것이 아니다. 머리끝부터 발끝까지, 음악에 대한 내적 표현욕구가 최우선이다. 미학은 그 다음이다.

• 비샤 우르끼사 스타일의 특징은 무엇인가.

비샤 우르끼사 스타일은 오늘날 하나의 유니폼이 되었다. 예전에는 많은 밀롱게로가 자기 스타일을 갖고 있었다. 아무도 똑같은 스텝으로 땅고를 추지는 않았다. 그런데 오늘날 모든 사람들이 똑같은 스타일의 춤을 추려고 한다. 이것은 부끄러운 일이다. 비샤 우르끼사 스타일로 춤을 추다 보면 한 발 무게중심에 대한 어려움과 부딪치게된다. 무게중심을 한 발에 두어라. 안전하게 가운데 두지 말고 과감하게 도전하라.

비샤 우르끼사 스타일의 가장 중요한 특징 중의 하나가 까덴시아다. 까덴시아는 춤의 리스크다. 까덴시아를 통해서 비샤 스타일을 강조할 수 있는 이유는, 까덴시아가 리스크를 감수하기 때문이다. 까덴시아는 생각에서 나오는 게 아니다. 음악을 듣고 내면에서 무엇인가 표현하고 싶다는 욕구가 일어나는데, 그것에 의해 까덴시아가 표현된다.

가장 중요한 것은 어떻게 리드하고 어떻게 팔로우하는가다. 미학적인 것은 그 다음이다. 땅게로의 리드에 집중하지 않고, 어떻게 해야만 예뻐 보일까 생각하는 땅게라는 좋지 않다. 땅게라는 기다려야 한다. 땅게로의 리드나 스텝을 기다려야 한다. 그리고 온몸으로 리드를 받아야 한다. 땅게라가 자꾸 빨리 움직이려고 하는 것은 땅게로의 리드가 충분하지 않기 때문이다. 이것은 리드와 팔로우의 악순환을 만든다.

땅게로는 완전한 릴렉스 상태에서 편안하게 움직여야 한다. 땅게로는 여러 가지를 동시에 수행해야 한다. 그러나 땅게라는 오로지 같이 추는 땅게로에게만 신경 쓰는 게 좋다. 그렇게 했을 때 땅게로가 춤에만 집중할 수 있다. 땅게라가 주위를 두리번거리면 땅게로는 춤을 출 때 방해받는다. 땅게로는 축을 통해 리드해야 한다. 땅게로의 리드는 가슴과 손, 그리고 등, 이 세 가지를 이용해서 할 수 있다. 땅게로의 프레임 안에서 움직임이 있어야 한다.

2015년과 2016년 아드리안과 아만다는 나의 초청으로 서울에서 워크숍과 공연을 했다. 그들은 고기와 생선은 일절 먹지 않고, 우유와 계란은 먹는 채식주의자(라토 오브 베지테리언Lacto ovo Vegetarian)이어서 한국음식을 아주 좋아했다. 주문할 때 일일이 고기를 빼고 조리해달라고 부탁해야 하는 수고스러움이 있기는 했지만, 그들은 순두부찌개나 김치찌개, 비빔밥 등을 좋아해서, 나는 워크숍 기간에 채식식당인 인사동의 발우공양과 사찰음식점 산촌, 성북동의 한정식 전문점 등을 돌며 그들과 같이 식사했다. 그들은 카레순두부를 아주 좋아했다. 나는 밥을 그릇에 담고 누룽지를 마시기 위해 돌솥에 뜨거운 물을 부은 뒤, 펄펄 끓는 뜨거운 물속에 계란을 풀어 수란을 만드는 법도 그들에게 알려주었다.

군더더기 없이 정확하고 아름답게 음악을 표현하는 아드리안과 아만다의 땅고는, 뮤지컬리티에 토대를 두고 소셜 댄스로서의 땅고의 본질에 대한 깊은 이해를 드러내고 있었다. 특히 그랜드 밀롱가에서의 오뜨라 공연을 통해 걷기만으로도 얼마나 아름다운 땅고를 출 수 있는지를 보여주었다.

땅고의 산 증인,
로베르또 에레라

로베르또 에레라^{Roberto Herrera}는 40여 년 동안 현대 땅고가 발전해온 과정을 직접 체험한, 땅고 역사의 산증인 중 한 사람이며, 땅고 마스터들의 마스터라고 볼 수 있다. 여덟 살에 처음 땅고를 추기 시작한 이후 그는 아르헨티나 국립공연단^{The National Ballet}의 주요 댄서로 활동했으며, 1992년에는 전문 공연단인 땅고 아르헨띠노의 일원으로 아르헨티나와 미국 브로드웨이 등에서 공연했다. 그는 최고의 명성을 지닌 뿌글리에서 오르께스따의 댄서로 활동했고, 세계땅고대회 심사위원을 역임했으며, 2004년 자신의 공연단인 땅고 누에보를 창단해서 아르헨티나는 물론 전 세계를 무대로 현재까지 활동하고 있다.

현재 에레라는 이탈리아의 밀라노에서 거주하면서 땅고 스튜디오

를 운영하고 있다. 참고로 최근 부에노스아이레스 댄서들의 탈아르
헨티나 행렬이 줄을 잇고 있다. 밀라노에는 쏘또가 그의 부인 다이아
나와 함께 운영하는 스튜디오가 있고, 아르쎄는 모스크바에 거주하
면서 땅고 스튜디오를 오픈했다. 2017년 세계땅고대회의 아시아 지
역 예선이 펼쳐진 서울대회의 심사위원 파비안 페랄따와 호세피타
베르무데쓰는 폴란드의 바르샤바에 거주하고 있다. 왜 바르샤바냐고
질문했더니 유럽 대륙의 중심지여서 어느 나라든 땅고 투어를 가기
가 쉽기 때문에 그곳에 머무른다고 했다.

　나는 한국을 방문한 에레라와 긴 시간 인터뷰를 했다.

• **당신처럼 한국을 자주 방문한 아르헨티나 댄서도 드물다. 2006년 이후
지난 10년 동안 한국에 여섯 번이나 초대받아 방문해서 한국 땅고가 변해
가는 모습을 객관적으로 지켜보았을 것이라고 생각된다. 당신이 볼 때 한국
땅고의 어떤 점이 가장 두드러지게 변화했는가.**

　내가 처음 한국을 방문한 10년 전부터 지금까지 한국 땅고는 항
상 진화하는 과정을 보여주었다. 땅고를 추면서 사람들은 자신의 선
택으로 자기의 춤 스타일을 변화해나간다. 한국 땅고도 다양한 선택
으로 여러 가지 땅고 스타일로 변화하고 있고, 지금 그 다양한 스타
일이 섞여 있다. 그런데 사실 외형적으로는 다양한 스타일이 존재하
지만, 땅고는 하나라고 말할 수 있다. 밀롱가 안에서 한 사람은 리드
하고 한 사람은 리드를 따라간다, 그것이 땅고다. 이전에는 스테이지
땅고와 플로어에서 추는 땅고의 차이가 있었다. 즉 무대 공연과 밀롱

가에서 추는 땅고 사이에 간극이 존재했었지만, 지금은 그 간극이 좁아지면서 스테이지에서 사용되는 동작이 플로어로 내려오는 과정을 우리는 목격할 수 있다.

• **당신은 여덟 살 때부터 춤을 추기 시작했다. 스스로 타고난 춤꾼이라고 생각하는가.**

기본적으로 나는 항상 밀롱게로와 플로어에 대한 존경을 가지고 있다. 거기서부터 출발했다. 거기서 출발해서 항상 새로운 것을 창조하도록 노력했다. 그것은 땅고의 기본적인 리드와 팔로우를 지키려고 노력하는 과정에서 이루어진다. 땅고를 즐기기 위해서는 무엇보다 가장 중요한 게 노력이다. 땅고의 다양한 스타일을 받아들이고 습득하는 과정에서 나는, 많은 공연과 스테이지 안무들이 때로는 새로운 생각과 노력 없이 너무 단순하게 이루어진다는 느낌을 받았다. 그래서 나는 최대한 연습실과 가까워지도록 노력했고 항상 새로운 아이디어를 찾아내려고 시도했다.

• **땅고 누에보에 관심을 갖게 된 계기는 무엇인가.**

땅고 누에보는 어떻게 보면 음악에서부터 시작되었다. 프랑스의 고탄 프로젝트^{Gotan Project}라는 밴드가 유럽에서는 익숙하지 않은 새로운 실험적 앨범을 발매했다(「부엘보 알 수르^{Vuelvo Al Sur}」라는 고탄 프로젝트의 싱글이 주목받은 것은 2000년도다. 이어서 2001년 발매된 고탄 프로젝트의 「라 레반차 델 땅고^{La Revancha del Tango}」라는 데뷔 앨범은 전 세계적으로 히트를 기록하면서 일렉트로닉 땅고 붐을 일으켰다). 그것은 하우스 음악에 익숙해진 젊은이들에게 반도네온이라는 새로운 악기를 소개하는 계기가 되었으며, 나같은 땅게로스에게는 새로운 땅고 음악이 등장했으니 그것을 춤으로 새롭게 표현해야 한다는 욕구를 불러일으켰다. 스테이지 땅고를 중심으로 한 땅고 쇼가 만들어지고 세계 순회공연을 하기 시작하면서 새로운 문화적 현상도 만들어졌다. 나는 그러한 변화를 두려워하지 않고 적극적으로 수용하려고 노력했다. 나의 땅고도 마찬가지다. 땅고 누에보를 말할 때 춤만 생각해서는 안 된다. 다양한 오르께스따를 생각해야 되고 지금 현 시대에 활동하는 작곡가들의 작품까지 포함시킬 줄 알아야 한다. 사실 땅고 누에보라는 단어는 피아졸라의 앨범 제목에서 시작되었다. 벌써 50년 전이다. 따지고 보면 땅고 누에보가 이제는 누에보[new]가 아니다(자료를 찾아보니 피아졸라가 땅고 5중주단인 낀떼또 누에보 땅고[Quinteto Nuevo Tango]를 만든 것은 1960년도였다).

• 땅고 누에보 공연단을 만들고, 새로운 시도를 많이 한 당신의 땅고가 전통에서 벗어나 있다는 지적을 받은 적은 없는가.

나는 개인적으로 땅고의 근본을 중요시하는 근본주의자다. 그렇지만 전통만을 지나치게 고수하려는 보수 근본주의자와는 다르고, 전통과 결별하고 완전히 새로운 땅고를 추구하는 누에보 극단주의자에도 동의하지 않는다. 지금 우리는 땅고의 새로운 시대를 살아가고 있다. 이미 우리는 누에보가 물결치는 새로운 강을 건넜으며 지금은 누에보 누에보 땅고 시대가 펼쳐지고 있다. 땅고는 역사적으로 보면 항상 새로운 혁명을 일으키는 춤이었다. 땅고는 시대마다 그 시대의 흐름이 만들어내는 새로운 동작을 계발해냈다. 그것들은 시간이 지나면서 플로어에 맞게 한 번 더 변화하는 과정을 겪게 된다.

• 당신은 전통에서 출발해서 에세나리오, 땅고 누에보 등 다양한 스타일을 섭렵했다. 그래서 당신의 춤에는 많은 스타일의 땅고가 복합적으로 섞여 있다. 그것이 본인의 의도적인 선택이었는지 아니면 오랫동안 춤을 추다 보니까 저절로 다양한 땅고 스타일을 섭렵하게 되었는지 알고 싶다.

1990년대 말에서 2000년대 초, 능력 있는 많은 댄서가 해외, 특히 프랑스로 가게 되었다. 아르헨티나 경제가 어려워지자 땅고를 통해서 수익을 얻을 수 없었고, 직업을 찾을 수 없었기 때문이다. 부에노스아이레스에서는 밀롱가라는 영역 안에서 엄격한 땅고문화가 형성되어 있기 때문에, 땅게로스가 외국에서 춤출 때는 그런 엄격한 분위기에서 해방되면서 다양한 시도를 하게 된다. 예를 들면 왼쪽으로만 하던 동작을 오른쪽으로도 시도하면서 누에보가 발전하게 되는데, 초기에는 그런 것들이 전통 땅고를 후퇴시키는 결과를 가져오기도 했었다. 유럽으로 건너간 능력 있는 댄서들이 땅고를 후퇴시켰다기보다는, 그들의 새로운 시도를 보고 그 형태만 어설프게 흉내 내며 따라한 사람들이 늘어나면서 전반적으로 땅고가 후퇴되었다고 본다.

• 혹시 당신은 전통 땅고와 땅고 누에보 양쪽에서 모두 공격받지 않는가?

내가 땅고 누에보를 받아들인 것은 하나의 새로운 문화적 현상을 받아들인 것이다. 땅고 누에보의 어떤 것은 땅고의 리드와 팔로우의 원리 위에서 표현되기도 했지만, 또 어떤 것들은 오직 안무를 위해서만 생성된 것도 있었다. 많은 사람들이 땅고 누에보에 관심을 갖고 있을 때 나는 이것을 사람들이 잘못 배워 땅고의 본질이 흐려질 수도 있다고 걱정했다. 땅고를 가르치는 선생으로서 올바르게 땅고를 가르치려는 마음으로 여기에 뛰어들었다. 나에게는 사람들이 잘못 가지 않도록 해야 한다는 사명감 같은 것이 있었다. 한때 땅고 누에보가 유행하던 시절, 쁘락띠까 엑끼스$^{Practica X}$ 같은 공간은 매우 붐볐지만 지금 그곳을 찾는 사람들은 별로 없다. 땅고 누에보는 실험적이어서 마치 어떤 놀이 같은 걸로 생각하는 사람들이 있는데, 땅고는 상대방과 놀거나 실험하는 대상이 아니다. 진지하게 해야 한다. 땅고를 추는 우리 모두 그런 자세를 가져야 한다. 땅고는 사라진 문화, 고대의 언어 같은 것이 아니다. 땅고는 살아 있는 생명과도 같다. 살아 있기 때문에 항상 변화를 일으킨다. 우리는 그 변화에 적응할 줄 알아야 한다.

• 그렇다면 지금 땅고는 어떻게 변화하고 있나. 구체적으로 우리는 어떻게 적응해야 하나.

땅고의 고전이라고 할 수 있는 전통 땅고와 2000년대 등장한 새로운 땅고 음악을 표현하기 위해 형성된 땅고 누에보 등, 서로 다른 스타일들이 섞이면서 동화되는 과정을 지금 우리가 목격하고 있다. 앞으로 우리가 어떻게 적응해나가는가, 그것이 가장 큰 문제가 될 것이다. 나는 모든 땅고의 사상과 스타일을 최대한 받아들이고 동화시키려는 자세를 갖고 있다.

• 땅고가 트렌드를 따라 계속 새롭게 변화하고 있다면, 변화하지 않는 것도 있을 것 같다.

땅고를 추기 위해서는 기본적으로 리드를 할 수 있어야 한다. 그것은 리드받을 수 있어야 한다는 의미도 된다. 땅고는 거기에서 출발한다. 부에노스아이레스는 땅고의 메카라고 할 수 있다. 땅고를 배우기 위해 파리로 간다는 것은, 아랍어를 중국에서 배우겠다는 발상과 같다. 부에노스아이레스의 중요성을 생각해야 한다. 지금 땅고 누에보를 한다는 사람들을 어디서 만날 수 있나. 그 사람들도 오늘날은 전통 땅고로 점점 더 가까워지고 있다. 나는 36년 동안 땅고로 일을 해왔다. 그리고 굉장히 다양한 땅고의 유행을 목격했다. 한때 땅고 밀롱게로 스타일이 붐을 이루던 시절도 있었다. 그전에는 땅고 살론이 유행하던 시절도 있었다. 플로어에서 멋있는 자세로 추던 것이 최고의 유행이던 시절이었다. 그 후에 땅고 밀롱게로가 나타났고, 그 후에 또 새로운 경향이 출현했다. 그런 식으로 지금까지 다양한 유행이 지나갔다. 새로운 트렌드가 나타나서 한 시대를 점령하다 지나가지만, 그것들이 쌓이면서 땅고는 점점 더 풍요로워진다.

• 당신이 처음 땅고를 배우던 때와 지금의 땅고는 많이 다를 것이다. 무엇이 가장 많이 변했나.

내가 처음 땅고를 배울 때는 땅고 전문가라는 개념이 없었다. 물론 그때도 부에노스아이레스 땅고의 축을 이루는 사람들이 있었다. 꼬뻬쑈나 글로리아 에두아르도 아르낌바우Gloria y Eduardo Arquimbau 등이다. 그들만 하더라도 땅고 전문가로서의 위치나 역할은 지금과 확연한 차이가 있다. 당시 땅고 전문가라는 개념은 없었지만, 그런 분들이 벌써 길을 열고 있었다. 일종의 파이오니아 같은 역할이었다. 땅고가 큰 붐을 일으키는 계기가 되었던 것 중 하나가 1983년에 만들어진 땅고 아르헨띠노라는 회사를 통해서였다. 1983년부터 지금까지 30년의 땅고 공연 역사가 있다. 땅고는 이제 성숙기에 들어섰다고 볼 수 있다. 그 과정에서 개인적으로 혹은 집단적으로 일종의 희생자처럼, 많은 후회와 실패, 성공이 있었을 것이다. 이제는 많은 땅고 전문가가 생겼다. 고정 파트너 없이 이 사람 저 사람하고 땅고를 추는 사람도 늘어났다. 밀롱가에서는 땅고를 잘 추는 사람을 고용해서 여자 손님과 춤추게 하는 택시 댄서라는 제도도 생겼다.

• 당신이 생각하는 땅고의 미래는 어떤 모습인가.

땅고의 미래는 무한하다고 생각한다. 땅고가 어느 정도 발전한 뒤 정체되거나 제자리에 머물러 있을 거라는 생각은 잘못됐다. 구체적으로 말하자면, 요즘 세대들은 페이스북 같은 SNS와 인터넷 공간을 통해서 소통하는데, 땅고는 사람들을 실제로 접촉하게 만드는 아날로그적 문화다. 내 페이스북에는 대략 3,500명의 사람들이 친구로 등록되어 있지만 나는 그 사람들을 다 알지 못한다. 그러나 땅고는 실제로 사람들을 접촉하고 알게 만든다. 이것이 힘이다.

• **세계땅고대회가 땅고에 미친 영향은 무엇이라고 생각하나.**

2014년부터 세계땅고대회 종목 명칭 중에서 땅고 살론이 땅고 데 삐스타^{Tango de Pista}로 바뀌었다. 이것이 의미하는 건 전형적인 땅고 살론 이외에도 다른 스타일을 포용하겠다는 뜻이다. 명칭의 변경은 다양한 형태를 받아들이겠다는 것이다. 물론 지금도 대회 규칙을 보면, 두 사람 다리가 4개인데, 그중에서 2개만 플로어를 짚고 하는 행위만 금지되어 있고 다른 건 모두 허용된다. 즉 살또는 안되지만 볼레오나 간초, 볼까다 등은 허용된다. 땅고는 사회를 반영하는 춤이다. 2002년에 나는 세계땅고대회를 만들기 위해 머리를 맞대고 심사 규칙과 방법 등을 논의했다. 그 당시 나는 다른 심사위원들에게 이런 질문을 던졌다. "만약 동성애자들이 참가한다면 어떻게 하겠느냐"였다. 그런데 다른 심사위원들의 대답은 "그런 일은 절대 없을 것이다"라고 말했다. 그래서 당시 만들어진 세계땅고대회 규정에 들어가지 않았다. 그렇지만 지금 현실에서는 동성인 커플이 참가하는 현상이 나타나고 있다.

• 세계땅고대회에서 종목의 명칭이 변경된 것처럼 대회 형식도 앞으로 변해 갈 것인가.

벌써 10년 전, 나는 굉장히 유명한 밀롱게로와 논쟁한 적이 있다. 그는 앞으로 이 대회에서 스테이지 부문Escenario 은 아크로바틱한 것이 필요하기 때문에 십 대나 이십 대 등 젊은 사람이 석권할 거고, 땅고 살론 종목에서는 오히려 오십 대 이상의 어르신들이 석권할 거라고 예측했다. 그러나 나는 그의 의견에 동의하지 않았다. 스테이지 부문 도 나이별로 구분해야 되지 않느냐고 주장했다. 그런데 지금 땅고 살론도 대부분 젊은 층이 석권하고 있다. 그래서 우리는 대회 종목과 형식에 대해 다시 한번 생각해볼 필요가 있다고 생각한다.

지금 나는 땅고의 일시적 유행에 대해서 말했는데, 세계땅고대회 뿐만 아니라 메트로폴리탄대회의 심사위원으로도 오랫동안 참가했 다. 거기 심사위원 중에서 나보다 나이 많은 어르신이 말씀하시길, 메트로폴리탄대회의 세 종목인 살론, 밀롱가, 발스 중에서 밀롱가 종 목은 뜨라스삐에로 출 거라고 예측했다. 그런데 정말 참가자 모두가 뜨라스삐에로 쳤다. 예전에는 밀롱가를 출 때 뜨라스삐에로만 추지 는 않았지만, 지금은 밀롱가를 출 때는 당연히 뜨라스삐에로 춰야 한 다는 선입견이 생겨버렸다. 이것 역시 일시적 유행이며 언젠가는 변 해갈 것이라고 생각한다.

• 세계땅고대회가 일으킨 장점과 단점이 있다면 무엇인가.

세계땅고대회의 스테이지 부문 챔피언들은 땅고를 출 줄 안다고 말하기 힘들다. 나는 스테이지 부문의 참가자 대부분을 잘 알고 있다. 물론 스테이지 부문에서 챔피언하고도 플로어에 내려와서 제대로 추는 사람들도 간혹 있다. 그러나 대부분이, 전통 땅고나 땅고 누에보를 떠나서 플로어에서 춤을 출 줄 모른다. 그들이 스테이지에서 대단할 수는 있다. 그러나 플로어에서 땅고를 제대로 추지 못한다면 그들을 진정한 챔피언이라고 말할 수 없다. 지금은 역대 세계땅고대회 챔피언들의 춤을 연구하고 분석해서 가르치는 땅고대회 전문 코치라는 개념까지 생겼다. 땅고 데 삐스타와 에세나리오를 석권해야 진정한 땅고 챔피언이다. 세계땅고대회가 지속되면서 문디알 삐스타 스타일이 새로 만들어져버렸다. 모두들 그 스타일을 따라 획일적으로 비슷하게만 추는 게 대회가 만든 어두운 부분이다.

• 지금 문디알 삐스타 스타일이라는 것이 만들어졌다고 했는데, 더 구체적으로 말하면 무엇인가.

땅고를 추는 사람들은 항상 새로운 무언가를 만들어내려고 한다. 하지만 지금 새로움을 발견할 수 있는 땅게로스가 많지는 않다. 스타일로 말하자면, 지금은 비사 우르끼사 스타일이 대유행이라고 할 수 있다. 비사 우르끼사 스타일이 유행하니까, 여기저기 다른 동네 이름들을 딴 스타일이 나오기 시작하고 있다. 사실 그런 스타일은 족보도 없는 것들이다. 그런데 없는 족보도 만들어내서 마치 예전부터 있었던 것처럼 행세하려고 한다. 빠르게 빠뜨리시오쓰Parque Patriots 스타일, 자까부꼬 스타일 등 마치 예전부터 있었던 땅고의 스타일인 것처럼 포장해서, 부에노스 지역 이름을 딴 스타일이 우후죽순으로 쏟아져 나오고 있다.

• 세계땅고대회가 전 세계적으로 큰 파급효과를 가져오면서 많은 땅게로스가 참가하기 위해 연습하고 있다. 꼭 부정적인 것은 아니지 않은가.

그런데 문제는 대회에 입상하기 위해 현재 유행하는 스타일을 따라서 모두 똑같이 춘다는 데 있다. 개성 있는 춤을 추는 눈길을 끌 만한 사람들을 찾기 힘들어졌다. 이것은 참가자들의 연령과도 직접적으로 관련 있다고 본다. 솔직히 땅고는 한 사람의 인생을 많이 반영하고 있는데, 모두들 전년도 챔피언들의 춤을 비디오로 참고하고, 연구해서 춤춘다. 그러다보니까 다 비슷비슷하다. 챔피언들이 입었던 의상실에 가서 비슷한 의상을 구입하고, 똑같은 구두를 신고, 똑같은 선생에게서 배운다. 똑같은 안무가들을 찾아간다.

초기에는 이런 현상이 없었다. 초기에는 진짜 신인을 발굴할 수 있었다. 물론 형편없는 사람들이 나타나기도 했지만. 그때 땅고 살론 카테고리에는 잘 추고 못 추고를 떠나서 개성 있는 땅게로스가 많이 참가했다. 세계땅고대회 첫해에는 춤추는 것을 보고 너무나도 정이 가는 커플도 있었다. 어떤 남자가 입은 슈트는 자기 슈트가 아니라는 게 지나치게 표가 나기도 했다. 분명히 친척이나 친구에게서 빌려 입었을 것이다. 자기 몸에 맞지 않는 슈트를 입고 추었지만 상당히 개성 있는 춤을 추고 있었다. 그런데 이런 것이 점점 없어지면서 지금은 프로페셔널한 방향으로 전개되고 있다. 땅고의 미학이라고 해야

할까, 근본적인 미가 사라지고 있다. 나는 개인적으로 이건 다시 회복될 수 있을 거라고 믿는다. 언젠가 사람들이 또다시 느끼는 대로 표현하는 것이 진정한 땅고라고 생각하게 될 것이다. 그리고 어떤 기준에 맞춰 춤을 춰야 한다는 틀에서 벗어날 것이라고 기대한다.

땅고계의 금수저,
아리아드나 나베이라와 페르난도 산체스

아리아드나 나베이라를 보면, 그의 아버지인 구스타보를 먼저 떠올릴 수밖에 없다. 구스타보는 베론, 살라스와 함께 땅고 누에보를 창시한 세 명 중 한 사람이다. 현대 땅고의 발전에 구스타보가 끼친 공적은 누구도 부인할 수 없다. 영화 「땅고레슨」에는 구스타보와 베론, 살라스 등이 어떻게 서로 상의하며 땅고 누에보를 발전시켰는가를 알 수 있는 장면들이 포함되어 있다.

땅고 명문가에서 태어나 어린 시절부터 땅고 음악을 듣고 땅고 춤을 추며 자란 아리아드나는, 청소년기까지는 동생인 페데리코 나베이라Federico Naveira와 파트너를 이루어 춤을 췄으나 이제는 페르난도 산체스Fernando Sanchez와 파트너십을 갖고 춤추고 있다. 이들은 지난 2005년 결혼하여 평생의 파트너로 발전하기도 했다.

아리아드나와 페르난도 커플과의 인터뷰는 내 예상과는 다르게 거의 대부분의 질문에 페르난도가 대답했다. 중간중간 아리아드나의 의견을 물어보면, 그녀는 페르난도의 팔을 꽉 끼면서 자신은 페르난도의 생각을 따른다고 대답했다. 페르난도는 매우 논리적이었고 달변이었으며, 두 시간 넘는 시간 동안 그들은 함께 성실하게 인터뷰에 응했다.

이하 대화에서는 아리아드나는 A, 페르난도는 F로 약칭한다.

• 인터뷰의 첫 질문을 통해 한국의 땅고를 객관적으로 살펴볼 수 있는 기회를 갖고 싶다. 한국의 땅게로스는 유럽 혹은 아시아의 다른 나라들과 비교해보면 어떻게 다른가.

F: 유럽과 비교했을 때, 물론 나라마다 조금 다르기는 하지만, 한국 사람들은 땅고에 미쳐 있다는 느낌을 강하게 받는다. 땅고에 빠져서 열정적으로 춤춘다는 것은 굉장히 중요한 부분이다. 하지만 아시아 사람들이 갖고 있는 문제점 대부분은 땅고 스타일이 너무 비슷하다는 것이다. 이것은 전통 땅고나 땅고 누에보 같은 특정한 스타일을 지칭하는 게 아니다. 우리가 공유하고 있는 땅고라는 형식 안에서 우리는 그것을 자기만의 개성을 조금 더 자유롭게 표현하는 방식을 찾아야만 한다. 때때로 우리는 춤추면서 형식에 지나치게 갇혀 있는 것은 아닌지 의심해봐야 한다. 나는 사람들이 춤을 추면서 조금 더 폭발하는 에너지를 보여주어도 괜찮다고 생각한다. 나는 그들이 형식에 얽매이며 실수하지 않으려고 조심스럽게 춤을 추기보다는, 조금

더 즐기면서 땅고를 췄으면 좋겠다.

· 자신만의 스타일을 만드는 것도 쉽지 않은데, 힘들게 만들어진 스타일을 깨고 새로운 시도를 한다는 것은 더욱 어렵지 않은가.

F: 그렇다. 하지만 우리는 이미 가진 툴을 꼭 그대로 사용할 필요는 없다. 그것을 자유스럽게 변환할 줄 알아야 한다. 이것은 한국의 땅게로스에게만 국한되는 것은 아니고 전체적인 아시아 땅게로스에게 해당되는 말이다. 물론 자신의 스타일에 안주하는 경향은 부에노스아이레스에서도 찾아볼 수 있다. 어떤 특정 자세가 편안해지면 그것을 반복하기 마련이다. 그러나 그 편안함에 안주하면 발전은 없다. 자신의 땅고가 발전하기를 원한다면 우리는 편안하지 않은 것에도 도전해야 한다. 지역적 특징인지는 모르겠지만, 아시아 사람들에게서 개성적인 땅고를 찾아보는 것은 쉽지 않다. 예를 들면 독일과 이탈리아 땅게로스의 춤은 매우 다르다. 땅고의 틀을 그들은 각자 자신만의 방식으로 부수고 있기 때문이다. 우리 역시 틀을 깨는 것에 두려움을 느끼면서도 새로움을 추구하려는 노력을 게을리하지 않고 있다. 나는 아시아의 땅게로스들이 다양한 자기만의 스타일을 가졌으면 좋겠다.

· 당신은 자신의 틀을 부수면서 계속 새로운 땅고를 추고 있는가.

F: 나는 전통적인 방식으로 춤을 추는 밀롱게로를 존중한다. 하지만 전통을 그대로 답습하고 싶지는 않다. 전통을 흡수해서 그것을 조

금씩 새롭게 변화시키려고 노력하고 있다. 땅고의 전통과 기본적인 틀을 존중하지만, 그 안에 머물지 않고 나만의 방법을 찾아 변화시키는 것이 매우 중요하다. 물론 자신의 틀을 깬다는 것에 본능적으로 큰 두려움을 가질 수 있다. 여기에는 문화적 차이가 있는 것 같다. 보통 부에노스에서는 그런 틀을 부수는 것을 무서워하지 않는다. 그러나 전반적으로 아시아 지역에서는 실수하는 것을 두려워하는 문화가 있다. 자신이 만든 틀을 깨고 새로움에 도전한다는 것, 그것이 땅고의 본질적인 자유로움에 더 가깝게 다가가는 것이 아닐까.

• 서울의 밀롱가에서는 까베세오를 하지 않고 직접 춤을 신청하기도 한다. 불편한 부분은 없는가.

F: 까베세오는 춤을 신청하는 하나의 방법이다. 직접 상대방의 의사를 물어보거나 직접적으로 거절해도 상관없다. 그런데도 까베세오를 하는 이유는, 우리가 가지고 있는 밀롱가의 분위기를 방해하고 싶지 않기 때문이다. 두 사람이 얘기하고 있는데 직접 와서 춤을 신청한다는 것은 서로를 방해하는 행동이다. 밀롱가 안의 다른 사람을 존중하고 배려하는 것이 가장 중요하다. 부에노스아이레스에는 까베세오 클래스도 있다. 거기에서는 어떻게 춤을 신청하는가, 어떻게 하면 상대를 존중하면서 신청하고 거절할 것인가를 가르쳐준다. 까베세오는 춤 신청의 한 방법이다. 중요한 것은 서로를 존중하는 일이다.

A: 까베세오는 하나의 툴이다. 까베세오 클래스에서도 그것만이 춤을 신청하는 유일한 방법이라고 가르치지는 않는다. 중요한 것은

춤추기를 원하는가, 그렇지 않은가라는 상대방의 마음을 읽어내고 배려하는 일이다.

F: 만약 내가 어떤 땅게라와 춤추기 위해 계속 그녀를 보고 있는데, 그녀는 나를 보지 않고 다른 사람과 춤추러 간다고 가정하자. 다음 딴다에도 나는 그녀를 보지만, 또 그녀가 다른 사람과 춤을 추기 위해 나간다. 그러면 어쩔 수 없다. 다음 딴다에서는 나도 까베세오를 포기하고 그녀에게 직접 신청하러 가야 한다. 이것이 까베세오의 우스운 면이다. 까베세오만이 전부는 아니다. 까베세오만 하다가는 춤을 추지 못하고 집에 그냥 돌아갈 수도 있다.

A: 까베세오는 기본적으로 여자를 위한 것이다. 왜냐하면 누군가 춤을 신청할 때 거절해야 하는 순간의 어려움을 모면케 해주기 때문이다. 까베세오는 매너 좋게 춤을 신청하는 하나의 방식이다. 함께 춤추고 싶은 상대방과 눈을 맞추며 우리는 기분 좋게 플로어에 나올 수 있다. 춤을 추는 방법론에 좀 더 예민한 사람이면, 밀롱가의 분위기를 정확히 파악해서 어떤 사람에게 신청할 것인지 파악하고, 자신에게 춤을 신청 받은 사람이 "예스"라고 말하도록 만드는 방법을 찾아야 한다.

- **아리아드나, 당신은 땅고의 명문 가문에서 태어나 아주 어렸을 때부터 땅고를 추기 시작했다. 당신의 춤은 지금까지 어떻게 변해왔는가.**

A: 20년의 스토리라서 굉장히 길다. 처음 땅고를 시작했을 때 땅고는 나에게 놀이였다. 나는 매일 부모님이 수업할 때 거기에서 놀

았다. 앉아서 구경하거나 뛰어놀고 있었다. 그리고 어느 순간 그들이 하는 것을 따라 하기 시작했다. 그러니까 나는 세 살 때부터 땅고를 시작했고, 언제나 부모님과 함께 있었기 때문에 나는 항상 땅고를 추고 있었다. 나는 모든 사람과 춤을 췄다. 내 부모님의 학생들, 밀롱가의 친구들, 그들은 그냥 나와 놀아주었다. 나는 리딩과 팔로우 방식을 자연스럽게 흡수했다. "여기서는 무엇을 해야 돼" 누구도 나에게 그렇게 가르쳐주지 않았다. 나는 자연스럽게 땅고의 모든 동작을 배웠다. 그것이 너무 재미있고 흥미로웠다. 여섯 살 때, 나는 매일 밤 쁘락띠까나 밀롱가에 있었다. 그때 나는 땅고에 완전히 미쳐 있었다. 그 무렵 엄마가 나와 동생 페데리코가 파트너가 되어 땅고 쇼 무대에서 공연하게 했다. 안무도 없이 그냥 한 곡 췄다. 그것이 나의 첫 공연이다. 모두가 나를 너무나 사랑스럽게 대해주었다. 나는 그때부터 서서히 이해하기 시작했다. 내가 무엇을 하고 있는지 자각하기 시작했다. 그리고 이 공연은 땅고에 대한 나의 태도를 진지하게 만든 전환점이 되었다. 첫 공연을 계기로 나는 땅고에 더욱더 빠져들었다. 하지만 나는 동생 페데리코와 땅고 클래스에서 노는 것을 멈추지 않았다. 우리는 땅고가 어떻게 작동하는지 처음으로 이해하려고 했다. 그리고 조금 더 다른 스텝들에 대해 생각했고, 또 다른 생각으로 발전했다. 이것이 내가 걸어온 땅고의 길이다.

• 아리아드나, 당신은 동생인 페데리코와 파트너십을 갖다가 어떻게 페르난 도를 만나게 되었는가.

A: 열다섯 살까지는 나는 남동생과 춤췄다. 점점 성장하면서 우리는 다른 사람과 춤추는 게 필요했다. 내가 열일곱 살 때, 나는 밀롱가에서 어떤 멋진 한 남자를 발견했다.

F: 우리는 살론 까닝에서 처음 만났다. 7월이 막 시작되던 무렵이었다. 나는 그때 유럽에 머물며 건축학을 공부하고 있다가 부에노스 아이레스로 돌아갔다. 살론 까닝의 반대편에 그녀가 앉아 있었다. 나는 그녀와 까베세오를 하고 춤을 췄는데, 딴다의 첫 곡이 끝나자마자 내가 사랑에 빠졌다는 사실을 직감했다. 나는 너무나 유명한 땅게라에게 춤을 신청했고, 그 여자가 나와 출 때 어떤 마음일까 걱정했는데 우리는 첫 곡을 추자마자 사랑에 빠졌다는 것을 동시에 느꼈다. 나는 열여덟 살 때부터 땅고를 췄기 때문에 그 당시 나의 춤이 훌륭했을 것이라고 생각하지는 않는다. 하지만 우리는 모든 것이 너무나 완벽했다.

• 파트너십을 갖고 연습을 하면서 호흡을 맞출 때 어느 부분에 가장 주안점을 두는가.

F: 우리는 프로페셔널하게 땅고를 추기 위해서 만나게 아니라 서로에 대한 이성적 호감과 사적인 관계가 전제되어 만났기 때문에, 데이트를 하다가 나중에 땅고 자체에 대해서 생각하게 되었다. 처음 연습을 시작하면서 아리아드나에게는 많은 인내심이 필요했다.

A: 페르난도는 나의 기대에 부응하기 위해 엄청나게 연습했다. 우리가 서로 호흡을 맞추기 위해서는 많은 시간이 필요했다. 개인적인 호감이 없었다면 불가능했을지도 모른다. 우리는 데이트하고 놀다가 일도 함께하기로 결정했다.

F: 우리가 땅고 파트너로 일을 하기 시작하면서 아리아드나는 나를 계속 연습시켰다. 내가 성장하면 그녀는 거기에 맞춰 춤을 췄다. 그녀가 성장하면 나도 거기에 맞추고, 서로 정반합의 과정을 겪으면서 두 사람만의 하모니를 만들어갔다

• 그러나 남동생과 남편은 다르다. 아브라쏘를 하고 춤출 때 그 감정의 차이가 어떻게 다르게 표현되는가.

A: 나는 춤을 추면서, 지금 내가 무엇을 하고 있고 무엇을 원하는지, 우리가 누구이고 우리가 무엇을 만들어가고 있는지를 항상 의식하고 있다. 우리는 무엇인가를 새롭게 만드는 것은 아니지만, 최대한 무엇인가를 창조하기 위해서 작업한다. 페데리코와는 밀롱가에서 놀았지만, 이제 페르난도와는 무엇인가를 같이 창조해가는 과정이다. 그런 면이 가장 다르다.

F: 십 대 때 남동생과 추는 것과 이십 대 여인으로 연인과 춤추는 것은 너무 다르지 않을까. 그것은 본질적으로 전혀 다른 성질이다.

• 당신은 땅고 누에보의 창시자인 구스타보의 딸이다. 당신은 아버지의 스타일을 고수하려고 하는가. 전통 땅고에 대해서는 어떻게 생각하는가. 자신의 땅고 위치를 어떻게 두고 있는가.

A: 나베이라 패밀리가 전통 땅고와 거리가 있는 것은 사실이다. 하지만 땅고 누에보는 전통 땅고 움직임의 구조를 분석하는 데서부터 시작했다. 그 구조를 해체하고 새로운 동작을 만들어갔다. 그전까지는 땅고 선생님은 자기가 무엇을 하는지도 모르고 학생들에게 이 스텝 저 스텝을 알려주는 정도였다. 언어를 배우는 것처럼, 구스타보의 강습은 동작에 의미를 부여하고 하나의 동작을 해체한 다음 두 번째 스텝을 보여준 뒤, 세 번째는 전혀 다른 스텝을 보여주었다. 구스타보, 베론, 살라스와 그 아래 세대인 치초, 세바스띠안도 처음부터 그랬던 것은 아니다. 밀롱가에서 미친 듯이 춤을 추다가 왜 이쪽으로 가야만 하는가, 서로에게 질문을 하고 내가 무엇을 하는지 인지하기 시작하면서 땅고 누에보가 만들어졌다.

지금 전통 땅고를 추고 있다는 사람들은 진짜가 아니라고 생각한다. 그들은 자신들이 전통이라고 말하고 있지만, 아무도 예전의 전통적 방식과 똑같이 춤추지 않는다. 그것 역시 완전히 새로운 것일 수밖에 없다. 그렇다면 어떤 게 새롭고 어떤 게 전통적인 것인지 기준을 생각해봐야 한다. 일반적으로 땅고의 자세를 가지고 전통인가 그렇지 않은가를 구분하는데, 개인적으로는 그것은 그저 마케팅의 한 방법이라고 생각한다. 땅고 누에보와 전통 땅고의 차이가 볼레오, 볼까다, 꼴까다를 하는가 하는 문제는 아니다. 예를 들어서 뿌피 그라

셀라의 동영상을 보면, 완전 옛날 사람인데도 땅고 누에보 자세처럼 오픈으로 추고 볼레오나 볼까다 등을 한다. 클로스 엠브레이스를 하고 지금처럼 살론 자세로 춤추는 것을 전통 땅고라고 하지 않았다.

하비에르와 제랄딘이 처음 등장했을 때 그들 역시 아브라쏘만 했을 뿐이지 완전 새로운 피규어를 구사했다. 사람들은 그 자세만 보고 전통이라고 했는데 거기에 사용된 동작들은 절대 전통 땅고의 것이 아니다. 그들은 새로운 땅고를 춘 것이지 전통 땅고를 춘 것은 아니다. 사람들은 어떤 스타일의 춤을 추느냐고 우리에게 질문하지만, 오래된 사람들에게 우리는 새로운 스타일일 것이고, 새로운 사람들에게 우리는 전통적일 것이다. 우리가 가장 주목하는 것은 우리 몸에 대해 이해하고 우리 몸이 어떻게 반응하는가 하는 것이다. 우리는 우리 스타일의 땅고를 춘다. 사람들이 너희들은 어떤 스타일의 춤을 추느냐고 묻는다면, 나는 "땅고 스타일의 땅고를 추고 있어"라고 말하겠다.

F: 사람들은 말하기 쉽게 누에보다, 전통이다 하는데, 깔리토스와 노엘리아가 어떤 스타일의 춤을 춘다고 말할 수 있겠는가. 그들은 그들 스타일의 춤을 춘다. 깔리토스와 노엘리아는 전통도 누에보도 아니다. 나는 그들의 춤을 바라보는 것만으로도 즐겁다. 자기들만의 스타일을 어떻게 만들어가는가, 그것이 중요하다. 우리도 우리만의 스타일을 만들어가는 중이다. 땅고의 자세나 아브라쏘의 모양만 가지고 전통이냐 누에보냐를 구분하는 것은 잘못된 방법이다.

• 지금 세계에서 가장 트렌디한 경향을 보여주고 있는 살론 땅고의 비샤 우르끼사 스타일은 땅고 누에보와 가장 먼 거리에 있는 스타일처럼 보인다. 그런데 당신들의 춤에서는 이런 게 섞여 있기도 하다.

F: 비샤 우르끼사 스타일도 마찬가지다. 비샤 우르끼사 스타일은 예전에 존재하지 않았다. 사람들이 땅고의 스타일을 정의할 때 만들어진 것이다. 땅고 누에보가 생겨날 때, 또 다른 지점에서 비샤 우르끼사 스타일도 만들어졌다. 오래된 선생님들께 물어보면 전통이나 누에보는 존재하지 않는다. 그것은 마케팅으로 만들어진 것이다. 까스띠쇼의 노랫말처럼 '땅고는 땅고일 뿐 El Tango es Tango'이다. 전통 땅고와 땅고 누에보의 차이는 스타일의 문제가 아니다. 내가 생각할 때는 세대 차이다. 오래된 세대들은 지금 세대를 이해하지 못하고, 마찬가지로 새로운 세대는 이전 세대를 이해하지 못한다. 비샤 우르끼사 스타일 역시, 전통 땅고의 다음 세대 사람들이 전통적인 방식과는 다른 새로운 스타일을 만들어낸 것이다.

A: 페르난도는 무엇이 전통적인 것이고 어떤 게 새로운 스타일인가를 가지고 친구들과 다투었다. 페르난도는 "비샤 우르끼사 스타일이 과거에는 존재하지 않았으나 지금은 존재한다. 그러니 지금 존재하고 있기 때문에 더 이상 과거에 대해서 논쟁하는 것은 의미가 없다"고 말한다. 지금 새로운 스타일의 비샤 우르끼사 스타일이 분명히 존재한다면, 예전에 그것이 있었는가는 의미가 없다고 생각한다.

- **땅고 챔피언십에 대해 어떻게 생각하는가.**

F: 챔피언십은 땅고 상품으로서의 가치는 굉장히 많다. 하지만 댄서 자체에게는 나쁜 영향을 줄 수도 있다. 땅고 산업의 발전을 위해서는 좋지만, 그것이 다양한 땅고의 존재를 제약해서는 안 될 것이다. 땅고 살론대회를 보면 처음에 시작할 때 모든 선수들이 항상 똑같은 모습이다. 이것은 굉장히 넌센스다. 어떻게 한 노래에 모든 사람이 똑같은 느낌을 가질 수 있는지 의심스럽다. 땅고의 정형화는 챔피언십이 갖고 있는 문제점이다. 살론 땅고를 추는 프로 댄서들은 정형화에서 탈피해서 각자 자신의 스타일을 개발해야 한다. 땅고대회가 춤을 정형화시키는 것처럼, 땅고 누에보 역시 조금 이상한 음악에 조금 더 독특한 동작을 하는 방식으로 정형화되기도 한다. 어떻게 하면 자기만의 춤 스타일을 만드는가 하는 게 중요하다. 틀에 갇히는 것은 좋지 않다.

A: 자유로움을 잃어버리는 것은 가장 수치스러운 일이다. 처음 땅고가 태어났을 때와는 너무나 다르다. 틀에 갇히는 것은 좋지 않다.

- **땅고 여행이 피곤하지는 않은가. 연습은 어떻게 하는가.**

F: 부에노스아이레스에 있을 때 우리는 하루에 2시간씩 연습을 한다. 연습하는 시간을 4시간은 넘기지 않으려고 한다. 우리는 밀롱가에서든 어디서든 연습한다. 피구라에 문제가 발생했을 때는 하루 정도 지나서 다시 해보고, 많은 토의를 한 뒤 서로 합의한다. 부에노스아이레스에 있을 때는 연습하기가 쉽지만 사실 투어 중에 연습하는

것은 힘들다.

• 미래에 대한 계획을 말해달라.

A: 많은 계획이 있지만 그중에서 가장 중요한 건 부모가 되는 것이다. 우리는 곧 아이를 가질 예정이다. 우리는 그 문제에 대해 진지하게 논의하고 있다.

F: 아기의 문제는 원한다고 해서 되는 게 아니다. 기회가 자연스럽게 오는 것인지, 노력해서 만들어야 하는 것인지 아직 잘 모르겠다. 우리는 앞으로 집도 사야 하고 아이도 갖고 가족을 이뤄야 한다. 하지만 최소한 차는 있다.

A: 그는 다섯 명의 아이를 원한다. 그러려면 집이 커야 한다.

F: 땅고에 대해서는 많은 계획이 샘솟고 있다. 우리는 부에노스아이레스에 우리의 아카데미를 오픈하고 싶고, 개인 스튜디오도 갖고 싶다. 극장에서 더 많은 쇼도 올리고 싶다. 지금 우리는 세계를 돌면서 열심히 일하고 있다. 너무나 많은 여행을 하고 있는데 그것이 좋기는 하지만 계속해서 땅고 투어를 다닐 생각은 없다. 우리는 어떤 게 우리의 삶을 행복하게 해주는가를 생각한다. 그 기회가 오면 잡을 것이고, 그 변화의 순간은 분명히 가까운 시간 안에 찾아올 것이라고 믿는다.

• 마지막 질문이다. 당신이 생각하는 땅고란 무엇인가.

F: 땅고는 누군가를 만날 수 있는 가능성이다. 다른 사람과의 만남,

또는 내 안의 나와의 만남. 누구든 땅고를 추러 밀롱가에 갈 때 그런 생각을 하고 갔으면 좋겠다. 기쁘거나 슬프거나 그 순간의 진실한 감정을 표현하는 것이 땅고를 추는 시간이다. 어떤 스타일인가에 얽매이지 않았으면 좋겠다. 이 순간의 감정을 어떻게 표현하고, 누군가를 만나서 어떤 대화를 하는가가 중요한 것이지 스타일의 문제가 아니다. 자신이 무엇을 하는지에 대한 믿음이 강해야만 한다. 춤을 추면서 어떤 움직임이 일어난다면 그것은 이미 일어난 것이다. 그 순간부터 우리는 모든 것을 새롭게 만들어가야 한다. 땅고에서 가장 중요한 것은 함께 나누는 것이다. 누에보든 전통적인 것이든 얽매이지 말고 진실한 그 무엇을 찾아야 한다. 그것은 아마 여러분의 가슴속에 있을 것이다. 다른 사람과 아브라쏘를 하는 순간, 그때부터 땅고가 시작된다. 그것보다 중요한 것은 없다.

A: 춤출 때는 어떤 스타일로 출 것인지, 무엇을 할 것인지 걱정하지 말고 나와 함께 춤추고 있는 사람에게만 집중하라. 지금 듣고 있는 음악, 지금 내 앞에 있는 사람이 가장 중요하다. 아브라쏘를 했을 때 우리가 느끼는 모든 감정들이 진실해야만 한다. 자신의 감정을 숨긴 채 아름답고 우아하게만 보이려고 위장한다면, 그것은 땅고의 본질이 아니다. 슬프면 슬픈 대로 즐거우면 즐거운 대로 자신의 솔직한 감정과 마주하라. 그때부터 진짜 땅고가 시작된다.

세계땅고대회 챔피언,
막시밀리아노 끄리스띠아니

2003년 아르헨티나정부가 주최한 세계땅고대회는 19세기 후반부터 100년 넘게 발전해온 땅고의 지평을 크게 확대했고, 땅고 트렌드에도 커다란 변화를 몰고 왔다. 물론 땅고대회가 땅고의 전부는 아니지만, 땅고대회가 땅고 영역에서 차지하는 비중이 '어마무시'하다는 것을 누구도 부인할 수는 없다. 세계땅고대회가 배출한 수많은 땅고 스타 중에서도 막시밀리아노 끄리스띠아니Maximiliano Cristiani는 매우 특별하다. 그는 땅고대회의 신화적 인물이다. 2008년 문디알 에세나리오 2위, 2012년 문디알 땅고 살론 2위, 2013년 문디알 땅고 데 삐스따 챔피언. 막시밀리아노는 만 10년 동안 끊임없이 문디알에 도전해서 에세나리오와 살론에서 각각 2위를 하다가 지난 2013년에 마침내 챔피언의 자리에 올랐다. 그는 세계땅고대회의 살아있는 증인이고, 그 자체로 세계땅고대회의 작은 역사라고 할 수 있다. 나는 도쿄와 서울, 부에노스아이레스에서 여러 차례 그를 만났고 다음과 같은 대화를 나누었다.

• **당신은 챔피언이 되기까지 오랜 시간이 걸렸다. 언제 처음 세계땅고대회에 도전했는가. 또 챔피언의 자리에 오르기 위해 어떤 노력을 했는가.**

세계땅고대회 이전인 1990년대에, 땅고 작사가 이름을 딴 우고 델 까릴Hugo Del Carril 챔피언십이 있었다. 초기 챔피언이 쏘또였다. 난 2001년 우고 델 까릴챔피언십에 처음 도전했다. 그리고 2004년 메트로폴리탄 땅고챔피언십에서 17등을 했고, 그 다음해인 2005년 메트로폴리탄대회에서 준우승을 했다. 지금은 밀롱가, 발스 부문이 따로 있지만 그때는 메트로폴리탄에 오직 땅고 부문만 있었다. 2005년의 심사위원들은 상당히 유명한 사람들로 구성되었다. 그들은 대회가 끝난 후 무려 1시간 동안이나 토의를 했다. 챔피언이 된 분과 나 중에서 누구를 챔피언을 할 것인지 의견을 모으기가 쉽지 않았던 것이다. 그 챔피언은 나이가 많은 분이었는데 다음 해 돌아가셨다. 2006년 메트로폴리탄대회에서 나는 3등을 했고, 2012년에 드디어 땅고 부문 챔피언을 했다. 세계땅고대회에는 2005년 처음 참여했다. 그리고 2012년 준우승을 거쳐 2013년 땅꼬 데 삐스따 챔피언이 되었다.

• 왜 오랫동안 그 많은 땅고대회에 참여했는가.

챔피언이 가장 춤을 잘 추는 사람이라고 볼 수는 없다. 하지만 내가 챔피언십에 참여하게 된 동기는 마스터들이 나를 인정해주는 것이 좋아서였다. 그리고 항상 챔피언에 가까운 결과를 얻었다. 이만큼 왔으면 언젠가는 챔피언이 될 수 있겠다는 생각을 했다. 단순히 즐기기 위해서만 땅고를 추는 게 아니라 좋은 성적을 내기 위해 노력했고, 땅고대회는 내 춤의 발전을 위한 동기부여가 됐다.

• 어떤 노력을 했는가.

땅고를 처음 시작하면 누구처럼 추고 싶어 하는 우상이 있다. 롤모델을 바라보고 노력하는 시기가 지나면 그 다음에는 자신의 한계를 극복하고 싶어진다. 자기만의 스타일을 추구하게 된다. 나 같은 경우에는 어떤 춤을 추구하는지 분명했다. 그 목적을 위해 다양한 스타일의 선생님께 배웠다. 살롱·밀롱가·발스·스테이지 땅고까지 아우르면서 배웠다. 그러나 아직까지는 내가 추고자 하는 상태까지 도달했는지 확신할 수 없다.

• 그 스타일이 뭔지 설명해줄 수 있나.

나는 처음부터 땅고 살롱으로 시작했다. 땅고 살롱은 1940년대 유행하던 스타일이었다. 세계땅고대회가 만들어지던 2000년대 초반, 부에노스아이레스시에서는 실바나 그릴이라는 사람을 통해서 땅고 교육 프로그램인 발레^{Ballet} AZ을 만들었다. 나이 많은 밀롱게로들이 죽기 전, 젊은 세대에게 그들의 땅고를 전승해야 한다는 필요성 때문이었다. 200커플 중 15커플을 선별해서 대가들에게 땅고를 무료로 배울 수 있는 프로그램이었다. 거기에서 굉장히 많은 챔피언과 유명한 댄서들이 나왔다. 가르치는 밀롱게로 마에스트로들은 각기 스타일이 서로 달랐다. 나는 각각 다른 스타일 중에서도 땅고 살론이 좋았다. 각각의 마에스트로들을 보조하는 중간급의 댄서들이 있었는데 그들도 굉장한 실력자였다. 마에스트로들은 뿌삐 까스떼요Puppy Castello, 가비또Gavito, 엘 치노 뻬리꼬El Chino Perico, 헤라르도 뽀르따레아Gerardo Portalea, 벨시또Belsito 등이었다. 그들의 보조 강사들은 오라시오 고도이Horacio Goodoy, 그라시엘라 곤잘레즈Graciela Gonjales 였다. 나보다 먼저 프로그램을 거쳐 간 학생들 중에는 노엘리아 우르따도, 단테, 파블로 로드리게즈 등이 있었다. 나는 2004년 이 프로그램에 선발되어 매주 월요일부터 금요일까지 하루 4시간씩 땅고를 배웠다. 기간은 1년이었다. 모든 비용은 부에노스아이레스시가 지불했다. 그렇게 땅고 살론을 배웠다.

• 땅고를 출 때 어떤 것이 가장 중요하다고 생각하는가.

춤에 대해서 본인 스스로 솔직해지는 것이다. 내가 내 자신에게 솔직해졌을 때 나는 챔피언이 되었다. 누구를 따라가지 않고, 유행을 따라가지 않고, 나의 춤을 췄을 때 비로소 챔피언이 된 것이다. 다른 챔피언들하고도 얘기할 기회가 있었는데 그들 역시 나와 똑같은 경험을 했었다. 난이도 높은 피구라를 욕심내서 시도했고 많은 노력 끝에 그것이 제대로 된 형태를 갖추게 되었다고 해도, 내가 느끼기에 내 것이 아니라는 생각이 들면 고집할 필요가 없다. 본인에게 솔직해야 한다.

세계땅고대회 참가자들을 위한 충고를 하고 싶다. 나는 2012년에 나가서 2위를 했는데 그때 나의 파트너는 지금 로드리게즈와 함께 춤을 추고 있는 파티마였다. 2013년 세계땅고대회에 나갔을 때 파트너였던 제시카는 파티마와 달리 밀롱게로 스타일을 좋아했다. 나보고 땅고 살론을 추되, 자기가 하고 싶은 동작을 하면서 자유롭게 추자고 했다. 나 역시 그전의 챔피언들처럼 추는 것에 지친 상태였다. 그들은 너무 경직되고 생동감이 없는 자세로 춤을 췄다. 그래서 우리는 땅고 살론과 땅고 밀롱게로를 잘 조합해서 즐기면서 춤을 췄다. 그리고 그해 챔피언이 되었다. 대체로 참가자들은 전 챔피언들을 따라하려는 경향이 있는데, 그렇게 하는 것보다는 서로의 장점과 특징을 발견하면서 연습하는 게 중요하다.

• 땅고 안에서 이루려는 목표가 있다면 무엇인지 알려달라.

한동안 땅고가 너무 이상한 쪽으로 발전했지만 최근 다시 뿌리로 되돌아온 것 같다. 앞으로 땅고는 이 뿌리를 계속 지키면서 발전했으면 한다. 나는 전통 땅고를 좋아한다. 땅고의 소중한 전통적 의식들이 유지되었으면 한다. 지금은 땅고가 너무 상업화되었다. 그것은 상당히 조심해야 하는 부분이다.

• 상업화된 땅고의 구체적 부분을 예로 들어달라.

챔피언이 되면 일할 수 있는 가능성이 훨씬 커진다. 어떤 사람들은 챔피언이 되기 위해 땅고를 추기도 한다. 챔피언이 되기 위한 춤은 어떤 틀에 묶여 있는 것이기 때문에 한계가 있다. 즐기기 위한 땅고가 아니라, 개성 있는 땅고가 아니라, 세계땅고대회에서 우승하기 위해 땅고를 추는 것, 그것이 바로 땅고의 상업화다.

3대째 땅고 가족,
오스까르 패밀리

부에노스아이레스에서 여행사를 운영하는 정덕주 사장이 2008년 한국을 방문했던 오스까르 가족의 비행기 표를 구해준 관계로 그들의 연락처를 알고 있었다. 나는 다시 오스까르 가족을 만나고 싶었다. 오스까르 가족은 한국에 아르헨티나 땅고가 보급된 지난 2000년 이후, 장기간 한국에 거주하면서 강습을 한 첫 번째 아르헨티나인 레지던스 댄서다. 일주일이나 한 달 정도 한국에 체류하면서 땅고 워크숍을 한 사람은 많이 있었지만 한 가족이 1년 동안 한국에 체류하면서 땅고 강습을 한 사례는 지금까지도 없다.

땅고는 여자보다 남자가 배우기가 훨씬 어렵다. 여자들은 땅고를 춘 지 1년만 지나도 밀롱가를 휘저으며 땅고를 재미있게 즐길 수 있지만, 남자들은 대부분 1년이 지나야 겨우 혼자 무게중심 잡고 더디게 움직일 수 있다. 왜냐하면 남자들은 여자들의 등 뒤로 손을 뻗고 아브라쏘를 한 순간부터 혼자서가 아닌, 두 사람이 함께 음악에 맞춰 움직이는 진행을 책임져야 하기 때문이다. 귀를 활짝 열고 음악을 들으면서 순간순간 흐르는 음악에 가장 어울리는 스텝을 찾아야 하고, 춤추는 순간 운명공동체가 된 여자와 함께 어느 방향으로 어떻게 가야할 것인지를 결정해야 한다. 더구나 춤을 추는 밀롱가는 공적 공간이다. 수많은 커플이 함께 춤추는 곳이기 때문에 두 눈을 뜨고 모든 방향의 움직임을 예민하게 살펴보면서 다른 커플과 부딪치지 않게 자기만의 공간을 확보해야 한다. 그리고 제자리에 멈춰서 춤을 추는 게 아니라 시계가 움직이는 반대 방향으로 일정하게 돌면서 추는 춤을 책임진다는 것은, 춤 그 자체와는 또 다른 훈련이 필요하다. 어디로 갈 것인지, 어떤 동작을 할 것인지를 결정하는 순간의 판단력, 그리고 음악에 가장 어울리는 스텝과 피구라를 찾는 뛰어난 뮤지컬리티가 필요하며, 그러면서도 아브라쏘를 한 상대와의 깊은 교감을 잃지 않아야 한다.

그래서 한 명의 땅게로가 성장하는 데는 많은 시간이 필요하다. 그러나 문제는 여자들은 기다려주지 않는다는 데 있다. 아시아에서 가장 먼저 땅고가 보급된 일본이나 우리보다 늦게 땅고가 퍼져나가는 중국, 인도네시아나 베트남 등을 보면 땅고 커뮤니티의 대표는 여자이고, 파트너는 아르헨티나 혹은 콜롬비아나 칠레, 우루과이 등 남미 출신인 경우가 많다. 2000년대 이후 아르헨티나의 경제적 어려움이 지속되면서 아르헨티나 땅고 댄서들이 더 좋은 기회를 찾아 세계 각지로 퍼져나가고, 경제적 여유가 되는 일본의 땅게라들이 아르헨티나 출신의 땅게로와 파트너십을 맺기 때문이다.

한국은 전 세계에서 아르헨티나 출신 땅게로가 발을 붙이지 못한 거의 유일한 나라다. 한국에도 땅고가 보급되던 2000년대 초 몇몇 아르헨티나 댄서가 찾아왔지만 뿌리를 박지 못하고 떠났다. 한국 땅게로들이 텃세가 강해서보다는 성실함으로 빠른 시간에 높은 수준까지 실력이 올라갔기 때문이다.

오스까르와 쎄실리아 가족은 한국에 1년 동안 머물면서 수업했다. 나는 오스까르가 땅고 강습을 하고 있다는 스튜디오를 찾아갔다. 그는 주택가에 있는 작은 스튜디오를 임대해서 매주 정기적으로 땅고 강습을 하고 있었는데, 열 평도 안 되는 좁은 공간의 바닥에는 합판이 깔려 있었고 십여 명의 땅게로스들이 강습을 받고 있었다. 작지만 소박하고 예쁜 공간이었다. 그런데 실내로 들어간 뒤 10분도 안 되어서 정전이 일어났다. 낮이었지만 어두웠다. 땅고 강습은 계속할 수 있었지만, 우리는 며칠 뒤 산 뗄모거리에서 다시 만나기로 하고 헤어졌다.

산 뗄모에서 오스까르 가족과 다시 만난 나는 그와 친분이 있는 땅고 악단의 길거리 라이브 공연에 맞춰 세실리아와 땅고를 췄다. 오스까르는 딸 아브릴과 춤을 췄다. 그리고 부에노스아이레스를 떠나는 날 오후, 다시 그들의 집을 방문했다. 세 가구가 사는 빌라였는데 오스까르 집은 길가 전면에 있는 2층집 뒤의 좁은 복도 안에 있는 소박한 2층집이었다. 테이블이 놓여 있는 거실 2층 계단을 올라가면 침실이 있다. 오스까르 가족은 한국 친구들이 너무 보고 싶다고 한다. 그들이 사는 집은 소박했지만 한국에서 선물 받은 전통 인형, 하회탈, 전통 다기 세트가 줄줄이 진열되어 있었다.

오후 4시에 아브릴이 학교에서 돌아왔다. 착한 아브릴은 키가 꽤나 컸다. 벌써 숙녀가 된 것 같았다. 한국에 왔던 그 꼬마 아가씨의 흔적이 남아 있기는 했지만, 유심히 보지 않으면 못 알아볼 정도로 훌쩍 성장했다. 한국에 있는 동안 쎄실리아가 직접 아브릴 교육을 맡았기 때문에 아브릴은 아르헨티나에 온 뒤에도 학년을 낮추지 않고 제대로 다니고 있었다.

안마당에서 오스까르 부부가 땅고를 쳤고 이어서 오스까르와 아브릴이 땅고를 쳤다. 아브릴의 땅고 실력이 많이 좋아졌다. 안정감이 있고 감각적인 아도르노도 곧잘 연출했다. 곧 좋은 땅게라가 될 것이다. 오스까르의 아버지 오스까르 까쵸 가우나는 땅고 가수였다. 오스까르는 자신의 아버지가 부른 노래가 담겨 있는 CD를 나에게 선물로 주었다.

인사동에서 산 볼펜 세트를 아브릴에게 선물로 주었는데, 그 볼펜으로 아브릴이 책상 위에서 뭔가 적고 있었다. 숙제하는 줄 알았는데 내가 떠날 때 황급히 집 안으로 다시 들어가 조금 전에 책상 위에서 그린 종이를 선물이라고 주었다. 아르헨티나 지도였다. 흰색과 푸른색의 국기 색깔을 넣어 그려준 아르헨티나 지도를 보고 아브릴의 따뜻한 마음이 느껴져 가슴이 뭉클했다. 맨 위에 한글로 아브릴이라고 쓰여 있고 맨 밑에는 Memory of Buenos Aires For Korea라고 적혀 있었다.

부에노스아이레스의 한국인 땅고 댄서, 크리스탈 유

아르헨티나 땅고가 한국에 보급된 것은 지난 2000년도부터이며, 지금은 부에노스아이레스 밖에서 정통 땅고에 가장 근접한 모습을 갖고 있다고 평가받고 있다. 땅고의 열정에 끌려, 그동안 한국의 많은 땅게로스가 지구 반대편에 있는 아르헨티나의 부에노스아이레스를 방문했고, 그곳에서 좀 더 진화된 땅고를 배우기 위해 노력했다. 크리스탈 유, 유수정은 그 상징적인 인물이다.

우리가 처음 만난 것은 2009년 3월이었다. 그때 나는 EBS「세계 테마기행」팀과 3주간의 촬영 일정으로 아르헨티나를 방문하고 있었는데, 부에노스아이레스 밀롱가 안내를 부탁한 한걸음과 함께 꼰 피떼리아 이데알에 들어섰을 때, 검은 머리를 한 동양 땅게라가 여행용 가방을 들고 서있는 것을 보았다. 그가 크리스탈 유였다. 그날 촬영 때문에 나는 너무 바빴고 밀롱가에도 사람이 많아서 제대로 인사할 기회는 없었다.

그 후 2010년 봄, 다시 부에노스아이레스를 방문했을 때 우리는 만났고, 그녀는 나를 위해 부에노스아이레스의 중요한 땅고 아카데미들과 좋은 땅고화 숍을 알려주었다. 크리스탈 유의 부군인 이데알의 총지배인 다니엘을 만난 것도 그때였다. 이데알 2층 계단을 올라가던 나에게 계단을 내려오던 다니엘은 어디에서 왔느냐고 물었고, 내가 한국에서 왔다고 하자 1층에서 수업을 하고 있던 크리스탈 유를 가리키며 한국인이라고 알려주었으며, 나는 알고 있다고 고개를 끄덕였다.

크리스탈 유는 2004년 아르헨티나의 국립극장 세르반떼스에서 땅고를 공연하기 위해 공명규 씨와 함께 처음 부에노스아이레스를 방문한 이후, 2005년부터 현지에서 거주하며 '부에노스아이레스 땅고 컴퍼니'를 창단, 지금까지 땅고를 가르치며 공연하고 있다. 나는 크리스탈 유의 땅고 살론 공연보다는 에세나리오 공연이 훨씬 멋있고 아름다웠다고 생각한다. 어린 시절부터 한국무용과 현대 무용 등을 통해 단련된 여성적이며 부드러운 곡선의 움직임과 삶에 대한 강렬한 열망이, 땅고적 감성으로 표출되고 있다.

• 한국무용을 전공했는데 어떻게 땅고를 시작하게 되었나.

나는 어렸을 때부터 춤을 추는 게 좋았다. 부모님을 졸라 초등학교 때부터 발레를 했고 고등학교 때까지 한국무용과 현대 무용을 함께 배웠다. 대학에 들어갈 때는 현대 무용 전공이었는데, 2학년 때 한국 무용으로 바꿨다. 그렇지만 파트너와 함께 춤추는 소셜 댄스에 관심이 많았다. 그래서 땅고를 추기 이전에 살사와 댄스 스포츠도 췄다. 대학을 졸업하고 한국무용이나 댄스 스포츠도 가르치고 극단 미학의 정일성 연출 밑에서 조연출로 3년 동안 연극 공부도 했다. 그렇게 프리랜서로 활동하면서 우연히 피아졸라의 「오블리비언Ovlibion」을 듣게 되었다. 그것이 땅고 음악인 줄도 모르고 좋아했다. 그러다 1998년 압구정 어느 공간에서 재즈가수 윤희정 씨가 노래를 하는데, 공명규 씨가 파트너 없이 혼자 솔로로 땅고를 추는 걸 보았다. 1999년 말부터 강남 YMCA에서 일주일에 한 번씩 공명규 씨가 송연희 씨를 파트너로 땅고 수업을 했을 때부터 꾸준히 시간을 내서 땅고를 배웠다. 6개월 정도 지났을 때 공명규 씨가 같이 공연하자고 제의를 했다. 그렇게 공명규 씨와 같이 일을 하다가 2004년 10월 그와 땅게라 미엘, 그리고 KBS 「인간극장」 팀과 함께 부에노스아이레스로 가서 한 달 동안 연습하고, 촬영하고, 에레라 컴퍼니와 「라 노체 델 땅고La noche del Tango」를 공연했다. 공명규 씨는 나와 한 곡, 미엘과 한 곡을 췄고, 나는 아리랑 음악에 맞춰 에레라와도 췄다. 3개월 비자였기 때문에 나머지 시간은 자유롭게 밀롱가를 돌아다녔다. 그런데 시간이 지날수록 돌아오기 싫어졌다. 2004년 12월 한국으로 돌아오는 비행기 안에서 다시 부에노스아이레스로 가야겠다고 결심했다. 다시 부에노스아이레스로 돌아간 것은 6개월 뒤다. 나는 2005년 1학기 목원대학교 사회체육과에서 땅고를 가르쳤다. 원래 댄스 스포츠 과목인데 학

과장이 땅고를 가르치면 좋겠다고 해서 수업했다. 수업을 하다 보니까 더 정확하게 땅고를 배우고 싶은 욕심이 들었다. 1학기를 마친 뒤 1년 정도 부에노스아이레스에 갔다 오겠다고 학교에 양해를 구했다. 그리고 2005년 6월 20일 비행기를 탔다. 하지만 그때까지만 해도 땅고를 업으로 해야겠다는 생각은 없었다.

• 당신에게는 세계 밀롱가의 1번지라고 지칭되는 콘삐떼리알 이데알 출신이라는 꼬리표가 달려 있다. 그곳과의 인연은 어떻게 만들어진 것인가. 2010년 내가 부에노스아이레스에 갔을 때 당신은 다니엘과 함께 산 뗄모의 커다란 공간 단디Dandi에서 밀롱가를 운영하고 있었다. 당신의 고향 같은 이데알을 왜 나왔는가.

2004년 처음 부에노스아이레스에 가서 3개월 동안 머물 때, 살롱 까닝이나, 니노비엔, 이데알, 엘베소, 뽀르떼뇨 바일라린, 그리셀 등 당시 유명한 밀롱가를 열심히 돌아다녔다. 어느 밀롱가를 가도 춤출 수 있는 사람은 항상 있었다. 지금도 그렇지만 그때도 치안이 좋지 않아서 밤늦게 집으로 돌아올 때 늘 걱정이 되었다. 어느 밀롱가를 가나 비슷한데 집 근처에 있는 이데알에 가는 게 안전하다고 생각해서 나중에는 이데알만 갔다. 당시는 이데알이 최고였다. 매일 밤낮으로 밀롱가가 열렸다. 특히 밤에는 1층 의자를 전부 2층으로 옮겨놓아도 자리가 없었다. 그때는 지금처럼 땅고 수업이 많지 않았다. 밀롱가 오픈하기 전 개최되는 수업이 거의 전부였다. 2005년 다시 부에노스아이레스에 왔을 때도 주로 이데알에 갔다. 2005년말 이데알에서 첫 공연을 했는데, 그때 공연 파트너는 누구였는지 지금은 기억도 나지 않는다. 이데알에서 열심히 춤을 추던 어떤 땅게로였다. 그리고 2006년 봄부터 이데알에서 수업을 맡게 되었다. 비행기 티켓을 1년 왕복으로 끊었기 때문에 2006년 여름 잠깐 한국에 돌아와야 했지만 아무에게도 알리지 않았고, 곧 다시 부에노스아이레스로 갔다. 학교 수업이라든가 학원 강습이라든가 나름대로 한국에 만들어놓은 내 터전을 모두 버리고 갔다. 한마디로 미친 거다. 아무 대책 없이 그냥 갔다. 땅고를 더 배울 수 있고, 춤출 수 있다는 자체가 좋았기 때문이다.

내가 이데알을 나온 결정적 계기는 결혼이다. 나는 다니엘과 결혼한 후 이데알을 벗어나고 싶었다. 그래서 산 뗄모의 단디에서 1년 정도 밀롱가를 운영하다가 사정상 못하게 되었다. 2011년부터 다시 이데알에서 공연이나 수업을 했지만 이데알에서의 나의 활동은 2014년말 완전히 끝났다. 2015년부터는 파트너 없이 혼자서 수업한다. 아반사도Avanzado 레벨이 아니면 혼자서 수업하는 것도 가능하니까.

• 부에노스아이레스에서는 어떤 스승에게서 배웠는가.

내 경우에는 특별히 어떤 한 사람에게서 배우지는 않았다. 파트너도 없고 언어도 통하지 않아서 주로 테크니카 클래스를 많이 들었는데 자주 참석했던 곳이 알레한드라 알리에Alejandra Arruie 클래스였다. 그러다가 알레한드로 삘라르디Alejandro Filardi라는 밀롱게로 마에스트로를 만났다. 그분은 이데알에서 수업하고 있었는데, 그때 연세가 이미

80세가 넘었다. 특별히 이름이 알려지지는 않았지만 평생 밀롱게로로 살아온 분이다. 어느 날 그분 파트너가 돌아가셨다.

그 뒤 나에게 파트너 제의를 해서 2007년에서 2008년까지 1년 동안 뻴라르디와 수업했다. 부에노스아이레스에서 기차를 타고 한 시간 걸리는 모론Morron까지 일주일에 세 번을 가서 수업했다. 그분이 모론에 살고 있었기 때문이다. 파트너라는 개념보다는 그분 수업을 도와드리며 나도 많은 것을 배우고 싶었다. 하지만 그분은 항상 수업 때마다 자신의 파트너라고 나를 소개했다. 그런데 학생이 줄기 시작했다. 동양 여자가 오니까 거부반응이 있었던 것이다. 그런데도 그분은 집요하게 자신의 방식대로 나와 함께 수업을 이어나갔다. 나중에는 학생이 다시 늘어났다. 1년 동안 공연 한 번 없이 오직 수업만 했다.

내가 처음 부에노스아이레스에 갔을 때는 밀롱가에서도 누에보 음악이 많이 나왔다. 많은 사람이 땅고 누에보를 췄다. 2006년과 2007년, 땅고 누에보를 좋아하는 젊은층이 자주 가는 밀롱가와 쁘락띠까가 많이 생겼다. 그런데 어느 시점이 지나니까 다시 원래의 땅고로 돌아왔다. 나는 땅고 누에보도 좋아했고 공연도 좋아해서 에세나리오Escenario를 하고 싶었다. 예전의 에세나리오는 거의 대부분 아크로바틱 위주였다. 에세나리오 댄서들 중에는 땅고의 기본이 전혀 없이 발레나 현대 무용을 하던 사람들도 많이 있었다. 그들은 밀롱가에서는 땅고를 추지 못한다. 그런데 지금은 땅고 살론에서 시작해서 에세나리오로 가는 사람들이 훨씬 늘어났다. 이 역시 땅고가 발전해가는 과정이라고 생각한다.

내 스승 뻴라르디는 누에보가 유행할 때 꼴까다냐 볼까다, 살또 등은 1940년대 이미 다 나왔던 것이라면서 아브라쏘 쩨라도 상태에서 "이게 원래 꼴까다야" "여기서 이렇게 변형된 거야" 하면서 땅고의 변천사를 설명해주었다.

• 당신은 부에노스아이레스에서 공연단을 만들어 활동하고 있다. 쉽지 않은 일이라고 생각한다.

내가 주로 활동하던 이데알에는 매일 다른 오거나이저가 운영하는 각각 다른 공연단이 있었다. 그런데 수준이 조금씩 떨어지면서 이데알 이미지가 전체적으로 안 좋아져서 2007년부터 각 오거나이저가 진행하는 쇼를 없애고 에두아르도 사우세도^{Eduardo Sausedo}에게 전체 공연을 맡겼다. 그의 제의로 나는 2008년 12월부터 이데알에서 공연을 하기 시작했다. 이데알에서 강습하고 있는 선생들만으로 팀을 만들어보자는 취지로 이데알 총지배인이었던 다니엘과 함께 레꾸에르도 데 땅고^{Recuerdo de Tango Company}를 만들었다. 다니엘이 총연출자로 이름이 올라갔고 나는 댄서로 되어 있었지만, 실질적으로는 다니엘과 내가 함께 운영했다. 나는 공연단과 함께 한국에 가서 공연하고 싶었다. 그 꿈이 실현된 게 2012년 강릉세계무형문화축전이다. 강릉시에서 우리 컴퍼니에 연락할 때만해도 대표가 한국사람, 즉 나라는 걸 몰랐다. 나를 포함 아르헨티나 댄서로 구성된 열 명의 단원들이 강릉에 와서 일주일 동안 하루에 두 번씩 총 10회 공연을 했다. 29개 도시의 팀이 참여했다. 2013년 부에노스아이레스 땅고 컴퍼니로 명칭을 변경하고, 공식적으로 내가 대표자로 이름을 올렸다.

• 부에노스아이레스의 분위기가 외국인들에게 결코 우호적이지는 않다. 혹시 차별을 느낀 적은 없는가.

내가 여기서 가장 많이들은 말이 "땅고는 부에노스아이레스의 춤이야"라는 거였다. 땅고는 정확하게 표현하자면 아르헨티나의 춤이 아니라 부에노스아이레스라는 특정 공간이 만들어냈고, 그곳에 사는 사람들이 즐기는 춤이다. 밀롱가를 다닐 때는 차별을 못 느꼈는데, 내가 수업을 하고 일을 시작하면서부터 지금까지 나에게 친절하던 사람들에게서 어떤 배타적인 분위기가 형성되었고, 보이지 않는 벽이 생겼다. 엄마 뱃속에 있을 때부터 땅고를 췄고 밀롱가를 다녔으며 걷기 시작하면서 동시에 땅고를 배운 그들은, 땅고는 우리 것인데 외국인이 와서 밥그릇을 빼앗아간다고 생각한 것 같았다.

나는 2010년 아르헨티나 영주권을 취득했다. 2014년에는 아르헨티나 이민청으로부터 공로상도 받았다. 지금은 매주 1회 이상 아르헨티나 국립 땅고 아카데미에서 공연도 하고 있다. 페이는 적지만 나에게는 자부심이 된다. 부에노스아이레스시에서 운영하는 산 마르틴 문화원Centro Cultural San Martín에서 한국무용도 가르치고 있다. 두 명은 한국인이고 여덟 명이 아르헨티나 여성이다. K-Pop이나 드라마로 한국어와 한국문화에 관심을 갖기 시작하다가 한국무용을 배우러 온 사람들이다.

물론 나의 국적은 한국이다. "당신은 뽀르떼뇨처럼 춤을 춰"라는 말을 처음 들었을 때는 고마웠다. 하지만 나는 한국인이고, 내가 아무리 땅고를 오래 춰도 뽀르떼뇨처럼 출 수는 없다. 나의 땅고는 부에노스아이레스에 살고 있는 한국인 유수정이 추는 땅고다. 나는 눈 옆에 가리개를 하고 앞만 보며 달리는 경주마처럼 어떤 것에 꽂히면 그것만 하는 성격이다. 내 인생의 10년이라는 시간을 투자해서 지금 부에노스아이레스에서 살고 있고, 결혼도 했다. 한국에 돌아가 뿌리를 내려야겠다는 생각은 아직 없다.

• 당신은 10년 넘게 부에노스아이레스에 체류하면서 현대 땅고가 변화하는 모습을 직접 목격했다. 그동안 무엇이 변했는가.

땅고는 두 사람이 서로 연결된 에너지를 통해 리드와 팔로우로 움직인다. 땅고의 기본적인 콘셉트는 아브라쏘, 까미나다 같은 것들이다. 땅고 누에보를 추더라도, 손을 놓고 솔따다를 하더라도 다시 아브라쏘로 돌아와야 한다. 땅고는 그동안 발전 과정에서 재즈의 테크닉도 가져오고 발레나 현대 무용, 아크로바틱도 가져왔다. 예전에는 할머니들은 매달려서 추고 할아버지들은 힘으로 췄다. 자기네들끼리 평생 즐겁게 땅고를 추다가 어느 순간 땅고를 가르쳐야 될 필요성이 생겼다.

1990년대 후반, 땅고가 다시 국제적으로 보급되자 땅고를 가르치기 위한 이론적 토대가 형성되었으며 개념들이 정립되기 시작했다. 하지만 이건 맞고, 이건 틀리고의 차원이 아니다. 예전에는 땅고를 가르치는 사람도 드물었다. 가르치는 방식도 지금과 달랐다.

아르헨티나 댄서들은 누구 위에 누구 없다고 생각한다. 즉 서로 동등한 차원에서 물어보고 서로 대화하면서 배워나간다. 나도 땅고를 가르치는 사람으로서 누군가를 봐줘야 하지만, 나 역시 누군가가 지적해주면 좋은 거다. 지금도 나는 가끔 좋아하는 선생님들 클래스에 가서 초보자들과 함께 수업을 받기도 한다. 내가 뭔가 부족하다고 느껴지면 나의 단점을 보완해줄 사람에게서 끊임없이 배우고 싶다. 땅고의 역사는 짧고 아직도 만들어지는 과정에 있다. 땅고는 어떤 하나의 틀에 고정된 게 아니라 끊임없이 움직이며 발전해나간다. 그만큼 자유로운 춤이다.

• 당신이 생각하는 땅고란 무엇인가.

내가 생각하는 땅고는 자유로운 춤이다. 그러나 자유와 방종을 구분하지 못하면 안 된다. 그래서 땅고는 배려의 춤이어야 한다. 초보여서 걷기밖에 못하더라도 진지하게 음악을 들으면서 걷는다면 즐거운 것이다. 아무리 상대가 잘 춘다 해도 나를 상대로 연습하고 있다는 생각이 들면 땅게라는 춤추기 싫어진다.

내가 처음 부에노스아이레스에 갔을 때보다 지금이 땅고 추는 사람의 연령대가 굉장히 낮아졌다. 사실 부에노스아이레스의 젊은 세대들은 땅고가 지루하다고 생각한다. 살사나 로큰롤, 꿈비아(콜롬비아에서 만들어진 흥겨운 리듬)같은 것들을 더 좋아한다. 한국의 젊은 세대가 전통 음악을 잘 듣지 않는 것과 비슷하다. 그런데 세계땅고대회가 만들어지고, 세계 각지에서 땅고페스티벌이 열리면서 땅고가 직업이

될 수 있는 기회가 늘어나자, 예전보다 훨씬 더 많은 젊은이가 땅고를 추기 시작했다.

챔피언십을 나가는 사람들은 챔피언이 될 때까지 매년 모든 대회를 나간다. 밀롱가 주최의 많은 대회가 만들어졌고, 부에노스아이레스 외에도 아르헨티나 각 도시마다 많은 땅고대회가 생겼다. 그런데 춤을 잘 추기는 하지만 대회에 전혀 관심 없는 사람들도 많다. 땅고는 자유로운 춤인데 대회라는 것은 어떤 규격 안에서 정해진 기준을 가지고 채점하기 때문에 자유로운 영혼들은 대회에 나가기를 싫어한다. 나 역시 대회에는 별로 관심이 없다. 나는 공연하는 데 더 관심이 많다. 공연과 수업만으로 생활해야 하니까 힘들기는 하지만, 결국 내 삶은 내 춤으로 나타나는 것이다. 완벽한 테크닉의 춤보다는 감정이 묻어나는 땅고를 추고 싶다.

땅고 DJ,
다미안 보기오

밀롱가가 활성화되고 국제땅고페스티벌이 늘어나면서 전 세계의 땅고페스티벌을 돌며 땅고 음악을 전문적으로 트는 DJ들도 생겨나고 있다. 가장 대표적인 땅고 DJ로 2016년 서울 땅고 마라톤의 메인 DJ를 맡았던 라루비아^{LaRubia}와 다미안 보기오^{Damian Boggio}를 들 수 있다. 두 사람 모두 부에노스아이레스 출신이지만 월드 투어를 다니는 다른 댄서들처럼 그들도 유럽에 체류하고 있다. 지금 라루비아는 스페인에, 보기오는 이탈리아에 거주하면서 활동하고 있다. 보기오는 자주 한국에 찾아와서 DJ 워크숍을 진행했고, 페스티벌이나 밀롱가 디제잉을 맡아서 한국의 땅게로스들과도 친근하다. 나는 보기오가 한국 밀롱가에서 DJ를 하던 지난 2015년 겨울, 그를 찾아가 대화를 나누었다.

• 당신은 한국 땅게로스에게 매우 낯이 익다.

나는 2008년 처음 한국에 온 이후 모두 일곱 번 왔다. 2015년에 온 것이 일곱 번째 방문이다. 그동안 한국에서 땅고 추는 사람들이 많아졌다. 그들이 점점 성숙해지면서 한국 땅고의 수준도 높아졌다. 내가 DJ를 하는 부에노스아이레스의 밀롱가에도 매년 많은 한국 땅게로스가 찾아온다. 세월이 흐를수록 그 수는 점점 더 늘어났다.

• 당신은 지금 전 세계를 무대로 디제잉 투어를 가장 활발하게 하는 DJ다. 해외 투어는 언제부터 시작했는가,

2004년에 처음 해외 투어를 했다. 독일·이탈리아·네덜란드·스위스 등을 돌았다. 2005년에도 같은 나라를 돌며 디제잉 투어를 했다. 지금까지 유럽 지역은 잉글랜드·독일·프랑스·스위스·오스트리아·룩셈부르크·네덜란드·이탈리아·스페인·포루투갈·폴란드·러시아·우크라이나·불가리아·루마니아·터키에 갔고, 아시아 지역은 한국·일본·타이완·홍콩·싱가포르를 다녔다.

• 현재 이탈리아에 거주하는 것으로 알고 있는데, 언제부터 거처를 옮겼나,

2010년 3월에 살론 까닝의 미나 밀롱가를 마치고 유럽 투어를 갔는데 그때 간 이탈리아 플로렌스(피렌체)에서 12킬로미터 떨어진 임뿌루네따Impruneta 라는, 작지만 아주 예쁜 도시가 너무나 마음에 들었다. 2010년 10월부터 나는 그곳에 거주하고 있다. 농촌 지역이지만 이탈리아 한복판이고 근처에 피사나 볼로냐, 로마, 밀라노 등 많은 공항이 있다. 따라서 유럽이나 아시아 어디든지 쉽게 갈 수 있다. 한국에 오고 싶으면 1시간만 이동해서 볼로냐공항으로 가면 된다.

• 피렌체와 부에노스아이레스 두 곳을 근거지로 살고 있는데, 어느 곳이 더 중요한가.

나는 항상 순간순간 집중하기 때문에 지금 있는 곳이 더 중요하다. 부에노스아이레스에 있을 때는 거기가 가장 중요하고 이탈리아에 있을 때는 또 그곳이 가장 중요하다. 매년 부에노스아이레스의 여름철에 4개월 정도는 머물려고 한다. 미래에 어떻게 할 것인지는 그때 생각한다. 지금은 부에노스아이레스에도 집이 있고 이탈리아에도 집이 있는데 서울에도 하나 더 필요할 것 같다. 서울이 좋아서 서울에서 더 많은 시간을 보내고 싶다.

• 왜 서울이 좋은가.

1년 동안 똑같은 생활을 하기는 싫다. 살아가면서 계속 새로운 것을 만들고 싶다. 조금 더 사람을 알고 싶고, 새로운 장소를 보고 싶고, 새로운 음식을 먹어보고 싶고, 다른 경험을 공유하고 싶다. 땅고로 그 꿈을 실현할 수 있다고 생각한다. 나는 부에노스아이레스에서 왔지만 서울에서도 부에노스아이레스에 있을 때처럼 대도시 생활을 할 수 있다. 밀롱가를 즐긴 후, 밀롱가가 끝나면 친구들과 맛있는 것을 먹으러 간다. 이탈리아에서는 이런 생활이 불가능하다. 밀롱가 끝나면 모든 가게들이 닫혀 있다.

• 당신은 방랑벽이 있는 것 같다. 그것이 디제잉과 관련이 있는가.

나는 지금 43세다. 이십 대는 좋은 인생이다. 그러나 사십 대가 되면서 가끔씩 피로를 느낄 때도 있다. 아직까지 가족이 없어서 이런 생활이 가능하다. 만약 결혼하고 가족이 생기면 이렇게 살지 못할 것이다. 열심히 돈을 벌어서 정착할 준비를 해야 한다. 아마 내 음악이 히트를 한다든지, 내년에 출간하는 내 땅고 에세이가 베스트셀러가 된다든지 돈을 벌 방법을 생각해야 할 것이다. 그리고 나는 아들이 생기면 정착할 것이다. 좋아하는 데가 너무 많아서 어디에 정착할지는 아직 모르겠다.

• 오래전 당신이 한국인을 생각하며 작곡했다는 곡을 들은 적이 있다. 언제 작곡한 곡인가.

내가 열여섯 살 때 두 살 연상의 한국여자를 만났다. 그 친구가 늘 나에게 "지쳤어""피곤해요"라고 말했다. 그 친구를 생각하며 작곡한 팝음악이다. 제목은 The Answer(대답 혹은 해결책)다. 2008년 처음 한국에 왔을 때 땅게리아에서 그 노래를 연주했다. 그 곡을 작곡했을 때는 내가 22년 뒤 한국에 와서 그 노래를 부를 거라고는 상상도 못했다. 그녀의 가족은 1980년대에 아르헨티나로 이민 와서 어른들은 스페인어를 전혀 못했고, 그녀는 조금 했다. 그때 나는 부에노스아이레스의 플로레스 지역에 살았다. 지금 교황이 된 프란시스꼬 1세도 당시 우리 집에서 300미터 옆에 살았다. 아버지 친구가 교황과 친구였다. 우리 집에서 5분만 걸어가면 코리아타운이 있었다. 그녀는 항상 자신의 부모님 가게에서 일을 도와주고 있었다. 그녀는 가톨릭 여학교를 다녔고 우리는 만나서 교회도 같이 갔다. 지금은 아마 결혼해서 아이도 있을 것이다.

The Answer

지쳤어. 항상 피곤하지.
이 도시는 내 생각보다 더 크네.
항상 어딘가 갈 곳이 있고
항상 만날 누군가 있네.

나의 지난 아침부터 지금까지
가끔 전에 있었던 곳처럼 느껴지지만,
이 두 눈으로 본 것도 아니고
이 두 손으로 만져 본 것도 아니라네.

한 잔 더 마신 술에 취해버렸어.
내가 꿈꾼 어제는 잊을 거야.
내 사랑(은) 여기 인연으로 있었네.
난 항상 너무 늦게 오지.

• 당신은 언제부터 디제잉을 시작했나.

나는 음악가다. 작곡도 하고 기타나 하모니카, 오리지널 남미 악기도 연주한다. 음악을 연주하지 않을 때는 항상 음악을 듣거나 작곡을 한다. 스페인어는 물론 영어로도 만들고 이탈리아어로도 노래를 만든다. 음악을 좋아했기 때문에 DJ를 시작한 것이다. 직업적으로 디제잉을 한 것은 1999년부터다. 십 대에 음악을 시작해서 처음에는 록이나 팝을 좋아했다. 땅고 음악은 부모님과 조부모님 세대의 음악이지 내 음악은 아니었다. 나는 비틀즈를 좋아했고 록밴드를 만들고 싶었다. 특히 존 레논의 노래를 좋아했다. 춤을 출 때도 팝과 록에 맞춰췄다. 그 당시에는 땅고를 좋아하지 않았다. 하지만 땅고 춤을 배우면서 서서히 땅고가 내 안으로 들어왔다.

• 땅고 춤을 먼저 시작했는데, 왜 프로페셔널 DJ로 방향을 바꾸었나.

나는 1993년부터 땅고를 췄다. 춤을 좋아했기 때문에, 춤이 직업이 되기를 원하지 않았다. 내가 처음 DJ를 시작하던 1999년에는 댄서들은 많았지만 밀롱가 DJ는 거의 없었다. 처음 디제잉을 시작할 때 팝과 록은 잘 알았지만 땅고에 관해서는 아무것도 몰랐다. 그래서 그 당시 내 디제잉 딴다는 엉망진창이었다. 꼬르띠나는 아주 좋았다. 나의 DJ 선생님은 오스발도 나뚜씨Osvaldo Natucci, 마리오 오를란도 Mario Orlando 등이다. 나는 10년 동안 매일 밤 이분들이 오가나이저하는 밀롱가에 가서 음악을 듣고 많은 것을 배웠다. 요즘은 샤잠shazam 같은 앱으로 음악을 체크할 수 있지만, 그때는 음악을 듣고 무슨 곡인지 찾아내야만 했다.

　나의 두 선생은 항상 같은 꼬르띠나를 틀었다. 오직 여자 DJ 한 명만 다른 꼬르띠나를 틀었다. 나도 그때부터 그 여자 DJ처럼 다른 꼬르띠나를 틀기 시작했다. 그때는 LP와 카세트테이프로 DJ를 했다. LP에서 녹음해서 카세트테이프로 딴다를 만들어 디제잉했다. 나중에는 CD를 썼지만 그때는 CD가 없었다. 디제잉하면 밀롱가의 나이든 밀롱게로들에게서 반응이 바로 왔다. 딴다가 좋으면 칭찬하고 잘못 틀면 야유했다. 그 반응을 통해서도 많은 것을 배웠다. 나이 든 밀롱게로들의 의견을 받아들였다. 일종의 현장실습이다. 스승에게서 배운 것과 현장실습을 통해 디제잉의 콘셉트를 만들면서 지금의 DJ 다미안이 만들어졌다.

　그 후 나는 살론 까닝에서 밀롱가 오가나이저도 하면서 동시에 디제잉도 했다. 요즘은 밀롱가에서 오가나이저를 해도 도와줄 사람이 있기 때문에 DJ만 집중할 수 있지만, 그때는 정말 바빴다. 그날 밀롱가 음악을 전부 카세트테이프에 집어넣고 틀었다. 요즘은 투어를 할 때 16년 전에 썼던 LP를 가지고 다니며 그것으로 자주 디제잉을 한다.

• 옛날 LP가격이 올라가지 않았나.

　얼마 전 LP를 사려고 했더니 가격이 너무 올라 깜짝 놀랐다. 내 가톨릭 대부님이 1960년대 밀롱가 DJ였다. LP로 가득한 방도 있다. 대부님 집에 갈 때마다 필요한 걸 꺼내온다. 우리 부모님과 조부모님이 가지고 있는 LP도 엄청나게 많다. 특히 유럽의 많은 DJ들이 내가 LP

로 디제잉을 하는 것을 보고 부에노스아이레스에 와서 LP를 사간다. 내 학생 중에도 그런 사람이 있다.

• 당신만의 디제잉 특징이 있다면 무엇인가.

디제잉을 시작했을 때 플로어에서 춤추는 사람들이 나보다 더 땅고 음악에 대해 많이 알고 있었다. 그들은 부에노스아이레스 밀롱가에서 평생 춤춘 사람들이었다. 이제는 세월이 흘러서 플로어에 있는 사람들보다 내가 더 많이 땅고에 대해 알게 되었다. 나이 든 땅게로스들에게 전해져온 음악을 틀면서, 나만의 고유의 디제잉 방식도 구축했다. 나는 모든 사람을 위한 음악을 튼다. 당신이 어떤 음악을 좋아하는지 모르지만, 내 밀롱가에 오면 춤추게 될 것이다.

• 당신은 작곡도 하고 디제잉을 하고 글도 쓴다. 전공이 무엇인가.

나는 부에노스아이레스대학에서 커뮤니케이션을 전공했다. DJ가 된 이유 중의 하나도 대학 때 배운 커뮤니케이션을 음악을 통해 실제로 적용해볼 수 있었기 때문이다. DJ를 하면서 아르헨티나문화가 다른 문화와 교류하는 것을 체험했고, 밀롱가에서도 땅고를 통해 사람들이 교류하는 것도 목격했다. 땅고 그 자체가 하나의 커뮤니케이션이다.

• 땅고의 커뮤니케이션은 무엇인가. 구체적으로 설명해달라.

음악을 즐기기 시작하면 춤추게 된다. 춤추기 시작하면 대화를 하

지 않고 몸으로 커뮤니케이션한다. 우리는 땅고를 통해 자신의 문화나 경험, 역사 등 모든 것을 커뮤니케이션할 수 있다. 땅고는 아브라쏘를 하고 타인과 매우 가깝게 신체를 밀착시키며 춘다. 우리는 말하지 않는다. 우리는 오직 음악만 듣는다. 음악이 우리의 언어다. 땅고는 살사처럼 아무 생각 없이 빨리 움직이는 춤이 아니다. 땅고는 말하지 않고서도 오직 춤만으로 커뮤니케이션을 할 수 있다. 리더는 어떻게 움직일지 생각하고 팔로워는 그것을 전달받는 커뮤니케이션의 통로가 형성되어 있다. 다른 춤은 땅고처럼 가깝게 붙지 않는다. 우리는 몸으로 모든 것을 느낀다.

• **유럽, 아시아, 그리고 부에노스아이레스 밀롱가의 차이점을 얘기해달라.**

세계 어디를 가든 밀롱가 안의 풍경은 거의 비슷하다. 사람들의 생김새는 다르지만 밀롱가에 들어오면 그들의 행동은 비슷해진다. 옷을 갈아입고 땅고화를 신고 음악을 듣고 춤추면, 그들은 같은 모습이 된다. 여자들은 항상 예쁘다. 밀롱가 안은 밖과 다른 세계다. 유럽이든 아시아든 나는 항상 부에노스아이레스에서처럼 음악을 튼다.

• **디제잉 투어중 가장 인상 깊은 경험은 무엇인가.**

2009년 1월, 라 띠삐까 미나La Tipica Mina라는 오르께스따를 만들고 오가나이저를 한 적이 있다. 피아노와 바이올린, 반도네온과 콘트라베이스, 기타로 구성된 오르께스따였다. 트로일로와 뿌글리에세, 다리엔쏘를 편곡해서 연주했고 유럽 투어도 갔다. 밀롱가와 땅고페스티벌에 참여했다. 매주 화요일엔 내가 오가나이저로 있던 살론 까닝의 미나 밀롱가에서 디 사를리와 라우렌즈 음악에 뽀데스타가 노래를 불렀다. 나다^{Nada}, 니도 가우초$^{Nido\ Gaucho}$, 훈또 아 뚜 꼬라손$^{junto\ a\ tu\ corazon}$, 뻬르깔^{Percal}, 또도^{todo} 등의 곡을 40분 정도 불렀는데, 그 자체로 땅고 히스토리를 갖고 있는 사람의 노래를 듣고 있으니 저절로 눈물이 났다. 다음 해 나는 2010년 이탈리아 로마에서 쏘또와 공동 오가나이저로 땅고페스티벌을 개최하면서 포데스타를 초청했다. 그때 700명 정도의 땅게로스가 모였다. 포데스타는 1924년생이다. 나는 매년 부에노스아이레스에 갈 때마다 그를 만났다(포데스타는 이 인터뷰 직후인 지난 2015년 12월 9일 세상을 떠났다).

아디오스,
부에노스아이레스

서울을 떠난 지 3주째로 들어서면서 카이의 음식 타령이 시작되었다. 나는 그 나라에 가면 그 나라 음식을 가장 맛있게 먹는다. 어느 나라를 가래도 전혀 음식을 가리지 않는 나와는 달리 카이는 한국음식을 너무 좋아한다. 그래서 부에노스아이레스로 땅고 신혼여행을 갈 때도 고추장, 간장 등 각종 소스는 물론이고 컵라면 등 인스턴트 식품들과 깻잎통조림, 김, 마른 멸치까지 많이도 가져갔지만 나는 거의 먹지 않았다. 그것은 카이의 전용 식품이었다. 그런데도 집에 돌아갈 시간이 다가오면, 즉 부에노스아이레스 체류 시간이 길어지면, 슬슬 한계가 오는 모양이었다. 카이는 밥을 먹고 싶다고 했다. 그곳 슈퍼에도 쌀이 있어서 밥을 해먹었지만, 찰기가 없는 안남미이기 때문에 먹어도 먹은 것 같지 않았다. 스시 집에 가서 김밥이라도 먹거나 한국인들의 가게가 모여 있는 아베자네다, 혹은 까라보보의 한인식당에서 김치찌개라도 먹고 싶은 것이다.

역시 카이와의 가장 큰 문제는 음식이다. 예전에는 음식까지 딱딱 맞았는데 몇 년 전 그녀가 채식을 시작하면서부터 골치가 아프기 시작했다. 카이는 조금씩, 자주 먹어야 한다. 배가 고프면 신경이 날카로워지고 화를 내려고 한다. 반면에 나는 한 번 먹을 때 많이 먹는 편이다. 배가 부르면 기분이 나빠진다. 시를 쓰면서 생긴 습관이다. 허기가 졌을 때의 맑은 정신이 좋다. 물론 먹는 것은 즐거운 일이지만 지나친 포만감이 생기면 이렇게 살아도 되는지, 두려운 마음이 무의식속에 자리 잡는다.

바람 부는 소리가 들렸다. 나무가 허리 채 휘어진다. 베란다 유리문을 열었더니 바람이 쏟아진다. 비가 내리고 있었다. 아침 10시였다. 집 근처에 있는 대형마트에 갔다. 소고기와 와인과 두루마리 휴지 등을 사서 계산하려고 하니 200페소 정도가 나왔다. 카드를 쓰려면 여권이 있어야 한다고 했다. 카드를 사용할 때 대부분 여권을 확인하는데 집 근처라서 방심하고 그냥 지갑만 들고 나갔었다. 지갑 안의 현금이 모자랐다.

은행에서 돈을 찾아오다가 스타벅스를 발견했다. 카푸치노와 빵을 시켜먹으며 카이를 보니 비로소 평온한 느낌이 난다. 서울에서 먹던 익숙한 맛과 접하면서 그녀의 미각이 균형을 찾은 것이다. 나는 조금 마음이 놓였다. 코코아가 들어간 커피 한 잔을 더 주문하고, 빵도 하나 더 샀다. 부에노스아이레스의 스타벅스에 오는 사람들은 90퍼센트가 외국인이다. 맥도날드나 버거킹도 젊은 세대들로 가득하다. 값도 다른 카페보다 비싸다. 커피 두 잔에 빵 2개 주문했는데 80페소정도 들었다. 아르헨티나 페소와 한국 돈 환산법은 달러를 거쳐야 해서 복잡하지만, 대략 4로 나누고 1,000원 단위로 생각하면 된다(물론 경제가 불안정한 나라들은 해마다 환율 변동이 심해서 이 책을 독자들이 읽을 때쯤이면 환율이 또 다르게 변했을 수도 있다). 집으로 돌아오는 길에 빠르마시에 들려 우산을 샀는데 한국에서 3,000원이면 살 수 있는 작고 가벼운 우산이 2만 원이나 했다. 집에 와서 여권을 찾아 바퀴 달린 빈 배낭을 끌고 다시 대형마트로 갔다. 계산을 끝낸 뒤 배낭 속에 물건을 넣고 집으로 돌아왔다.

토요일이다. 부에노스아이레스의 거의 모든 스튜디오나 클럽에서는 밀롱가가 열린다. 거리에도 새벽 3시 넘어서까지 인파가 넘쳐난다. 토요일 밤에는 특별한 일이 없어도 모두들 거리로 쏟아져나온다. 밀롱가에 가기 위해 우리는 밤 11시 지나서 아파트에서 나왔지만, 여기서는 초저녁이다. 쉬지 않고 춤을 춘 뒤 새벽 3시 넘어서 택시를 타고 집으로 돌아오는데, 그때까지도 거리는 사람들로 가득하다. 그냥 집에 들어가기 뭐해 문이 열려 있는 서점에 들려 책도 보고 비디오도 보다가 한국에서 구하기 힘든 땅고 영화 DVD를 몇 개 구입했다. 집 앞 슈퍼에서 낄메스 맥주 몇 병을 사서 들어갔다. 카이는 낄메스 레드 1리터 한 병을 다 비우고, 내가 마시다 남긴 낄메스 스타우트까지 마저 비우고, 와인까지 새로 한 병 따서 마시다가 갔다. 다음 날 아침에 발이 부었다고 보여주는데, "땅고 연습을 많이 해서 그런 게 아니라 맥주를 많이 마시고 자니까 부은 거다"라고 말했지만 사실 마음이 아팠다. 매일 10시간 넘게 계속되는 너무 무리한 연습을 해서 카이의 발목은 퉁퉁 부어 있었다.

그 다음 주 월요일과 화요일은 아르헨티나의 공휴일이었다. 일요일부터 이어지는 황금연휴로 도시가 들썩들썩했다. 모든 게 스톱이라 일요일 밤에는 땅고 바도 문을 닫은 곳이 많았다. 스튜디오의 땅고 강습도 거의 휴강이었다. 우리도 이틀 동안 방안에서 땅고 동영상을 보며 뒹굴거리거나, 시내 쇼핑센터에서 장을 보고, 다양한 길거리 축제를 구경하며 신나게 쉬었다. 화요일 밤 살론 까닝에 가서 CD로만 들었던 오르께스따 꼴로르 땅고Color Tango의 라이브 연주를 들으며 새벽 3시 넘을 때까지 춤을 췄다. 어떤 땅게로스들은 라이브 연주를 들으며 춤추는 것을 싫어하기도 하지만 그것은 수준이 낮은 악단들이 불규칙하게 연주하거나 정확하지 않은 음으로 완성도를 떨어뜨린 경우일 것이다. 라이브가 주는 현장성의 강렬함을 온몸의 세포로 느끼며 춤추는 것은, CD로 구워진 음악을 들으며 춤출 때와는 비교할 수도 없는 깊은 감동을 준다.

항상 밤이 되면 배고픈 카이를 위해 밀롱가에서 들어오는 길에 집 근처 식당에 가서 1인당 40페소 정도(세금과 심야할증료 포함하면 50페소이지만)하는 맥주와 레몬 보드카까지 포함된 세트 메뉴를 맛있게 먹고 집에 들어와 잤다. 정오쯤 일어나서 텔레비전을 켰더니, 세상에!

아침 8시 30분경에 온세역에서 통근기차 탈선사고로 오십 명이 죽고 676명이나 부상당했다고 특별방송을 하고 있었다. 며칠 전에도 온세역을 두 번이나 지나갔었는데, 그곳에서 대형사고가 난 것이다. 내가 춤추는 순간에 누군가는 생사의 갈림길을 걷고 있었다. 네오땅고에서 구입한 DVD가 몇 년 전에 산 것과 같아서 교환하러 갔다. 케이스의 사진은 달랐지만 아무래도 의심쩍어서 내용이 이전 것과 다른 거냐고 구입할 때 직원에게 확인했는데, 집에 와서 컴퓨터에 넣어보니 예전에 출시된 2개의 DVD를 반반씩 편집해서 하나로 만든 것이었다. 나는 원본 DVD를 모두 갖고 있었기 때문에 내용을 편집하고 케이스를 바꾼 새 DVD는 필요 없었다. DVD를 교환하는 동안 한국에서 온 땅게로스 커플을 만났다. 그들은 한 달 동안 부에노스아이레스에 머물렀다가 오늘 밤 출국한단다. 언제나 그렇다. 부에노스아이레스의 땅고 바는 항상 새로운 얼굴이 조금씩 등장한다. 지금 이 순간에도 전 세계 각지에서 출발한 땅게로스들이 부에노스아이레스에 도착하고, 또 누군가 부에노스아이레스를 떠나고 있다.

2017년 2월 현재, 부에노스아이레스에 있는 한국의 땅게로스들은 모두 7커플이다. 15년 전 땅고를 추기 위해 부에노스아이레스에 온 뒤 현지에서 결혼해서 살고 있는 크리스탈 유를 비롯해서 땅고를 추기 위해 부에노스아이레스의 한인 기관에 직장을 구하고 5년 넘게 살고 있는 땅게라도 있고 또 혼자 여행하러 온 땅게라들 서너 명까지 약 스무 명의 한국인 땅게로스들이 이 도시에 머물고 있었다.

우리가 가면 또 누군가 와서 땅고를 출 것이다. 카이는 1년만 부에노스아이레스에 있게 해달라고 한다. 그러면 뭔가 할 수 있을 것 같다고. 나도 그러고 싶다. 열차 사고로 많은 사람이 죽거나 다친 줄도 모르고 우리는 즐겁게 땅고를 추고 있었고, 배부르게 식사하며 맥주를 마시고 있었다. 텔레비전을 보며 가슴이 짠해진다. 생명은 귀중한데 그 생명이 살아가는 땅은 험하고 거칠기 그지없다.

어떤 사람들은 나에게 꼭 그 먼 곳까지 가서 땅고를 배워야 하느냐고 묻기도 한다. 그러나 서울에서 땅고를 추는 것과 부에노스아이레스에서 추는 것은 많이 다르다. 서울에서는 기본적으로 내가 해야 할 일들이 있다. 전화벨도 수시로 울리고 이런 저런 모임에도 얼굴을 비춰야 하며, 대학 강의나 시사회, 방송이나 땅고 강습 등 여러 가지 일이 뒤섞일 수밖에 없다. 하지만 부에노스아이레스로 오면 그 많은 일들과 단절된다. 오직 땅고뿐이다. 여기서 내가 할 수 있는 것은 오직 땅고를 추는 것뿐이다. 비록 1년 중 한 달 혹은 두 달에 불과하지만 그 집중도와 몰입도는 매우 크고, 그것에 따라 얻는 성취감도 아주 높다. 그러니 그 많은 사회적 관계를 끊고 경제적 손실을 감수하며 이곳까지 오는 것이다.

춤의 종착역, 춤의 블랙홀이라고 불릴 정도로 어려운 춤이 땅고다. 땅고가 어려우면서도 매력적인 이유는 이미 완성된 기존의 춤 형태를 앵무새처럼 반복해서 복사하는 죽은 춤이 아니라, 매 순간 창의적 상상력으로 새롭게 만들어가는 춤이기 때문이다. 땅고의 생명력은 즉흥성에 있다. 두 사람의 남녀가 그림자처럼 한 몸으로 움직이면서 아름다운 동작을 하지만, 그 모든 것은 즉흥적으로 이루어지는 것이다. 어떻게 말없이 두 사람이 하나가 되어 움직일 수 있을까. 창의력과 즉흥성으로 상징되는 땅고의 특징은 단순한 소셜 댄스로서의 차원을 넘어 높은 미학적 아름다움을 생성한다. 그래서 수십 년 동안 다른 춤을 춘 전문가들이라고 해도 땅고를 배울 때는 일반인들과 똑같이 기초부터 시작해야만 접근할 수 있다.

우리가 출발할 때 서울은 한겨울이었다. 경유지인 파리는 서울보다는 포근했다. 원래 파리의 겨울은 서울보다 더 추워서 단단히 준비하고 갔지만, 이상기온으로 봄 날씨였다. 일주일 뒤 부에노스아이레스에 도착하니 40도까지 올라가는 한여름이었다. 그런데 지금은 최고기온 23도에서 26도, 최저기온 16도의 가을 날씨다. 반팔 안에 긴팔을 꺼내 입고 다닌다. 뽀르떼뇨는 다들 춥다고 두꺼운 가죽잠바를 입고 다닌다. 한 달 동안 사계절을 모두 경험하다보니 몸살이 나려한다. 며칠 동안 체온이 올라가고 열이 생겼다.

부에노스아이레스의 마지막 날. 아침부터 바쁘게 시내를 휘젓고 다니며, 구입하려고 생각했던 땅고화와 책, CD 등 마지막 쇼핑을 하고 집으로 돌아오는데 기운이 다 빠졌다. 낮 최고 기온은 다시 36도로 올라갔다. 그리고 현재 오후 5시인데 여전히 33도를 넘기고 있다. 카이는 이런 날씨에도 춥다고 긴 팔 옷을 입고 다녔다. 서울에 가면 2월의 차가운 바람이 몰아칠 텐데.

지하철역에서 집으로 가는 길을 처음으로 다른 방향으로 걸었다.

그런데 프리 와이파이라고 표시된 레스토랑이 있는 걸 발견했다. 그걸 모르고 인터넷에 접속하기 위해 예전에는 까사요거리까지 나갔었는데, 이 도시를, 이곳을 떠날 때가 되니까 이제야 발견하다니.

최근 부에노스아이레스 아파트 대부분에 가정용 와이파이 수신기가 설치되어서 편리하게 인터넷을 이용할 수 있다. 하여튼 남은 돈으로 카이는 피자를 먹었고, 난 아메리카노 한 잔을 마셨다. 몇 시간 뒤면 출발이다. 여행 가방은 이미 어제 밤 잠들기 전에 싸놓았다.

이제 다시 서울이다. 땅고를 시작한 지 6년 차인 지난 2009년 3월, 처음 부에노스아이레스에 온 이후 거의 매년 이곳에 와서 땅고를 배우고 밀롱가에서 춤을 췄다. 2012년 부에노스아이레스로 땅고 신혼여행을 와서 두 달 동안 체류할 때도 오직 땅고만 췄다. 이번에도 부에노스아이레스는 새로운 땅고의 과제를 나에게 안겨준다. 내가 어떻게 그것을 흡수해서 창조적으로 조화롭게 발전시켜나갈 것인가 하는 문제만 남았다.

2017년 2월, 나는 부에노스아이레스를 떠나면서 언제 다시 이곳에 올 수 있을까 생각한다. 어쩌면 오랫동안 이곳을 다시 찾지 않을지도 모른다. 하지만 내가 부에노스아이레스가 아닌 다른 곳을 여행하며 땅고를 춘다고 해도, 부에노스아이레스로 상징되는 땅고의 심장, 그 뜨거운 꼬라손은 언제나 나와 함께할 것이다.

아디오스, 차오, 아스따 루에고, 부에노스아이레스.

땅고

펴낸날	초판 1쇄 2017년 8월 30일
지은이	하재봉
펴낸이	심만수
펴낸곳	(주)살림출판사
출판등록	1989년 11월 1일 제9-210호
주소	경기도 파주시 광인사길 30
전화	031-955-1350 팩스 031-624-1356
홈페이지	http://www.sallimbooks.com
이메일	book@sallimbooks.com
ISBN	978-89-522-3785-9 03810

※ 값은 뒤표지에 있습니다.
※ 잘못 만들어진 책은 구입하신 서점에서 바꾸어 드립니다.

이 도서의 국립중앙도서관 출판예정도서목록(CIP)은 서지정보유통지원시스템 홈페이지
(http://seoji.nl.go.kr)와 국가자료종합목록시스템(http://www.nl.go.kr/kolisnet)에서
이용하실 수 있습니다.(CIP제어번호: CIP2017020664)